Spanien liegt am Boden. Und im Damensalon des namenlosen Helden geben sich nicht die Kunden, sondern die Schuldeneintreiber und der Besitzer eines chinesischen Warenhauses mit geheimen Übernahmeabsichten die Klinke in die Hand. Als der unterbeschäftigte Friseur einen Kumpel aus alten, aber nicht unbedingt besseren Tagen trifft, der ein ganz großes Ding plant und seinen Freund dafür gewinnen möchte, schlägt dieser das lukrative Angebot jedoch aus.

Da macht ein Gerücht die Runde: Die deutsche Kanzlerin, bei den Spaniern nicht gerade beliebt, wird zu einem Besuch in Barcelona erwartet. Als der Damenfriseur von den Plänen eines Terroranschlags hört, in den auch sein Kumpel Romulus verwickelt sein soll, sieht er seine große Stunde als Amateurdetektiv gekommen. Mit einem Hilfstrupp, der seinesgleichen sucht – lebende Statuen, Pizzakuriere, Straßenmusiker –, nimmt der unterbeschäftigte Friseur die Fahndung auf. Mit dem Ziel, Angela Merkel zu retten und Romulus von seinem Vorhaben abzubringen. Doch der ist plötzlich wie vom Erdboden verschluckt.

Eduardo Mendoza, ein Meister des komischen Genres, hat eine geniale Satire über die Auswirkungen der Schuldenkrise und das Europa unserer Tage geschrieben und zugleich ein sehr lebendiges Porträt des heutigen Barcelona.

Eduardo Mendoza, 1943 in Barcelona geboren, ist einer der wichtigsten spanischsprachigen Autoren. Seine Romane ›Die Wahrheit über den Fall Savolta‹ und ›Die Stadt der Wunder‹ gelten als Klassiker. Für ›Katzenkrieg‹ (Fischer Taschenbuch Bd. 19786) erhielt er den Premio Planeta.

Weitere Informationen finden Sie auf www.fischerverlage.de

Eduardo Mendoza

DER FRISEUR UND
DIE KANZLERIN

Roman

Aus dem Spanischen von
Peter Schwaar

FISCHER Taschenbuch

Erschienen bei FISCHER Taschenbuch
Frankfurt am Main, Januar 2017

Lizenzausgabe mit freundlicher Genehmigung
des Verlags Nagel & Kimche im Carl Hanser Verlag München
Die Originalausgabe erschien
unter dem Titel ›El enredo de la bolsa y la vida‹
© 2012 Eduardo Mendoza, Barcelona, Editorial Seix Barral
Deutsche Ausgabe:
© 2013 Nagel & Kimche im Carl Hanser Verlag München

Druck und Bindung: CPI books GmbH, Leck
Printed in Germany
ISBN 978-3-596-03178-8

DER FRISEUR UND
DIE KANZLERIN

I

EIN STAR TRITT AUF

Es klingelte. Ich machte auf. Hätte ich es doch nie getan. Vor der Tür fuchtelte ein Postbeamter wild blickend und verwegen gestikulierend, beides in langen Jahren eiserner Drills durch unmenschliche Unteroffiziere erworben, mit einem an meinen Namen und meine Adresse gerichteten Einschreibebrief. Bevor ich den Umschlag entgegennahm, mich auswies und die erforderliche Unterschrift leistete, versuchte ich mit dem Hinweis zu kneifen, hier wohne niemand dieses Namens, und hätte jemand dieses Namens hier gewohnt, so wäre er jetzt tot, und überhaupt, der Verstorbene sei vorige Woche in Urlaub gefahren. Es half alles nichts.

Also unterschrieb ich, trollte sich der Briefträger, öffnete sich der Umschlag (mit meiner Hilfe) und verblüffte es mich, darin eine Glanzpapierkarte zu finden, mit der mich Seine Magnifizenz, der Rektor der Universität Barcelona, zur Investitur von Dr. Sugrañes zum Doktor honoris causa einlud, einem auf den 4. Februar des laufenden Jahres in der Aula dieser altehrwürdigen Lehranstalt anberaumten Akt. Unter dem gedruckten Text erläuterte ein handschriftlicher Zusatz, die Einladung werde mir auf ausdrücklichen Wunsch des zu Ehrenden zugestellt.

Dass sich Dr. Sugrañes trotz der seit unserer letzten Begegnung verstrichenen Zeit an mich erinnerte, war doppelt verdienstvoll. Zunächst, weil sich in seinem Gedächtnis gelegentlich altersbedingte Lücken, ja Abgründe auftaten. Und zweitens, weil er sich nicht nur an mich erinnerte, sondern es voller Zuneigung tat. Ehrlich gesagt konnten wenige Menschen ein getreueres Zeugnis seines ausgedehnten Berufslebens ablegen als ich, denn – falls sich der Schilderung dieser Abenteuer ein Leser anschließt, der mein Vorleben nicht kennt – in der Vergangenheit war ich ungerechtfertigterweise, was jetzt nichts zur Sache tut, in einer Strafanstalt für geistesgestörte Gesetzesbrecher eingesperrt, und diese Anstalt wurde auf Lebenszeit und mit unzimperlichen Methoden von Dr. Sugrañes geleitet, weshalb es zwischen ihm und mir, kaum erstaunlich, zu geringfügigen Missverständnissen, leichten Meinungsverschiedenheiten und einigen physischen Aggressionen kam, bei denen ich fast immer den Kürzeren zog, obwohl ich ihm einmal die Brille zerbrach, ein andermal die Hose zerriss und ein drittes Mal zwei Zähne ausschlug.

Am wahrscheinlichsten jedoch war, sagte ich mir, nachdem ich die Einladung wieder und wieder gelesen hatte, dass Dr. Sugrañes seine Laufbahn beschließen wollte, ohne demjenigen zu grollen, mit dem er so lange Zeit zusammengelebt und dem er so viel berufliches, emotionales, ja physisches Bemühen hatte angedeihen lassen. Also nahm ich in meiner Antwort die Einladung dankend an. Und da die Veranstaltung eine feierliche und der Ort gewissermaßen sagenhaft war, lieh ich mir einen grauen Flanellanzug aus, der mehr oder weniger meine Größe hatte, und vervollständigte ihn mit einer karminroten Krawatte und einer aufplatzbereiten Nelke im Revers. Mit dieser Aufmachung glaubte ich den Nagel auf den Kopf getroffen zu haben – Pustekuchen. Kaum gelangte ich zum angegebenen Zeitpunkt unter Vorweisung der Einladung vor den Eingang des edlen Kolosseums, schieden mich einige Saaldiener von den übrigen Teilnehmern, führten mich in ein elendes Kabäuschen und befahlen mir im Kasernenhofton, mich auszuziehen. Als ich nur noch die Socken am Leibe trug, steckten sie mich in einen grünen Nylon-Krankenhauskittel, vorn geschlossen und hinten mit einigen Bändern zusammengehalten, so dass die Gesäßbacken mit allem Drumherum zu sehen waren. In dieser Aufmachung geleiteten sie mich mehr gewaltsam als gutwillig in einen großen, dicht besetzten Prachtsaal und hießen mich ein Podium erklettern, neben dem in Toga und Barett Dr. Sugrañes referierte. Mein Auftritt löste erwartungsvolles Schweigen aus, das der Vortragende brach, um mich als einen der schwierigsten Fälle eines ganz der Wissenschaft gewidmeten Lebens zu präsentieren. Einen Zeigestock auf mich richtend, beschrieb er meine Ätiologie mit einer Fülle an Verfälschungen. Wiederholt versuchte ich mich gegen seine Anschuldigungen zu wehren, aber vergebens: Sowie ich den Mund öffnete, übertönte das Gelächter des Publikums meine Stimme und damit meine stichhaltigen Argumente. Dem Geehrten jedoch wurde respektvoll gelauscht; die Fleißigsten machten sich Notizen. Glücklicherweise endete der Vortrag bald. Nachdem er einige für mich schmachvolle, die Anwesenden aber ergötzende Episoden erzählt hatte, verfolgte mich Dr. Sugrañes zur Krönung seiner Darlegungen mit einem Klistier durch die ganze Aula.

Am Ende dieses stark beklatschten Teils des akademischen Akts wurde der frischgebackene Doktor honoris causa von anmutigen Masteranwärterinnen mit Rosenblättern beworfen und ich ins Kabäuschen zu meinen Kleidern zurückgeführt. Zu meiner größten Überraschung traf ich hier auf einen ehemaligen Sanatoriumskollegen, den ich seit Jahren nicht mehr gesehen hatte, dessen Bild ich aber unauslöschlich in mir trug: Romulus der Schöne.

Als ich in die oben erwähnte medizinische Strafanstalt eingeliefert wurde, befand sich Romulus der Schöne schon etwas über ein halbes Jahr dort und hatte bereits den Respekt der anderen Internierten gewonnen und sich die Feindschaft von Dr. Sugrañes eingehandelt. Ich handelte mir bald letztere ein und gewann niemals erstere. Romulus war jung und hatte sehr gefällige Züge – er sah dem damals auf dem Gipfel seiner Kunst und Schönheit stehenden Tony Curtis außerordentlich ähnlich. Tony Curtis zu gleichen kann positiv oder negativ sein, je nachdem. In einer Irrenanstalt indessen ist es nicht von Belang, doch Romulus hatte nicht nur ein hübsches Gesicht und eine athletische Konstitution, sondern auch ein elegantes Auftreten, ein sanftes Benehmen, er war intelligent und äußerst diskret. Von seinem Vorleben wusste niemand etwas, aber die Gerüchte schrieben ihm unglaubliche Missetaten zu. Anfänglich mied er meine Gesellschaft, und ich suchte nicht die seine. Eines Nachmittags versuchte Luis Mariano Moreno Barracuda, ein Ganove aus dem Saal B, der sich als der Zorro, Tschu En-lai und die Espasa-Enzyklopädie ausgab, ohne dass diese Zuschreibungen oder gar ihre Häufung irgendwie gerechtfertigt gewesen wären, mir mein Vesperbrot zu stibitzen. Wir beschimpften uns, und wegen eines Kantens Brot verpasste mir der andere eine Tracht Prügel. Romulus der Schöne mischte sich ein, um Frieden zu stiften. Nach der Friedenstiftung hatte Luis Mariano Moreno Barracuda einen gebrochenen Arm, ein halbes Ohr weniger und Nasenbluten. Wir wurden beide in die Strafzelle gesteckt und Barracuda ins Krankenzimmer, das er in der Überzeugung verließ, außer den obengenannten auch Jessye Norman zu sein. Unterwegs zur Zelle flüsterte mir Romulus zu: *Homo homini lupus*. Ich dachte, er erteile mir die Absolution. So was kann in einem Irrenhaus schon mal vorkommen. Später erfuhr ich, dass er ein belesener Mann war. Das Eingeschlossensein und die damit verbundenen Kaltwassergüsse zeitigten eine nachhaltige Freundschaft zwischen uns. Trotz des Unterschieds in Charakter und Bildung verband uns der Umstand, dass wir uns beide aufgrund gerichtlicher Willkür hinter Schloss und Riegel befanden. Zu jener Zeit war Romulus mit einer Schönheit verheiratet, die ihn oft besuchte und ihm Lebensmittel, Zigaretten (früher wurde noch geraucht), Bücher und Zeitschriften mitbrachte. Essen und Zeitschriften teilte er mit mir im Wissen, dass er nicht mit einer Gegenleistung rechnen durfte – mich besuchte keiner. Als er einmal grundlos und aus purer Aversion eines Vergehens beschuldigt wurde, leistete ich Bürgschaft für sein gutes Benehmen. Das trug uns erneut die Strafzelle ein. Die Übereiltheit, mit der man uns aus dem Sanatorium entließ, und das geringe Interesse aller, den Aufenthalt daselbst zu verlängern, verwehrten uns ein Abschiednehmen, wie es unter Kameraden geboten gewesen wäre. Als wir uns zum letzten Mal gesehen hatten, waren wir in Unterhosen. Jetzt, viele Jahre später, trafen wir uns wieder, und ich war immer noch in Unterhosen. Er dagegen trug einen gutgeschnittenen Anzug aus blauem Tuch, eine gestreifte Krawatte, einen waldgrünen Lodenmantel und blankgewienerte Mokassins. Auch sein gefälliges Aussehen hatte er nicht eingebüßt, ja, er glich immer noch Tony Curtis, doch genau wie diesem merkte man auch ihm die Anstrengung an, so zu bleiben, wie er war.

Wir verschmolzen in herzlicher Umarmung, und dabei

glitt sein Toupet zu Boden. Nach diesem peinlichen Augenblick und der Mitteilung, er sei als Ersatzmann zur Investiturzeremonie geladen worden, erkundigte er sich nach meinem Ergehen, seit wir uns zum letzten Mal gesehen hätten. Bevor ich antwortete, fragte ich rein höflichkeitshalber nach seinem Ergehen. Da ich mittlerweile fertig angezogen war, seufzte er und sagte:

«Ach, mein Freund, meine Geschichte lässt sich nicht in einigen Minuten zusammenfassen. Aber wenn du Zeit, Lust oder die Güte hast, sie dir anzuhören, und dich von mir zu einem Imbiss einladen lässt, werde ich sie dir ausführlich erzählen.»

Erfreut willigte ich in den Vorschlag ein, denn nichts bereitete mir eine größere Freude, als unsere alte Freundschaft wiederaufzunehmen. Unbemerkt verließen wir das gelehrte Haus und gingen in eine nahe Speisewirtschaft. Romulus bestellte eine Portion Sardellen, für sich ein Glas Weißwein und für mich eine Pepsi. Es rührte mich, dass er sich noch an mein Lieblingsgetränk erinnerte. Nachdem wir bedient worden waren, setzte er zur Schilderung des letzten Teils seiner bewegten Biographie an.

2

WAS ROMULUS DER SCHÖNE ERZÄHLTE

Die Schließung der Anstalt hatte Romulus den Schönen in eine so missliche Lage versetzt wie die anderen Insassen auch, eingeschlossen den Protokollanten dieser ursprünglich mündlichen Erzählung. Dank seinen Geistesgaben, dem Zufall und der Fürsorge anderer fand er trotz seiner Vorstrafen bald eine nicht nur ehrliche, sondern auch ehrenwerte Arbeit als Pförtner eines herrschaftlichen Hauses im nicht weniger herrschaftlichen Bonanova-Viertel. Dort veredelte der tägliche Umgang mit wohlerzogenen Menschen seine Manieren; gelegentliche Geschenke besserten seinen Hausrat auf. Nach drei Jahren wurde er von der Eigentümergemeinschaft entlassen, da man die Ausgaben reduzieren wollte. Mittellos und ohne die Möglichkeit, zu welchen zu kommen, jedoch nicht entmutigt, beschloss er, einen Bankkredit zu beantragen, um damit ein Geschäft aufzuziehen. Ein schöner Anzug und ein gutes Benehmen öffnen die wichtigen Türen, heißt es – sogleich wurde er herzlich von Dr. Villegas empfangen, dem Leiter der von ihm ausgewählten Bankfiliale. Bei den in der Pförtnerloge geleisteten Diensten hatte er die Unterschriften der Magnaten in seinem Haus kennengelernt. Er legte Bürgschaften mit den gefälschten Unterschriften der reichsten von ihnen vor und suchte um einen Kredit nach, dessen Ausarbeitung mehrmaliges Erscheinen in der Filiale erforderte. Als er ihm schließlich gewährt wurde, kannte Romulus der Schöne die Raumaufteilung und das Wesen und Verhalten des Personals bis ins kleinste Detail. Mit dem Kredit besorgte er sich zwei Pistolen, zwei riesige Aktentaschen und zwei Sturmhauben. Er kaufte alles doppelt, da er für seine Operation einen Gehilfen benötigte. Bei der Wahl beging er einen Fehler.

Der Erwählte hieß oder nannte sich Johnny Pox, stammte aus dem Ausland, war neu in der Stadt und unbescholten, ernsthaft, methodisch und guter Dinge. Er machte Bodybuilding, trank und rauchte nicht und konsumierte keine Drogen. Widerspruchslos stimmte er dem Vorschlag, dem vorgesehenen Ablauf und dem ihm bei der Verteilung der Beute zufallenden Anteil zu. Am Vorabend entwendeten sie ein 125er-Motorrad und parkten es vor dem Eingang der Bankfiliale, um nach getanem Überfall damit das Weite zu suchen. Romulus der Schöne hatte keinen Führerschein, schon gar nicht für Zweiräder, aber sein Komplize war ein versierter Motorradfahrer.

An diesem Punkt der Erzählung unterbrach ich ihn, um meiner Verwunderung Ausdruck zu geben: Es wollte mir selbst angesichts so widriger Umstände nicht in den Kopf, dass sich Romulus zu einer Missetat dieses Kalibers verstiegen hatte.

«Pah», sagte er, «heutzutage ist Bankraub ein Kinderspiel.» Und amüsiert über meine erstaunt-hingerissene Miene, fügte er hinzu: «In der modernen Welt ist klingende Münze eine Reliquie. Sämtliche Transaktionen, ob gewichtig oder unbedeutend, werden mit der Kreditkarte oder online getätigt. Natürlich mit Ausnahme schwarzer Operationen, aber die laufen nicht über die Bank oder zumindest nicht über die Stadtteilfilialen. Jedenfalls haben die Banken in ihren Geldschränken nur eine geringe Menge in bar, und folglich lohnt sich Bankraub nicht mehr. Diebe nehmen lieber Juwelierläden oder Privatwohnungen aus. Die Banken wiederum haben in ihrer Wachsamkeit nachgelassen – es zahlt sich für sie nicht mehr aus, bewaffnete Wachleute einzustellen. Der Geldschrank steht immer offen, und der Alarm ist ausgeschaltet. Die Videokameras sind zur Decke gerichtet und die Angestellten davon überzeugt, dass sie im Zuge des Personalabbaus von einem Tag auf den anderen auf der Straße stehen können, und so kommt es ihnen gar nicht erst in den Sinn, ihr Leben zu riskieren, indem sie Widerstand leisten.»

Wieder unterbrach ich ihn und fragte, welchen Sinn es denn habe, für eine so magere Beute eine Bank auszurauben.

«Alles ist relativ», meinte er. «An einem guten Tag kann man mit wenig Anstrengung und ohne jedes Risiko gut und gern zweitausend Euro rausholen. Mit zwei Überfällen pro Monat kommt man gradeso durch.»

Alles war so verlaufen, wie Romulus der Schöne es geplant hatte, doch im letzten Augenblick scheiterte der Überfall an etwas Unvorhergesehenem, ebenso Nichtigem wie Alltäglichem: am Faktor Mensch.

Das Gesicht in den Sturmmasken verborgen, das Motorrad vor der Bankfiliale in Stellung, in der einen Hand eine Plastiktüte, in der anderen die Pistole – so betraten Romulus der Schöne und Johnny Pox das Lokal, als gerade kein Kunde darin war. Wortlos füllten die Angestellten die Tüten mit Scheinen und Münzen, während der Filialleiter (Señor Villegas) seine Untergebenen zur Kooperation anhielt, um ein Blutbad zu verhindern. In weniger als einer Minute war der Überfall vollzogen. Beim Hinausgehen blieb Johnny Pox vor der Auslage eines sechsteiligen Porzellanservices stehen und fragte, ob sie das nicht auch mitnehmen sollten.

«Nein», sagte Romulus, «der Plan sieht vor, dass wir uns unverzüglich aus dem Staub machen.»

«Aber, Menschenskind, hast du gesehen, was für ein Geschirr, Romulus? Göttlich, göttlich!»

«Das ist nicht der Moment, sich zu outen, Johnny.»

Hier mischte sich Señor Villegas ein und erklärte, das Geschirr sei ein Geschenk für die, die eine Sechs-Monate-Einlage von über zweitausend Euro leisteten.

«Ach», seufzte Johnny, «und woher soll ich so viel Geld nehmen?»

«Wenn Sie mir den Vorschlag gestatten, Señor Pox», sagte Señor Villegas, «so können Sie es aus der Plastiktüte nehmen. Und denken Sie daran, dass Sie das Geld mitsamt dem Zins in sechs Monaten wieder abheben können. Das einzige Problem besteht darin, dass das Geschäft einiger Formalitäten bedarf. Hier arbeiten wir nicht einfach drauflos. Hier pflegen wir einen persönlichen Umgang mit den Kunden. Fragen Sie nur Don Romulus, dem wir kürzlich ein Darlehen gewährt haben, oder fragen Sie die Leute, die sich in diesem Moment vor dem Eingang drängen, um dem Überfall beizuwohnen.»

Eine Stunde später standen Romulus der Schöne und Johnny Pox vor dem Richter. Johnny wurde wegen Zugehörigkeit zu einer bewaffneten Bande verurteilt, doch weil er nichts Böses getan hatte, wurden ihm mildernde Umstände zugebilligt, und er stand gleich wieder auf der Straße. Romulus wurde zu einer Haftstrafe von zwanzig Jahren verknurrt. Angesichts dessen, dass er schon vorher in einer Irrenanstalt eingesessen hatte, verfügte das Gericht seine Einweisung in eine Institution gleicher Natur. Da diese Institutionen der Sozialversicherung angehörten, wartete er nun schon mehrere Monate auf einen freien Platz.

«Die können jeden Moment anrufen», sagte er abschließend, «und das geht mir, ehrlich gesagt, sehr gegen den Strich. Ich bin an die Freiheit gewöhnt, du verstehst schon. Wenn ich bloß ein bisschen Geld hätte, würde ich irgendwohin verduften. Aber ich bin vollkommen blank.» Er seufzte, schwieg einen Augenblick und sagte dann in verändertem Ton: «Nun, ich will dich nicht mit meinem Kummer belasten. Erzähl von dir. Wie geht's dir denn so?»

«Sehr gut», antwortete ich.

Die Wirklichkeit sah freilich ganz anders aus, aber die Geschichte meines armen Freundes hatte mich traurig gestimmt, und ich mochte seinen Kummer nicht noch vergrößern mit der Schilderung meiner eigenen Nöte. Nach einigen abenteuerlichen Gehversuchen, die ich seinerzeit schriftlich festgehalten habe, führte ich seit ein paar Jahren einen Damensalon, den in letzter Zeit mit bewunderungswürdiger Regelmäßigkeit nur ein Caixa-Angestellter aufsuchte, um die Rückstände bei der Abzahlung meiner Kredite einzufordern. Die Krise hatte in der tüchtigen sozialen Schicht gewütet, auf die mein Geschäft ausgerichtet war, nämlich die der armen Teufel, und zum Gipfel allen Unglücks gaben die wenigen Frauen, die noch nicht kahl waren und über Geld verfügten, dieses in einem vor kurzem gegenüber dem Salon eröffneten chinesischen Warenhaus aus, wo Glasperlen, Trödel und anderer Firlefanz zu Schleuderpreisen verkauft wurden. Da dieses Warenhaus überdies der beste Kunde der Caixa war, hatte es keinen Sinn, ihm die Schuld in die Schuhe zu schieben, um Aufschub bei der Abzahlung von Krediten zu erbitten, die es mir nur mit Mühe und Not erlaubten, den Laden offenzuhalten und alle Jubeljahre etwas zu essen.

«Ja», sagte Romulus, «man braucht dich bloß anzuschauen.»

Danach widmete er seine ganze Aufmerksamkeit den
Sardellen, als wäre mit dieser Bemerkung die Aufarbei-
tung unserer beider Leben abgeschlossen, so dass wir ein
neues Thema anschneiden konnten. Doch ich kannte ihn
genau und war überzeugt, dass er bloß Zeit gewinnen
wollte, um zur Sache zu kommen. Tatsächlich beendete er
nach einer Weile sein schmatzendes Schlingen, trank den
Wein aus, wischte sich mit der Serviette Lippen und Finger
ab, schaute mich aus halbgeschlossenen Augen an und
sagte:

«Was ich dir vorhin erzählt habe, das mit dem Überfall
und so, das ist allgemein bekannt, Zeitung und Fernsehen
haben darüber berichtet. Aber was ich dir jetzt sagen
werde, muss unter uns bleiben. Ich habe volles Vertrauen
in deine Diskretion.»

«Ich würde sie lieber gar nicht erst anwenden müssen,
Romulus, erzähl mir keine Geheimnisse.»

«Na, komm schon, um unserer Freundschaft willen»,
fiel er mir ins Wort. «Mit irgendjemandem muss ich über
diese Dinge reden, und ich weiß, dass ich mit dir genauso
rechnen kann wie früher. Also pass auf. Vorhin habe ich
gesagt, dass ich nicht ins Gefängnis will. In meinem Alter
würde ich das nicht überstehen. Also habe ich beschlossen
zu fliehen. Brasilien scheint mir ein guter Ort zu sein: angenehmes Klima, Weiber und Fußball. Aber ohne Geld
kann ich nicht abhauen. Darum habe ich dich gefragt …
Nein, nein, keine Bange, ich werde dich nicht anpumpen.
Ich ahne schon, wie deine finanzielle Lage aussieht. In
Wirklichkeit …»

Er senkte die Stimme, beugte sich vor, bedeutete mir mit

einem Handzeichen, es ihm gleichzutun, und als unsere Köpfe über dem leeren Teller zusammensteckten, fuhr er flüsternd fort:

«Ich habe einen Coup geplant. Etwas Sensationelles. Ohne Risiko, ohne großen Aufwand, ohne unangenehme Zufälle. Alles ist vorbereitet. Nur die Mannschaft fehlt mir noch. Wie sieht's aus?»

«Du machst mir einen Vorschlag?»

«Natürlich», rief er frohgemut.

«Du irrst dich in der Person, Romulus. Zu so etwas tauge ich nicht. Ich bin bloß ein Damenfriseur, dazu noch ohne Kundschaft.»

«Na komm, wen willst du denn hinters Licht führen? Haben wir uns etwa eben erst kennengelernt? Du bist der gewiefteste Dieb in dieser Wahnsinnsstadt. Du warst schon immer ein Meister: verschwiegen, penetrant, tödlich. In der Anstalt hat man dich ‹das giftige Fürzchen› genannt, hast du das vergessen?»

Die Erwähnung dieses ehrenvollen Spitznamens erfüllte mich einen Augenblick mit nostalgischem Stolz. Aber die Erfahrung hat mich gelehrt, Schmeicheleien mehr zu fürchten als Drohungen, so dass ich in die Gegenwart zurückkehrte und sagte:

«Danke, Romulus, aber ich lehne die Einladung immer noch ab. Sei mir nicht böse. Natürlich habe ich nichts von dem gehört, was du mir gesagt hast. Wir haben nicht einmal hier Tapas gegessen und etwas getrunken. Das nur, falls ich gefragt werde. Bei mir werde ich immer voller Zuneigung an diese Begegnung denken. Ich wünsche dir das Allerbeste.»

Wir nahmen meinen Bauern- und seinen Lodenmantel vom Garderobenständer, und er griff sich noch den Schal eines vertrauensseligen Gastes. Es war stockdunkle Nacht geworden, und ein kalter Wind pfiff, als wir uns auf der Straße umarmten und jeder seines Weges ging.

Nach dieser Begegnung war ich verwirrt und voller Sorge. Ich fragte mich, ob ich mich nicht bestimmter hätte verhalten sollen, sei es mit dem Versuch, Romulus von einem Projekt abzubringen, das ich mir undurchführbar und höchst riskant ausmalte, sei es, indem ich ihm in seiner misslichen Lage meine Hilfe anbot. Aber was konnte ich schon tun? In meinen jungen Jahren war ich, wie erwähnt, ein gesichtsloser Übeltäter gewesen: ungeschickt, ängstlich und phantasielos. Mit der Zeit kam zu diesen Gaben noch die Niederträchtigkeit, als Polizeispitzel Schlimmeres verhindern zu wollen, doch es war verlorene Liebesmüh. Romulus der Schöne war das genaue Gegenteil: talentiert, ehrgeizig, beherzt und voller Berufsstolz. Er beschränkte sich nicht wie so viele andere darauf, von einem großen künftigen Coup nur zu träumen, sondern plante ihn bis in die kleinsten Einzelheiten und führte ihn dann aus, ohne sich von der Gefahr oder den Mühen abschrecken zu lassen. Ob es ihm schließlich gelang oder nicht, ist ein anderes Kapitel.

Einmal, vor vielen Jahren in der Besserungsanstalt, erzählte er mir, wie er versucht hatte, sein sogenanntes *capolavoro* zu schaffen, und es auch beinahe zustande gebracht hätte. Zwar war er kein Fußballfan wie ich, doch er wusste haargenau, welche Emotionen dieser Sport auslöst, und so kam er auf die Idee, die Barça-Stammformation zu entführen und von jedem Klubmitglied ein Lösegeld von zehn Peseten zu fordern, womit er über eine Million verdienen würde, ohne dadurch jemanden in den Bankrott zu treiben. Der Plan sah vor, auf einer ihrer Reisen das Flugzeug der Spieler und ihrer Betreuer in seine Gewalt zu bekommen. Da er nicht nur über Phantasie, sondern auch ein beträchtliches handwerkliches Geschick verfügte, entwarf und baute er aus Holz, Plastik und Metall einen Spielzeugmüllwagen, den man auseinandernehmen und zu einem 67er Smith-&-Wesson-Revolver, Kaliber 38, umbauen konnte, zwar ebenfalls ein Spielzeug, aber höchst effizient. Als das Artefakt nach monatelanger Arbeit fertig war, brachte er das Datum in Erfahrung, an dem die Fußballmannschaft reisen musste, kaufte ein Ticket für denselben Flug und ging mit der Lastwagen-Pistole an Bord, ohne Verdacht zu erwecken. Nach dem Start und nachdem der Flugkapitän das Anschnallzeichen ausgeschaltet hatte, klappte er den Klapptisch herunter und begann den Lastwagen umzubauen. Der Flug war unruhig, und die Nervosität besorgte den Rest: Als der Sinkflug zum Flughafen Santander begann, wo Barça gegen die lokale Mannschaft (Racing) anzutreten hatte, lagen viele Teile des Lastwagens noch verstreut auf dem Klapptisch, und einige kullerten zwischen den Schuhen der Passagiere umher. Die Stewardess beschwor ihn, den Tisch hochzuklappen und seine Rückenlehne senkrecht zu stellen, und Romulus blieb kaum noch Zeit, die restlichen Teilchen einzusammeln und einzustecken.

Von diesem Misserfolg ließ er sich nicht entmutigen: In den Stunden zwischen der Ankunft und der Rückreise der Spieler setzte er sich auf eine öffentliche Bank gegenüber dem El-Sardinero-Stadion und übte sich in der Zusammensetzung der Waffe, bis er alle Handgriffe perfekt beherrschte. Er hatte Glück und bekam einen Platz in der Maschine, in der die Mannschaft nach dem Spiel zurückflog. Es war schon dunkle Nacht und das Licht in der Kabine nicht sehr hell, und wie schon bei der Anreise wurde das Flugzeug von Böen geschüttelt. Trotzdem gelang es ihm, den Lastwagen rechtzeitig zu zerlegen und zum Revolver umzubauen. Allerdings war bei dem Gerüttel keine Präzisionsarbeit möglich – der Pistolenlauf schaute nach oben, der Abzug fehlte, und das Ganze sah eher nach Gießkanne als nach sonst etwas aus, doch in den Händen eines entschlossenen Mannes konnte die gewünschte Wirkung nicht ausbleiben. Romulus zauderte nicht: Er zog ein Tuch aus der Tasche, öffnete den Sicherheitsgurt und stand auf. Da er vergessen hatte, den Tisch hochzuklappen, erhielt er einen kräftigen Schlag in den Magen. Gekrümmt, mit der einen Hand das Taschentuch über den unteren Teil des Gesichts, mit der anderen den Revolver haltend, schritt er entschlossen durch den Gang und rief:

«Aus dem Weg! Aus dem Weg! Keine Bewegung, und es wird Ihnen nichts geschehen!»

Die Passagiere duckten sich mit Schreckensgesten und -schreien in ihren Sitzen und bedeckten das Gesicht mit den Händen oder der Bordzeitschrift *Ronda Iberia*. Im Nu stand er vor dem Cockpit, riss die Tür auf, drang mit Gebrüll ein und schloss die Tür wieder hinter sich. Da merkte er, dass er in seiner Hast die falsche Richtung eingeschlagen hatte und in die Hecktoilette eingedrungen war. Über den Lautsprecher gab der Pilot die Anweisungen für die Landung auf dem Flughafen El Prat durch. Wütend und mit zitternden Händen zerlegte er die Pistole wieder, versteckte einmal mehr die Teilchen in den Hosentaschen und verließ sein Gefängnis. Im Gang stieß er auf keinen Geringeren als Andoni Zubizarreta, der ihn im Namen der ganzen Mannschaft fragte, ob es ihm wieder besser gehe. Er nickte, bedankte sich, entschuldigte sich bei Passagieren und Stewardessen mit dem Hinweis, er sei bei den Turbulenzen plötzlich unpässlich geworden, und beschloss, die Ausführung seines Plans auf später zu verschieben. Weitere Unannehmlichkeiten, etwa verhaftet, wegen eines früheren Vergehens verurteilt und ins Sanatorium gesteckt zu werden, zwangen ihn, das Vorhaben auf unbestimmte Zeit zu vertagen, doch seine Entschlossenheit schwand ebenso wenig wie seine Überzeugung, dass, wären da nicht ein oder zwei mit der Erfahrung leicht zu korrigierende geringfügige Details gewesen, die Entführung ein voller Erfolg gewesen wäre, der ihm Reichtum und Ruhm verschafft hätte. Bis er wieder in Freiheit war, hatten sich die Sicherheitsmaßnahmen auf den Flughäfen sehr verschärft, und Barça reiste unter anderen Bedingungen. Von diesem epischen Projekt blieben nur die Frustration seines Schöpfers und die Bewunderung derer, die wie ich die Schilderung aus seinem Munde hörten.

Wieder zu Hause, hatte ich bereits beschlossen, dass meine Haltung gegenüber Romulus' Vorschlag die richtige war. Ehrlich gesagt war ich in all den Jahren, die vergangen waren, seit mich meine Fehltritte ins Sanatorium geführt hatten, nie mehr auf die Idee gekommen, eine Straftat zu begehen. Ich war nicht nur rehabilitiert und hatte der Gesellschaft meine Schuld zurückgezahlt, sondern durfte mich rühmen, ein vorbildlicher Bürger zu sein. Für nichts auf der Welt hätte ich meine Freiheit oder gar meine Haut aufs Spiel gesetzt. Für nichts auf der Welt außer für Romulus den Schönen.

3
DER BRIEF

Barcelonas Klima, konstant, mild, feucht und durchsetzt mit Salzpartikeln, genießt bei Viren und Bakterien zu Recht einen guten Ruf. Wir übrigen Lebewesen ertragen es nach Kräften, aber alle sind sich darin einig, dass vom ungesunden Kreislauf der Jahreszeiten der Sommer bei weitem die schändlichste und erbarmungsloseste ist. Und jener Sommer war ganz besonders schlimm. Wer es geschafft hatte, die Schuhe vom Asphalt zu lösen, suchte andernorts Zuflucht, und mochten sich auch im Zentrum oder in weiteren malerischen Zonen ein paar zerlumpte, ausgedörrte Touristen tummeln, so machte doch auf dem vom Vandalismus misshandelten städtischen Mobiliar des Viertels, wo ich wohne und arbeite, keiner sein Wabbelgesäß breit. Woraus sich schließen lässt, dass mein Geschäft immer schlechter lief. Vergeblich stellte ich mich mit meinem falschesten Lächeln in die Tür und jonglierte mit dem berufsspezifischen Instrumentarium; umsonst verkündete ich auf auffälligen Schildern Rabatte und Sonderangebote, Geschenke und Verlosungen. Monoton zogen sich die Stunden und Tage dahin, und im Salon erschien nur ab und zu der Caixa-Angestellte, um unter Beschimpfungen und Drohungen Zahlungen einzufordern. Daher murmelte ich, als ein Schlurfen meine bleierne Schläfrigkeit störte und sich im Eingang eine Gestalt abzeichnete, an diesem glutheißen Mittag bloß:

«Sagen Sie dem Chef, dass ich am Montag ganz bestimmt vorbeikomme und zahle.»

Solche Versprechungen überzeugen zwar nie, zeitigen aber normalerweise eine aufschiebende Wirkung. Nur einmal zog ein streberischer Praktikant eine Spraydose und besprühte die Fassade mit den Worten *Säumiges Schwein*. Doch diesmal trat die Gestalt ein und spähte ins Halbdunkel.

«Sind Sie da?», fragte eine Mädchenstimme.

«Ja, was darf's denn sein?»

Ihre Augen hatten sich an die Dunkelheit gewöhnt, und sie erkannte meine Umrisse in der Ecke, wo ich mich auf der Suche nach ein wenig nicht vorhandener Kühlung ausgestreckt hatte.

«Das sage ich Ihnen, wenn Sie mir etwas Aufmerksamkeit schenken. Ich werde Ihnen nicht viel Zeit stehlen. Und wenn ein Kunde kommt, warte ich so lange wie nötig.» Sie machte eine Pause und fügte dann, als bemerkte sie meine Zweifel, hinzu: «Romulus der Schöne schickt mich.»

In ihrem Ton lag ein Anflug von Bescheidenheit und Angst, was meine Benommenheit verscheuchte. Ich stand auf, ging in die Toilette, spritzte mir Wasser ins Gesicht und beobachtete sie ausgiebig im Spiegel, während ich mir mit einem Kamm durch die Haare fuhr. Sie konnte nicht älter als dreizehn sein und war weder sehr groß noch überaus dünn. Sie hatte zwar keine regelmäßigen Züge, aber ein sympathisches Gesicht mit nahe beisammenliegenden Augen, die gleichsam zum Schielen neigten. Ihre Zähne, größer als der Mund, zwangen sie zu einem Dauerlächeln, aber in diesem Moment spiegelte ihr Blick Unsicherheit und Verwirrung. Sie trug ein sehr schlichtes Sommerkleid, vermutlich aus einem chinesischen Warenhaus.

«Was ist denn mit Romulus dem Schönen?», fragte ich.

«Ich weiß es nicht», antwortete sie, «aber ich befürchte

das Schlimmste. Darum bin ich Sie holen gekommen. Sie sind sein Freund. Und er hat Sie sehr geschätzt. Er hat mir viele Male von den Zeiten erzählt, wo Sie zusammengewohnt haben. Immer hat er Ihre Vorzüge gelobt, Ihren Geist gepriesen und Ihren Mut gerühmt. Als kleines Mädchen bin ich oft mit Romulus' Schilderungen eingeschlafen, wenn er voller Begeisterung die faszinierenden Geschichten erzählt hat, in denen Sie die Hauptrolle gespielt haben und an die er sich bis in alle Einzelheiten erinnert hat. So habe ich Sie kennengelernt, ohne Sie je gesehen zu haben, und in meiner Phantasie habe ich Sie mir wie Batman oder den Unglaublichen Hulk vorgestellt. Ich erinnere mich lebhaft an einige außerordentliche Fälle wie den der verhexten Krypta oder das Olivenlabyrinth. Und ich war ganz mitgenommen, als ich hörte, wie Sie den Mord im Zentralkomitee gelöst haben.»

«Ja, da habe ich mich glänzend geschlagen. Du sagst, Romulus hat dir vor dem Einschlafen Geschichten erzählt?»

«Ja. Er war wie ein Vater für mich. Den eigenen habe ich nie kennengelernt, wissen Sie.»

«Nun mal der Reihe nach. Wer bist du?»

«Stimmt, ich habe mich gar nicht vorgestellt. Das ist die Nervosität. Ich suche Sie seit Tagen. Es war nicht so einfach, Sie zu finden. Ich wusste ja nicht einmal, dass Sie in einem Damensalon arbeiten. Gehört er Ihnen?»

«Ich habe einen Partner. Er glänzt durch Abwesenheit. Wie heißt du?»

«Alle nennen mich Quesito.»

«Das ist ja lächerlich. Wie ist dein richtiger Name?»

«Marigladys.»

«Na ja, Quesito ist vielleicht doch nicht so schlecht. Weiter.»

Dreizehn Jahre zuvor hatte Quesitos Mutter, wie mir das Mädchen erzählte, eine Liebelei mit einem verantwortungslosen Typen gehabt, der spurlos verschwand, nachdem er sie mit Quesito geschwängert hatte. Da sie keine Familie und keine Rücklagen und kaum eine Ausbildung oder besondere Fähigkeiten hatte, überlebten die beiden mit dem kümmerlichen Ertrag der Gelegenheitsarbeiten von Quesitos Mutter. Bei ihrem letzten Job – als Angestellte bei einer Firma für Gebäudereinigung – hatte sie Romulus den Schönen kennenlernen dürfen, damals Pförtner des Hauses, dessen Reinigung Quesitos Mutter oblag. Trotz des Standesunterschieds zwischen einem uniformierten Pförtner und einer einfachen Reinemachefrau entstand zwischen den beiden eine schöne Kameradschaft. Romulus war mit einer blendend aussehenden Frau verheiratet, die jedoch seine Sehnsüchte nicht zu befriedigen vermochte. Sie wiederum, Quesitos Mutter, berichtete ihm von ihren materiellen Schwierigkeiten, und Romulus der Schöne, gerührt und solidarisch, unterstützte sie im Rahmen seiner Möglichkeiten, sei es beim Metallpolieren, beim Auswechseln geschmolzener Glühbirnen, beim Verfrachten des Mülls in die vorgesehenen Container und anderen mit der Würde eines Pförtners zu vereinbarenden Arbeiten, sei es mit gelegentlichen Barzuwendungen. Seine einzige Entschädigung für all das war die Befriedigung, Gutes getan und einer alleinerziehenden Mutter in Nöten unter die Arme gegriffen zu haben. Da er damals aufgrund seiner Position und seines Einkommens ein Auto hatte, brachte er Quesitos Mutter an manchen Abenden nach Hause, nicht ohne vorher die Kleine am Eingang ihrer Schule abzuholen. So entstand zwischen Quesito und Romulus eine zärtliche Zuneigung, die bis in die Gegenwart andauerte. Als er arbeitslos wurde, besuchte er Mutter und Tochter weiterhin und nahm trotz seiner schwierigen materiellen Lage nie die Hilfe an, die ihm Quesitos Mutter immer wieder anbot. Ganz im Gegenteil, stets brachte er bei seinen Besuchen kleine, feine Geschenke mit, Frauenzeitschriften, Näschereien, Obst und Nippes, zweifellos aus irgendeinem halbseidenen chinesischen Warenhaus.

Am Ende dieser Erzählung waren Quesitos Augen feucht, und ich kämpfte vergeblich gegen die Benommenheit an.

«Aber all das hat sich unerwartet und ganz plötzlich geändert», sagte ich, um das Gespräch wieder auf seine Ursprünge zurückzuführen.

Die paar Tränen in Quesitos Augen wurden zu heftigem Schluchzen. Ich wartete eine Weile, reichte ihr dann einige Blatt Toilettenpapier zum Schnäuzen und hielt sie an fortzufahren, indem ich mit geheucheltem Desinteresse fragte:

«Was ist denn mit Romulus dem Schönen?»

«Ich weiß es nicht», antwortete sie, «aber ich befürchte das Schlimmste. Vor einigen Tagen habe ich im Briefkasten einen an mich adressierten Brief von ihm gefunden. Zuerst dachte ich, er schickt mir etwas: ein Foto, einen Zeitungsausschnitt, vielleicht Eintrittskarten für ein Musical. Nie zuvor hatte er sich mit mir auf diese altmodische Art in Verbindung gesetzt. Aber als ich den Umschlag aufmachte ...» Sie nestelte in einem umgehängten Täschchen, zog ein Kuvert hervor und zeigte es mir. «Da, lesen Sie selbst.»

Im Umschlag steckte ein zusammengefaltetes Blatt. Ich entfaltete es: Es war einseitig mit unregelmäßigen Zeilen und zittriger Hand beschrieben. Ich holte meine Brille, setzte sie auf und las:

Quesito,

das ist ganz sicher die letzte Nachricht, die Du von mir bekommst, das heißt, eigenhändig geschrieben, denn höchstwahrscheinlich wird mein Name demnächst in den Massenmedien verunglimpft. Achte nicht darauf und am wenigsten auf das, was im Fernsehen gesagt wird. Du weißt ja, wie gern sie kritisieren und piesacken, besonders wenn jemand direkt vor ihnen steht, manchmal niederträchtig und rücksichtslos. Ich weiß auch nicht, wie sie das aushalten, aber man hat mir gesagt, in diesen Programmen findet viel Theater statt und die Teilnehmer werden bezahlt fürs Abkanzeln und Abgekanzeltwerden. Das Einzige, worum ich Dich bitte, ist, dass Du immer mit so viel Zuneigung an mich denkst, wie Du sie mir jetzt schenkst. Auch ich liebe Dich, als wärst Du meine eigene Tochter. Aber leide nicht meinetwegen. Ich habe nie vor Dir geheimgehalten, dass ich eine wilde Vergangenheit habe. Ich dachte, das liege hinter mir, aber über kurz oder lang präsentiert einem die Vergangenheit die Rechnung. Und dasselbe kann man von den Sportübertragungen sagen, voller Geschrei, Beleidigungen und Ungezogenheiten – und was für eine Sprache, meine Güte! Mit jeder Minute spüre ich, wie die Gefahr naht, bei jedem Geräusch, das ich höre, stockt mir das Herz. Hoffentlich habe ich noch Zeit, diesen Brief zu beenden und in den Briefkasten zu werfen. Wenn Du ihn bekommst, zeige ihn Deiner Mutter nicht. Auf Wiedersehen, Quesito. Du weißt nicht, wer Franco war, bei ihm gab es weder Freiheiten noch soziale Gerechtigkeit, aber wenigstens konnte man mit Freude fernsehen. Es liebt Dich

Romulus der Schöne

Aufmerksam las ich den Brief noch einmal, dann faltete ich ihn zusammen, steckte ihn wieder in den Umschlag und gab ihn Quesito zurück.

«Das gibt einem tatsächlich zu denken», musste ich zugeben. «Wann hast du den Brief denn bekommen?»

«Am Montag.»

«Und wann hast du Romulus zum letzten Mal gesehen?»

«Vor zwei Wochen.»

«Als du ihn das letzte Mal gesehen hast, hat er da irgendetwas Ungewöhnliches, Bemerkenswertes oder Aufschlussreiches gesagt oder getan? Hat er einen besorgten, nervösen oder ungeduldigen Eindruck gemacht?»

«Nichs von alledem. Natürlich bin ich in dieser schwierigen Phase der Präadoleszenz ausschließlich mit mir selbst beschäftigt.»

«Wer hat den Brief sonst noch gelesen?»

«Abgesehen von Ihnen und mir niemand. Romulus hat mich ausdrücklich gebeten, ihn meiner Mutter nicht zu zeigen, und das habe ich auch nicht getan. Soll ich ihn ihr zeigen? Ich mag nicht, wenn es zwischen ihr und mir Geheimnisse gibt. Wir verstehen uns sehr gut.»

«Nein, im Moment ist es besser, das Geheimnis zu bewahren. Jetzt werde ich dich etwas Indiskretes fragen. Du musst mir ehrlich antworten. Welcher Art war die Beziehung zwischen deiner Mutter und Romulus dem Schönen?»

«Was hat das mit dem Brief zu tun?» Sie errötete und kräuselte Lippen und Stirn zugleich.

«Ich weiß es nicht, aber ich glaube, wir dürfen diesen Aspekt nicht außer Acht lassen. Was zwischen den beiden gewesen sein mag, geht mich nichts an, aber wenn ich dir helfen soll, muss ich alles nur Denkbare über die Umstände wissen. Und die Frage ist nicht nebensächlich: Romulus ist ein sehr attraktiver Mann, und deine Mutter ist ein Flittchen, sonst gäbe es dich nicht.»

«Das ist vor vielen Jahren passiert», antwortete sie standhaft. «Jetzt ist meine Mutter schon sehr alt. Nicht so alt wie Sie, aber alt genug, um sich besonnen zu verhalten. Nein, meine Mutter und Romulus waren nur gute Freunde. Wenn da etwas mehr gewesen wäre, wäre es mir nicht entgangen. So naiv bin ich nicht. Romulus kam dann und wann zu uns, immer gegen Abend, aber er ist nie sehr lange geblieben. Schon vor dem Essen ging er wieder, da er immer noch mit seiner Frau zusammenwohnte.»

«Und weiß die um die Freundschaft ihres Mannes mit euch?»

Sie zuckte die Achseln. Dieses Detail war ihr nie wichtig gewesen, und sie langweilte sich bei der Befragung. Sie schaute auf die Armbanduhr.

«Ich muss gehen. Sie werden Romulus finden, nicht wahr? Sie dürfen ihn nicht sich selbst überlassen, Sie beide sind Freunde.»

Ich dachte schnell nach und traf eine Entscheidung.

«Früher», antwortete ich. «Jetzt nicht mehr. Zudem habe ich meine eigenen Probleme und will keine Scherereien. Und du solltest es genauso halten. Ich werde dir einen Rat geben, Quesito. Zwar steht mir das nicht zu, und wir haben uns eben erst kennengelernt, aber du hast keinen Vater, und jemand muss dir diesen Rat geben. Lerne, sei fleißig und gehorsam, bring dich nicht in Schwierigkeiten, geh zur Universität, sieh zu, dass du gute Noten bekommst, und kümmere dich nicht um die anderen. Und schon gar nicht um die Erwachsenen. Deine Mutter schrubbt Fußböden wegen einer Anwandlung von Geilheit, Romulus der Schöne ist ein Verbrecher, und mich braucht man nur anzuschauen. Nimm uns als Beispiele für das, was man nicht tun soll. Und wenn wir böse enden, geht dich das nichts an. Wir haben es selber so gewollt, verstanden? Und was den Brief betrifft, so bring ihn zur Polizei. Sie werden dir zwar keine Aufmerksamkeit schenken, aber wenn später etwas passiert, hast du wenigstens deine Pflicht getan. Und wenn du mir jetzt nichts mehr zu sagen hast, geh ich essen.»

Sie schaute mich unverwandt an, und einen Augenblick dachte ich, sie fange sogleich an zu weinen, aber im letzten Moment beherrschte sie sich und ging zur Tür. Dort drehte sie sich um.

«Wenn ich Romulus von Ihnen sprechen hörte, dachte ich, Sie wären altruistischer», murmelte sie.

«Man wird müde.»

Sie ging hinaus. Nach einige Sekunden kam sie wieder herein.

«Ist hier in der Gegend irgendwas offen?», fragte sie. «Ich sterbe vor Hunger und möchte mir ein Magnum kaufen.»

«Rechter Hand gibt's ein Lokal. Aber du solltest etwas Gesünderes und Nahrhafteres essen.»

«Das sagt meine Mutter auch. Romulus dagegen hat meinen Launen immer nachgegeben. Hören Sie, falls Sie es sich anders überlegen, gebe ich Ihnen meine Handynummer. Oder geben Sie mir Ihre, und ich rufe Sie an.»

«Tut mir leid, ich benutze immer noch die Telefonzellen.»

Sie ließ sich nicht entmutigen und zog einen Kugelschreiber und ein Notizbuch aus der Tasche, riss eine Seite heraus, schrieb eine Nummer darauf, legte den Zettel auf die Konsole und verließ den Salon, ohne sich zu verabschieden oder zurückzuschauen.

Nach einigen Sekunden trat ich auf die Straße hinaus und folgte ihr mit dem Blick. Es war bloß eine Vorsichtsmaßnahme, aber als ich sie so davongehen sah, langsam wegen der Hitze und ohne Anmut wegen ihres Alters und ihrer Konstitution, trieb mich ein unbestimmtes Gefühl von Mitleid fast dazu, ihr nachzurufen. Es war nicht besonders schwer, der Versuchung zu widerstehen, und als sie das Lokal betrat, das ich ihr empfohlen hatte, beschloss ich, den Zwischenfall ad acta zu legen. Bevor ich in den Salon zurückging, sah ich, dass auf dem gegenüberliegenden Gehsteig, einige Meter weiter links, der Eigentümer, Geschäftsführer oder Vorsteher des chinesischen Warenhauses in die Ladentür getreten war und sich mit einem Palmwedel Luft zufächelte. Wir kannten uns nur vom Sehen, doch da im Augenblick niemand sonst auf der Straße war, fühlte er sich verpflichtet, mich zu grüßen und ein Lächeln anzudeuten, das besagte: Was für eine Hitze, nicht wahr? Er war ein mittelgroßer Mann, schlank, um die dreißig. Dem Klatsch da und dort hatte ich entnommen, dass er Bling Fuma oder so ähnlich hieß und eine Frau und einen Sohn hatte. Das Warenhaus hatte eine schmale Glastür und ein winziges Schaufenster vollgestellt mit Gegenständen unterschiedlicher Größe, Materialien und Farben, die sich in puncto Hässlichkeit, Nutzlosigkeit und Billigkeit gegenseitig den Rang abliefen. Über der Tür und dem Schaufenster stand auf einem großen Schild:

WARENHAUS LA BAMBA
ALLES FÜR DEN HAUSHALT – BÜROARTIKEL
SCHULMATERIAL
FRAUENMODEN
ALLES ZUM MITNEHMEN UND NOCH MEHR
KOMM SCHON, NICHTS WIE LOS!

Ich antwortete auf den stummen Kommentar meines Nachbarn mit einer zustimmenden Geste und hob die Brauen zum Zeichen der Resignation angesichts des Klimas. In Wirklichkeit erkundete ich das Firmament, ob ein Blitz niederzuckte, um ihn zu zerschmettern und sein Warenhaus in Schutt und Asche zu legen, doch die Wolken waren sich anderswo entladen gegangen, so dass wir weiterhin der hochsommerlichen Hitze ausgesetzt waren. Gereizt durch diese unheilvolle Begegnung, trat ich in den Salon, zog mich aus, legte mich auf den Fußboden und schlief in Erwartung möglicher Kundschaft tief ein.

4

DIE WACHE

Ich erwachte durstig, unruhig und verschwitzt. Es war nur
wenig Zeit vergangen. Ich ging auf die Straße hinaus, falls
die Hitze etwas nachgelassen hatte, doch nichts hatte sich
verändert. Auf dem gegenüberliegenden Gehweg machte
Señor Lin vor der Ladentür Tai-Chi-Übungen. Um mich
ein wenig zu zerstreuen, imitierte ich seine Bewegungen,
bis ich merkte, dass ich nackt war und einige Nachbarn
auf den Balkon getreten waren, um das Schauspiel zu verfolgen. Also ging ich wieder hinein und wartete weiter.
Wenn in diesem Moment eine Dame eingetreten wäre, um
sich eine Wasserwelle machen oder die Haare toupieren zu
lassen, oder gar ein Obdachloser zwecks Entlausung,
nichts von dem wäre geschehen, was nachher geschah. Da
jedoch niemand kam, begann ich die Langeweile zu be-
kämpfen, indem ich über das nachdachte, was mir Quesito
gesagt und gezeigt hatte. Natürlich war an diesem Brief
etwas Seltsames. Zwar stand seine Authentizität außer
Zweifel: Allein dass er von Hand geschrieben worden war,
verriet den klaren Wunsch, die Identität des Verfassers
deutlich zu machen. Aber war es denn wirklich ein Abschied, oder enthielt er eine verschlüsselte Botschaft für
jemanden, der sie zu deuten wusste? Und warum hatte er
ihn gerade Quesito geschickt? Rechnete Romulus der
Schöne damit, dass sie zu mir käme, um mich um Hilfe zu
bitten, und verbarg der Brief unter seiner zärtlichen Oberfläche eine Botschaft für mich? Wenn die Gefahr so groß

und drohend war, warum ging er dann nicht zur Polizei? In welches Schlamassel mochte er sich wieder hineingeritten haben? Ich rief mir das Gespräch in der Gaststätte nach unserer Zufallsbegegnung in Erinnerung, seine vertrauliche Mitteilung über einen scheinbar einfachen, einträglichen Coup, bei dem ich hätte mitwirken sollen. Hatte er etwa versucht, ihn durchzuziehen, und das Ganze war schiefgelaufen? Wäre es ebenfalls schiefgelaufen, wenn ich meine Mitwirkung nicht so kategorisch versagt hätte?

Gegen sieben Uhr zog ich mich an, ging zur Telefonzelle und wählte die Nummer, die mir Quesito aufgeschrieben hatte. Auf der Stelle hörte ich ihre vergnügte Stimme.

«Wusst ich's doch, dass Sie anrufen würden!»

«Du bist ja vielleicht eine Schlaubergerin.»

«O nein. Romulus hat mir erzählt, dass Sie immer zuerst zu allem nein sagen und am Ende zur Vernunft kommen.»

«Hat dir Romulus auch gesagt, welches sein offizieller Wohnsitz ist?»

«Nicht direkt. Aber ich habe es einmal herausgefunden. Wozu wollen Sie das wissen?»

«Gib mir die Adresse. Wenn ich einen Moment nichts zu tun und Lust habe, geh ich mir das Haus vielleicht anschauen. Früher einmal hatte ich einen gewissen Kontakt zu Romulus' Frau. Ich glaube nicht, dass sie sich noch an mich erinnert, ich mich an sie aber schon, weil sie uns Würste und Kekse mitgebracht hat.»

Ich notierte mir Straße und Hausnummer und sparte mir das Versprechen, sie über das Ergebnis meiner Nachforschungen auf dem Laufenden zu halten, denn die Münzen waren aufgebraucht, und die Verbindung wurde unterbrochen. Früher hatte ich immer einen Draht hineingesteckt und kostenlos bis zur Heiserkeit telefoniert, aber die Verweichlichung hatte mir Geist und Geschick einrosten lassen, und das letzte Mal, als ich es mit dem Draht versucht hatte, hätte ich mir beinahe ein Auge ausgestochen. Im Übrigen findet man problemlos Kleingeld, wenn man auf allen vieren dahinkriecht, wenigstens für ein kurzes Gespräch, und ich bin sehr lakonisch geworden.

Die Stunde von Geschäftsschluss und Kassensturz war gekommen. Da mich die Gewinn- und Verlustrechnung des Tages nicht sehr lange aufhielt, schien noch die Sonne, als ich vor Romulus' Haus zu stehen kam. Es war ein unscheinbares Gebäude, weder neu noch alt, an einem Punkt der Calle del Olvido, wo sich die Fahrbahn verbreiterte und in einen Platz mündete, der, kurz vor den Gemeindewahlen, der Reihe nach von sämtlichen Kandidaten feierlich eingeweiht worden war, nachdem sie ihn mit drei mickrigen Bäumchen, einer Bank und einem Blumenbeet begabt hatten, wo die Hunde um die Wette defäkierten und die Krabbelkinder sich mit weggeworfenen Spritzen stachen. Auf der anderen Seite dieses abgelegenen Plätzchens, diagonal zum Haus, in dem Romulus wohnte, befand sich eine offene Kneipe mit der anregenden Ankündigung:

ZUM DICKEN RINDVIECH

Schlaffen Schrittes schleppte ich mich zweimal um den Block, um das Gelände auszukundschaften, dann kehrte ich zum fraglichen Haus zurück und drückte auf den erstbesten Knopf der Gegensprechanlage. Da niemand antwortete, drückte ich auf einen zweiten. Beim vierten Versuch hörte man eine brüchige Stimme.

«Ein Einschreibebrief für Romulus den Schönen», sagte ich.

«Das ist nicht diese Wohnung.»

«Hier steht dritter Stock, fünfte Tür.»

«Das ist ein Irrtum. Der Gesuchte wohnt im sechsten, erste Tür.»

«Entschuldigen Sie die Störung.»

Im sechsten Stock, erste Tür antwortete eine etwas raue Frauenstimme.

«Wer ist da?»

«Ist Romulus da?»

«Romulus?»

«Der Schöne.»

«Der ist nicht da.»

«Und die Frau?»

«Welche Frau?»

«Die Frau von Romulus dem Schönen.»

«Wer ist da?»

«Ein Freund.»

«Ein was?»

«Sind Sie die Zugehfrau?»

«Die was?»

«Schon gut. Machen Sie auf. Ich bringe einen Einschreibebrief.»

«Waren Sie nicht ein Freund?»

«Vorher schon. Jetzt bringe ich einen Einschreibebrief. Der Herr muss unterschreiben. Oder die Frau. Oder Sie. Jemand muss unterschreiben, verstehen Sie?»

«Nein.»

«Dann machen Sie auf, und ich erkläre es Ihnen von Angesicht zu Angesicht.»

Mit dem schroff-dreisten Klacken dieser Mechanismen öffnete sich eine Spalte, und ich drang in den Hausflur ein. Er war sehr klein und düster und roch nach ranzigem Eintopf. Auf dem Briefkasten des sechsten Stocks, erste Tür standen auf einem Aufkleber die Namen der entsprechenden Mieter: Romulus der Schöne und Lavinia Torrada. In einem kleinen Lift mit abgeblätterter Farbe fuhr ich hinauf. Ich klingelte.

Sogleich öffnete eine junge, stämmige Frau mit molligen Armen, quadratischer Kinnlade und blauen Augen.

«Wo soll ich unterschreiben?», fragte sie und zielte mit dem Kugelschreiber auf mich.

Es war mir nicht einmal in den Sinn gekommen, eine Fälschung des amtlichen Dokuments vorzubereiten – ich steckte in der Klemme.

«Bevor ich Ihnen das Exemplar zeigen darf, muss ich Ihre Papiere sehen», versuchte ich mich aus der Affäre zu ziehen.

Beim Wort Papiere verzog sie das Gesicht. Ich beruhigte sie mit einem verdrießlichen Lächeln.

«Nix Angst. Ich nicht Polizist. Ich Postdienst: schnell, aufmerksam, verlässlich. Ist die Señora da?»

«Die Señora?»

«Papiere in Ordnung. Sie darf unterschreiben.»

Sie war eine harte Nuss, aber leicht einzuwickeln. Sie entfernte sich und ließ dabei die Tür offen, so dass ich in die Diele eindrang und die Tür hinter mir schloss. Von dem winzigen Raum gingen im rechten Winkel zwei kurze, dunkle Korridore aus. In keinem war menschliches oder tierisches Leben wahrzunehmen. An der Wand hing auf Augenhöhe ein kleines Schränkchen, in dem sich der Stromzähler verbarg. Ich öffnete es. Manchmal legen die Leute ihre Schlüssel dort hinein, diesmal jedoch nicht. Durch einen der beiden Korridore vernahm man das monotone Rauschen einer Waschmaschine bei der Verrichtung ihrer Pflicht. Langsam verstrichen einige Minuten. Die Nervosität und das Warten drückten mir auf die Blase. Das Geräusch fester Schritte überraschte mich dabei, wie ich von einem Fuß auf den anderen hüpfte.

«Was ist das für ein Getue mit diesem Einschreibebrief?», fragte eine trotz des prosaischen Wortlauts singend-sinnliche Frauenstimme.

In meiner Erinnerung war Lavinia Torrada eine Frau von provozierender Schönheit, kurvenreich, großäugig, langwimprig. Romulus hatte mir selbst erzählt, wenn sie in ihren glücklichen Zeiten Arm in Arm durch die Straßen gegangen seien, sei der Verkehr zum Erliegen gekommen und die Fußgänger gestrauchelt. Dann sperrte man ihn dorthin, wo auch ich war, und sie besuchte ihn die ganze Zeit regelmäßig. Wenn sich herumsprach, dass sie kam, war ich nicht der einzige Insasse, der Kopf und Kragen riskierte, um sie mit wiegenden Hüften über den Kiesweg gehen zu sehen, in einer raffinierten Bluse oder, je nach Jahreszeit, einem satt anliegenden Pullover, einem bald engen, bald duftigen, jedenfalls immer kurzen Rock, der die Beine betonte, welche von hochhackigen Schuhen stilisiert wurden, auf denen sie, besonders im Kies, nur dank unaufhörlichem Hüftewiegen bis zum Eingang des Hauptgebäudes das Gleichgewicht halten konnte, wo Dr. Sugrañes, geschniegelt und lüstern, persönlich angegockelt kam, um sie über den Gesundheitszustand ihres Mannes zu unterrichten und ihr in ihrem Kummer Trost zu spenden. Dasselbe, wenn sie wieder ging. Wie oft habe ich die Augen zusammengekniffen, wenn ich sie sah, und vor Erregung die Gitterstäbe meines Fensters losgelassen, so dass ich vom Schemel fiel, den ich auf den Nachttisch gestellt hatte, um durch die schmale Scharte diese flüchtige Vision zu erhaschen, und Schemel und Nachttisch zu Bruch gingen, ganz zu schweigen von meinen Prellungen und den Repressalien, die sich aus dem Vorangegangenen ergaben, was in seiner Gesamtheit mein Glühen vorübergehend abkühlte, mich aber nicht davon abhielt, beim nächsten Mal das verwerfliche Glotzen wiederaufzunehmen.

Als ich sie jetzt sah, errötete ich unwillkürlich.

«Es gibt überhaupt kein Getue», stotterte ich, «und einen Einschreibebrief gibt es auch nicht. Ich bin ein Freund von Romulus, wie ich anfangs sagte. Und da mir das keinen Zugang verschaffen konnte, habe ich eben das andere erfunden. Entschuldigen Sie diese List und mein Eindringen. Aber da ich schon so weit gekommen bin, will ich Ihnen auch den Grund für mein Hiersein erklären. Ich glaube nicht, dass Sie mich damals gesehen haben oder dass Ihr Mann Ihnen von mir erzählt hat, aber Romulus der Schöne und meine Wenigkeit haben einen Ort und eine Etappe unseres Lebens geteilt, an die keiner von uns gern zurückdenkt. Das ist viele Jahre her – Jahre, die bei Ihnen keine Spuren hinterlassen haben, wenn ich so unverschämt sein darf.»

Sie schaute mich scharf an, mit denselben Augen wie damals. Was ich sagte, stimmte: Zwar waren ihre Formen runder geworden und hatten sich vielleicht etwas geweitet, das Gesicht hatte seine straffe Glätte verloren, auf ihren vollen Lippen war eine leichte Verzerrung zu erkennen, und unverkennbar färbte sie die Haare. Doch wenn ich einen Schemel und einen Nachttisch zur Hand gehabt hätte, ich hätte nicht einen Augenblick gezögert, die wollüstige Akrobatik von damals zu wiederholen.

«Falls Sie gekommen sind, um meinen Mann zu besuchen», sagte sie, ein wenig alarmiert durch mein Verhalten, denn mein Gesicht hatte mittlerweile die Farbe von Karmesinrot angenommen, und der Harndrang zwang mich zu regelrechten Massaitänzen, «er ist nicht da.»

«Macht nichts, ich kann warten.»

«Romulus kommt immer sehr spät», entgegnete sie sehr rasch. «Oft hält ihn die Arbeit bis tief in die Nacht hinein auf.»

«Oh, Romulus war schon immer ein Ausbund an Fleiß!», rief ich.

Einen Augenblick herrschte Schweigen, bis die Waschmaschine frenetisch zu schleudern begann. Im selben Moment erschien die Frau von vorher mit einem Besen in der Hand. Es sah nicht gut aus.

«Natürlich, wenn es nicht heute sein kann, dann eben ein andermal.» Ich versuchte, meine Hüpfer als Verneigungen aussehen zu lassen. «Ich will Sie nicht weiter stören. Aber bitte richten Sie Ihrem Mann doch aus, wenn Sie ihn sehen, ich hätte bereits die Information, um die er mich neulich gebeten hat. Sagen Sie ihm, er soll nichts unternehmen, bevor er mit mir gesprochen hat. Ich gebe Ihnen meine Handynummer, falls Sie so nett sein wollen, sie aufzuschreiben.»

Lavinia Torrada warf mir einen argwöhnischen Blick zu. Dann machte sie eine Kopfbewegung in Richtung der Frau mit dem Besen. Diese ging durch den einen Gang davon und kam mit einem Block und einem Kugelschreiber zurück, die sie gegen den Besen eingetauscht hatte. Wie als Friedenszeichen verendete das Röcheln der Waschmaschine. Ich zog den Zettel aus der Tasche und diktierte Quesitos Telefonnummer, sah zu, wie sie sie aufschrieb, wiederholte meine affektierte Verbeugung, schlug unsanft den Kopf am Zählerschränkchen an, öffnete die Tür und verzog mich.

Um meinen verwirrten Geist zu beruhigen, rannte ich das Treppenhaus hinunter bis in den zweiten Stock, wo ich auf die Fußmatte urinierte. Dann ging ich bis ins Erdgeschoss und ganz ruhig von dannen, falls man mich vom Fenster aus beobachtete. Nachdem ich um die Ecke gebogen war, suchte ich eine Telefonzelle und rief Quesito an.

«Haben Sie das Rätsel gelöst?», fragte sie, kaum hörte sie meine Stimme.

«Sei nicht albern. Ich habe gerade Romulus' Frau einen Besuch abgestattet. Er ist nicht zu Hause und wird auch nicht erwartet. Bevor ich wieder gegangen bin, habe ich ihr eine plumpe Falle gestellt. Ich glaube zwar nicht, dass sie anbeißt, aber jedenfalls rufe ich dich deswegen an. Ich habe ihr deine Telefonnummer gegeben. Wenn jemand anruft und nach mir fragt, dann sagst du, du seist eine Angestellte des Damensalons. Nein, besser Lehrling, nicht, dass du mir noch über die Fachterminologie stolperst. Nimm die Mitteilung entgegen, und stell keine Fragen. Fragen erwecken Argwohn. Lass den anderen reden, und sag selbst irgendwas Belangloses, was nichts mit unserem Fall zu tun hat. Manchmal kommt der andere ebenfalls auf den Geschmack, wenn man viel spricht. Schreib alles auf, was man dir sagt, ohne ein einziges Komma auszulassen. Ich ruf dich dann morgen an. Hast du alles verstanden?»

«Jawohl. Und Sie, was tun Sie inzwischen?»

«Wache stehen, bis ich umfalle.»

«Ich kann Sie ablösen kommen – oder Ihnen Gesellschaft leisten.»

«Nein, bleib zu Hause, und mach deine Hausaufgaben.»

«Ich habe keine Hausaufgaben, es ist Sommer, wir haben Ferien.»

«Dann gehst du eben alles noch mal durch.»

Ich hängte auf, ging zurück und blieb in angemessenem Abstand zu Romulus' Haus stehen. Aus einem Abfalleimer angelte ich mir eine Zeitung, um das Gesicht zu verdecken, dann lehnte ich mich an die Hauswand und spielte eine Weile den Lesenden. Gegen zwanzig nach acht verließ die Frau mit dem Besen das Haus, bog um die nächste Ecke und verschwand. Ich hielt es nicht für unerlässlich, ihr zu folgen. Ich wartete noch eine weitere halbe Stunde im Wissen, dass bis zum nächsten Tag nichts Interessantes mehr geschehen würde. Schließlich suchte ich eine Bushaltestelle, nahm einen Bus, der in meine Richtung fuhr, und ließ mich, die Wonnen der Klimaanlage genießend, davontragen, während ich über den nächsten Schritt auf der ungewissen Reise nachdachte, die ich soeben wider alle Vernunft angetreten hatte.

Am nächsten Tag stand ich zeitig auf, verließ die Wohnung, wartete auf den Bus, der endlich auch zu kommen geruhte, stieg ein, und als ich an meinem Ziel anlangte, war es noch so früh, dass der Hahn gekräht hätte, wenn es außerhalb des Supermarkts einen gegeben hätte. Zu dieser Stunde waren die Ramblas menschenleer und ihre Lokale und Läden geschlossen, nur die städtischen Angestellten waren zu sehen, die diesem weltberühmten Boulevard nach der betriebsamen Barceloneser Nacht seine übliche Gestalt zurückgaben; die einen entfernten fein säuberlich die organischen Abfälle und ihre Verpackungen, andere rücksichtslos die Betrunkenen und dritte mit dem gebührenden Respekt die Dahingeschiedenen. Um ihnen nicht ins Gehege zu kommen, benutzte ich den Bürgersteig und ging dicht an der Hauswand entlang. Ich bog in die ebenfalls verlassene Calle Portaferrisa ein und nach wenigen Metern in ein düsteres Portal, wo ich auf den Gesuchten traf, der soeben seine Alltagskleider ausgezogen hatte und nun in eine Prachtgewandung schlüpfte. Ich begrüßte ihn, und er erkannte mich auf der Stelle und freute sich über meinen Anblick, denn obwohl uns nie eine enge Freundschaft verbunden hatte, neigte er zur Nostalgie und nahm mit einer Mischung aus Gefallen und Traurigkeit alles entgegen, was ihn an bessere Zeiten erinnerte. Jahrzehntelang hatte er sich seinen Lebensunterhalt bequem mit einem vielfältigen Sortiment an Gaunertricks verdient, die er so meisterlich und elegant darbot, dass er seinen Spitznamen zurecht trug: der Dandy Morgan. In einem bestimmten Alter, als er schon einen ruhigen Ruhestand vorbereitete und Pläne für die Eröffnung einer Trickbetrügerakademie schmiedete, änderte sich alles schnell und unerwartet. Zunächst stellte ihn der Zustrom ausländischer Touristen bei einer Kunst, die ausschließlich auf der Geschwätzigkeit basiert, vor unlösbare Sprachprobleme.

«Aber nicht das war das Schlimmste», jammerte der Dandy Morgan, «sondern die neue Mentalität. Wegen der Hütchenspieler und Taschendiebe haben sich die Leute daran gewöhnt, schnell und mühelos Geld zu verlieren. Früher musste man, um übers Ohr gehauen zu werden, scharfsinnig, habgierig, entschlossen und unmoralisch sein. Heute lässt sich sogar der Stumpfsinnigste ausnehmen ohne die geringste Vorstellung, was er da macht. Du schlägst einem dieser jungen Menschen Bauernfängerei oder den Trick mit dem großen Los oder den Blütendrucker vor, und er schaut dich an, als kämst du vom Mond.»

Einnahmenrückgang und Mutlosigkeit hatten ihn dazu gebracht, den Beruf aufzugeben und eine lebende Statue zu werden. Anfänglich lief das Geschäft ziemlich gut. Dann tauchten immer mehr Konkurrenten auf und damit Probleme. Auch auf diesem Gebiet machte sich die Dekadenz bemerkbar.

«Als ich anfing», sagte er, «gab es eine Kultur der Ikonographie: Jedermann erkannte die Figuren. Heute dagegen wissen die Leute nicht mehr, wer jemand ist. Sogar Elvis und der Che müssen sich auf einer mehrsprachigen Tafel ausweisen.»

«Und du, was stellst du dar?»

«Doña Leonor von Portugal, sieht man das nicht?»

Er hatte sich den Lippenstift aufgetragen und den Schnurrbart mit Bronzepulver verdeckt. Ich half ihm, mit Haarnadeln und Büroklammern die Krone an den Locken zu befestigen.

«Ich bin gekommen, um dich um einen Gefallen zu bitten», sagte ich, als wir fertig waren.

«Das ist kein günstiger Zeitpunkt.»

«Es geht nicht um Geld, sondern um eine Dienstleistung. Um eine bezahlte.»

Wir handelten einen Stundensatz aus, obwohl ich keine Ahnung hatte, woher ich das Geld nehmen sollte.

Es war ziemlich schwierig, sein Podest in den Bus zu verfrachten, aber noch bevor die wenigen Läden, die nicht ferienhalber geschlossen waren, öffneten, hatte sich die Statue gegenüber dem Haus von Romulus dem Schönen aufgebaut.

«Wird sich niemand wundern, dass ich gerade diesen Ort ausgesucht habe?», sagte der Dandy Morgan, bevor er seine königliche Pose einnahm. «Diesen Platz betritt ja kein Schwein.»

«Ach, die Leute achten gar nicht drauf. Und überhaupt, was spielt das für dich schon für eine Rolle? Ich komme für den entgangenen Gewinn auf. Deine Aufgabe ist es, unverwandt den Hauseingang dort im Auge zu behalten. Ohne mit der Wimper zu zucken. Wenn jemand hineingeht oder herauskommt, benachrichtigst du mich. Schreib dir meine Handynummer auf.»

«Kann ich nicht. Ich bin der Unbeweglichkeit verpflichtet.»

«Und wenn du pinkeln musst?»

«Ich trage Pampers.»

«Also, dann notier es dir eben im Kopf, und ich komme zur Essenszeit, damit du mir berichten kannst.»

Punkt neun schloss ich schon den Damensalon auf. Um Viertel nach elf kam ein Trottel herein und fragte nach einem chinesischen Warenhaus in der Nähe. Ich schickte ihn zu La Bamba, nicht ohne ihm vorher, vergeblich, Haarewaschen und -schneiden sowie Rasieren zum Preis einer einzigen Leistung vorgeschlagen zu haben. Und dann kam niemand mehr. Um zwei machte ich dicht und ging zum Dandy Morgan.

«Was Neues?»

Er gab keine Antwort. Er bequemte sich nicht einmal, die Augen zu senken.

«Na, komm schon, Mann, es sieht uns doch keiner», drängte ich ihn.

Fast ohne Lippenbewegungen murmelte er seinen Bericht. Den ganzen Morgen waren nur wenige Leute aus dem Haus herausgekommen und noch weniger hineingegangen. Von den Hineingegangenen gehörten zwei zur Gruppe der vorher Herausgekommenen, und vier waren hineingegangen, ohne vorher herausgekommen zu sein, waren aber nach einer Weile wieder herausgekommen; eine Person war hineingegangen und noch nicht wieder herausgekommen. Von denen, die herausgekommen waren, ohne hineingegangen zu sein, waren zwei wieder hineingegangen, und die anderen waren noch nicht wieder hineingegangen.

«Das hast du ausgezeichnet gemacht, mein Lieber», sagte ich ermunternd. «Und jetzt sag mir, unter denen, die herausgekommen sind, gab es da eine umwerfend aussehende Dame?»

«Ja», sagte er, jetzt ohne seine majestätische Arroganz. «Punkt halb elf ist ein Superstück rausgekommen. Als Königin von Portugal trage ich zwar keine Armbanduhr, aber in dem Lokal hinter mir läuft das Radio auf Hochtouren, und jede halbe Stunde kommen Nachrichten. Jetzt zum Beispiel muss es kurz nach zwei sein. So verliere ich das Zeitgefühl nicht.»

«Je besser ich dich kennenlerne, desto mehr bewundere ich dich. Und die fragliche Dame, wie sah sie aus?»

Aus der eingehenden, hyperbolischen Beschreibung schloss ich, dass es sich um Lavinia Torrada gehandelt hatte. Statistisch gesehen war es unwahrscheinlich, dass in diesem Schundhaus gleich zwei Klassefrauen wohnten. Die unsere war um die vom Dandy Morgan genannte Zeit ohne Begleitung herausgekommen, aber vor der Tür erwartete sie ein Herr, der ein paar Minuten zuvor im Auto angefahren war, in der Nähe des Hauses geparkt hatte, ausgestiegen war, zunächst das Lokal betreten und dann ohne Anzeichen von Ungeduld auf dem Bürgersteig gewartet hatte. Als die Frau von Romulus dem Schönen herauskam, begrüßten sich die beiden mit einem angedeuteten Lächeln und einem Kopfnicken, ohne sich auf die Wangen oder sonst wohin zu küssen oder sich auch nur die Hand zu geben. Sie hatten ein paar Worte gewechselt und waren dann schweigend zum Auto gegangen, eingestiegen und davongefahren.

«Nichts hat darauf hingewiesen, dass sie eine Affäre haben», schloss er, «aber vielleicht haben sie es auch nur kaschiert. In solchen Fällen weiß man nie. Zudem war er ein vulgärer Typ. Mittleren Alters, geschmacklos gekleidet, sah aus wie ein Einfaltspinsel. Hat überhaupt nicht zu dieser Sehenswürdigkeit gepasst.»

«Man hat schon Merkwürdigeres gesehen. Hast du dir das Autokennzeichen merken können?»

«Natürlich, wofür hältst du mich?»

Ich notierte es mir und trat dann ins *Dicke Rindviech*. Aus dem Radio dröhnte Werbung. Das war das Lustigste im Lokal, das im Übrigen reinlich aussah und nur unterdurchschnittlich verqualmt war. Hinter der Theke stand ein Kellner, möglicherweise der Namenspate des Lokals, jedenfalls seiner Körperfülle und dem Gesichtsausdruck nach zu beurteilen. An der Theke ließen zwei Männer, ebenfalls fettleibig, je einen Schwall Schweiß auf ihren Teller Fleischklößchen niedergehen. Gern hätte ich es ihnen gleichgetan, aber das Menü kostete sechs Euro, und die hatte ich nicht. Ich wandte mich an den Kellner:

«Entschuldigen Sie die Störung, aber vielleicht könnten Sie oder» – zu den beiden Gästen – «Sie mir helfen. Heute Vormittag ist einige Minuten vor halb elf mein Lieferwagen, gesteuert von meiner Person, leicht mit einem roten Peugeot 206 mit der Nummer Barcelona 6952 kollidiert. In diesem Moment konnte ich nicht anhalten, aber jetzt, da meine Geschäfte erledigt sind und ich keine weiteren Verpflichtungen mehr habe, möchte ich mich mit dem Eigentümer des beschädigten Wagens in Verbindung setzen, um meiner Verantwortung nachzukommen. Sie kennen ihn nicht vielleicht zufällig?»

Die an alle drei gerichtete Frage löste eine kurze Debatte

aus, aus der sich ergab, dass der Wagenbesitzer Stammgast des Lokals war, wo er jeweils einen Cortado trank.

«Ich muss nämlich», sagte ich nach diesen Enthüllungen, «die Versicherungsgesellschaft benachrichtigen, damit man sehen kann, ob sich der Schaden reparieren lässt oder ob man ihm einen neuen Wagen geben muss, eine Limousine mit Vierradantrieb und elektrischem Fensterheber. Nichts von alledem ist möglich, wenn wir uns nicht miteinander in Verbindung setzen. Wären Sie wohl so freundlich, ihm ans Herz zu legen, er möge mich unter dieser Handynummer anrufen?»

Ich schrieb Quesitos Nummer auf eine Papierserviette und legte sie auf die Theke. Ich verließ das Lokal und schritt am Dandy Morgan vorbei, ohne ihn auch nur anzublicken, falls mich die Dickwänste beobachteten, bestieg den Bus und stand eine halbe Stunde später im Damensalon. Unterwegs kaufte ich mir ein Sandwich mit Sardinen in Pökelbrühe (das billigste), um es an meiner Arbeitsstätte zu vertilgen. Im Geist schon die Verköstigung vorwegnehmend, wäre ich beinahe in Ohnmacht gefallen, als ich eine menschliche Gestalt vom Sessel aufstehen sah, sowie ich die Ladentür öffnete.

«Tschuldigung! Tschuldigung!», rief Quesito. «Ich wollte Sie nicht erschrecken. Da Sie nicht da waren, habe ich gedacht, ich warte lieber drinnen auf Sie statt draußen in der glühenden Sonne.»

«War die Tür denn offen?»

«Nein, aber Romulus hat mir beigebracht, wie man Schlösser aufbricht. Ich habe es ganz vorsichtig gemacht, um es nicht zu beschädigen. Verströmen *Sie* diesen Sardinengeruch?»

«Das geht dich einen feuchten Staub an», antwortete

ich, «und befummle nicht die ganzen Sachen hier, da gibt es empfindliche und gefährliche Instrumente», fügte ich hinzu, als ich sie zerstreut mit einem Kamm spielen sah.

«Tschuldigung, Tschuldigung», wiederholte sie. «Ich bin gekommen, um Ihnen zu sagen, dass man vor einer Weile auf dem Handy angerufen und nach Ihnen gefragt hat.»

«Wer?»

«Hat die Stimme nicht gesagt.»

«Und du hast nicht gefragt?»

«Ist mir nicht in den Sinn gekommen.»

«War es ein Mann oder eine Frau?»

«Da drauf habe ich nicht geachtet.»

«Und was hat die Person gesagt?»

«Weiß ich nicht mehr.»

«Um Himmels willen, Quesito, so kommen wir nicht weiter. Du musst besser aufpassen.»

«Tschuldigung, Tschuldigung. Es wird nicht wieder vorkommen.» Sie machte ein weinerliches Gesicht, das ich ihr mit einer energischen Handbewegung austrieb.

«Wir dürfen keine Zeit mit Jammern verlieren. Gehen wir zum Praktischen über. Hast du Geld?»

«Drei Euro.»

«Gib sie her.»

«Sie sind für ein Magnum Mandel.»

«Das gibt es jetzt nicht. Ich habe subalternes Personal unter Vertrag genommen, das unverzüglich entlohnt werden muss. Bitte deine Mutter um Geld.»

«O nein. Nein, das geht nicht. Meine Mutter weiß nichts von dieser Geschichte. Sie würde fuchsteufelswild, wenn sie es erführe. Erzählen Sie ihr nichts. Bitte, bitte.»

«Wie soll ich ihr denn etwas erzählen, wenn ich sie weder kenne noch weiß, wo sie zu finden ist? Aber du musst unbedingt ein wenig Geld auftreiben. Bitte sie darum, ohne ihr zu sagen, wofür es ist. Für Kleider oder fürs Kino. Lügen sind nie zu entschuldigen, aber manchmal sind sie ein bisschen weniger nicht zu entschuldigen, beispielsweise jetzt.»

Etwas gefasster ging sie, nachdem sie ihre Tollpatschigkeit vergessen und mir versprochen hatte wiederzukommen, wenn es etwas Neues gebe, und irgendwie Geld aufzutreiben. Da ich ihr in dieser Hinsicht nicht viel zutraute, dachte ich darüber nach, wie ich zu einigen Euro kommen könnte, wenigstens um den Dandy Morgan zu bezahlen, ganz zu schweigen von anderen möglichen Ausgaben, meinen eigenen Unterhalt eingeschlossen. Diese Überlegungen brachten mich wieder auf das Sardinensandwich, und ich wollte es eben auspacken, als unangemeldet jemand den Salon betrat. Im Gegenlicht erkannte ich die Gestalt nicht und wusste erst, wer es war, als ich die honigsüße Stimme hörte.

«Verzeihen Sie die Störung. Ich bin Lin Fuma, der Geschäftsführer des Warenhauses La Bamba. Ich bin gekommen, um Sie um einen kleinen Gefallen zu bitten. Ich würde es nicht tun, wenn mich die Umstände nicht dazu zwängen, aber in diesen Tagen kann ich mich weder an Verwandte noch Bekannte wenden, und da wir Nachbarn sind …»

Es war das erste Mal, dass wir eine mündliche Beziehung unterhielten, und seine Sprachbeherrschung erstaunte mich. Nicht einmal auf diesem Gebiet war ich im Vorteil. Vorsichtig fragte ich, womit ich dienen könne.

«Eine Lappalie», antwortete er so natürlich, als wären wir alte Freunde. «Ich muss meinen Sohn abholen. Ich habe ihn in einem Schwimmkurs angemeldet. So vertreibt er sich die Zeit, und wir müssen uns nicht den ganzen Tag um ihn kümmern, wenn er keine Schule hat. Bis letzte Woche war er in der Ferienkolonie. In Valldoreix. Aber jetzt ist er zurück, und ihn bei Laune zu halten und uns gleichzeitig um den Laden kümmern, das ist echt ein Problem.»

Er machte eine Pause, und ich sagte nichts, um nicht eine unpassende Kameraderie zu fördern. Doch er brauchte keinen Stimulus, um weiterzufahren.

«Normalerweise geht meine Frau mit ihm zum Schwimmbad, und sie holt ihn auch wieder ab, aber heute ist sie zum Junggesellinnenabschied ihrer Cousine eingeladen. Miau. Kurzum, es ist meine Sache, den Jungen zu holen, und ich wäre Ihnen sehr dankbar, wenn Sie während meiner Abwesenheit einen Blick auf den Laden werfen könnten. Es wird höchstens zehn Minuten dauern. Aber ich mag nicht schließen, und im Laden gibt es so vieles zu stehlen … Hier dagegen …»

«In Ordnung», sagte ich knapp; dann fasste ich mir ein Herz und fügte lächelnd hinzu: «Ich werde sehr gern tun, worum Sie mich bitten. Wir Nachbarn sind dazu da, uns in schwierigen Lagen zu helfen.»

«Danke, Herr Kollege, ganz Ihrer Meinung.»

Ich lehnte die Salontür an, und wir überquerten die Straße, verabschiedeten uns feierlich vor dem Warenhauseingang, er ging beschwingten Schrittes davon und ich hinein, teils, um vor der Sonne Zuflucht zu suchen, teils, um nicht von anderen Händlern im Viertel gesehen und als Kollaborateur bezeichnet zu werden, teils aus Neugier. Da mich Läden nicht interessieren, wenn ich nicht kaufen kann, was sie verkaufen, und da meine Vermögensverhältnisse dieses Interesse praktisch auf null reduzieren, hatte ich noch nie ein Geschäft dieser Art gesehen. Schon ein flüchtiger Blick machte mich sprachlos. Da gab es alles, was das Schild auf der Fassade verhieß, und vieles mehr, selbst eine vielfältige Darstellung sämtlicher bildender Künste, sowie tausend andere Artikel, die mein aus der Übung geratenes Hirn und mein matter Geist nicht zu registrieren vermochten. Benommen schlängelte ich mich durch die Gänge, als mir ganz hinten im Halbdunkel ein seltsamer, scheinbar ausrangierter Gegenstand auffiel. Ich betrachtete ihn aus der Nähe und erkannte, dass es sich um einen mittelgroßen Hampelmann handelte, der so komisch aussah, dass ich trotz meiner Mutlosigkeit schallend lachen musste. Und danach einen Schreckensschrei ausstoßen, als ich den Hampelmann unter tiefen Verbeugungen auf mich zukommen sah.

«Entschuldigen Sie erschrecken», hörte ich ihn mit brüchiger, zittriger Stimme sagen. «Es war nicht meine Absicht, Überraschung zu bereiten. Ich bin bescheidener Vorfahr von Señor Lin, Geschäftsführer dieses ehrwürdigen Lokals. Sie kennen mich nicht, aber ich Sie. Sie sind ehrwürdiger Inhaber von großem Damensalon auf Gehweg gegenüber. Eines Tages komme ich Pferdeschwanz schneiden und kämmen.»

«Sehr angenehm», sagte ich, nachdem ich mich von dem Schrecken erholt hatte. «Ich habe nicht erwartet, jemanden anzutreffen. Und ich dachte, Vorfahren seien definitionsgemäß verstorben.»

«Sie haben recht. Ich bin alt, aber noch quicklebendig, wenn Sie schlechten Witz erlauben. Ich bin halbfertiger Vorfahr. Mein Sohn Fuma, Erstgeborener von Dynastie, hat mich aus China hergebracht, mit Erlaubnis von General Tat, um Vorfahr in Geschäft zu haben. Haben Sie Vorfahr in großem Damensalon?»

«Nein, das würde mir grade noch fehlen.»

«Oh. Vielleicht Nachfahren.»

«Auch nicht.»

«Ich bin in Gefühl mit Ihnen. Vorfahren und Nachfahren sind wichtig. Vergangenheit und Zukunft. Ohne Vergangenheit und Zukunft ist alles Gegenwart, und Gegenwart ist flüchtig.»

Er schloss die Lider und setzte einen heiteren Ausdruck auf, begleitet von einigen Schnarcherchen. So fand uns Lin Fuma vor, der einen etwa zehnjährigen Jungen hinter sich herzog, welcher damit beschäftigt war, Schokoladeneis über seine ganzen Kleider zu verteilen.

«Verzeihen Sie», murmelte Lin Fuma, «ich habe vergessen, Ihnen zu sagen, dass mein Vater im Laden ist. Ich hoffe, er ist Ihnen nicht auf den Geist gegangen. Er hat schon ein paar Jährchen auf dem Buckel und außer mir niemand, mit dem er sich unterhalten kann. Manchmal lässt ihn sein Kopf im Stich, und aus diesem Grund mochte ich ihm den Laden nicht anvertrauen.»

«Keineswegs», rief ich, «er hat mich überhaupt nicht genervt. Wir haben uns im Gegenteil auf sehr hohem Niveau unterhalten. Ehrlich gesagt die östliche Philosophie ist auf derselben Höhe wie die übrige östliche Produktion.»

Mit dieser und ähnlichen Höflichkeitsbekundungen verabschiedeten wir uns. Als ich wieder in den Salon kam, war das Sandwich, das ich fast unberührt zurückgelassen hatte, ein lehrreiches Terrarium geworden. Es blieb mir nichts anderes übrig, als das belebte Objekt mit einer Zange zu packen und draußen in den nächsten Container zu werfen. Dann ging ich zurück und ließ die Minuten in immer langsamerem Rhythmus verstreichen. Am Ende des Tages hatte sich dem Hunger und der Langeweile die betrübliche Überzeugung beigesellt, dass ich es nie aus dem klumpigen Morast herausschaffen würde, in dem ich steckte. Ich wollte eben schließen und nachschauen gehen, ob im Container noch etwas von dem Sandwich übrig war, als Señor Lins Sohn mit etwas Eingepacktem hereinkam. Mit einer tiefen Verbeugung flötete er:

«Hallo, Kumpel. Ich bin Lin Quim, Sohn von Lin Fuma, fleißiger Schüler während des Schuljahrs und in Schulfreizeit wackerer Schwimmlehrling. Es schicken mich mein Vater, meine Mutter und mein ehrwürdiger Großvater, um Ihnen ein kleines Zeichen unserer bescheidenen Dankbarkeit zu überreichen.»

Er übergab mir das Paket und rannte davon. Als ich es öffnete, stieß ich auf ein nahrhaftes Menü, bestehend aus Krabbenchips, Wan Tan, gebratenen Nudeln mit drei Sorten Fleisch und einer Scheibe Wassermelone. Noch bevor ich Zeit hatte, gerührt zu sein, hatte ich schon alles verschlungen. Es war erlesen. Danach schloss ich mit neuer Kraft und gestärktem Gemüt den Salon und beschloss, mich wie so oft im Laufe meines Lebens an meine Schwester zu wenden.

5

DER GEHEIMNISVOLLE BESITZER
EINES PEUGEOT 206

Ungeachtet der üblen Wirtschaftslage lebten Cándida und ihr Mann mit einer gewissen finanziellen und räumlichen Behaglichkeit, die sich aus dem Ableben der Mutter des letzteren drei Jahre zuvor ergeben hatte, ein Tod, der die beiden von vielen Lasten und Sorgen befreit und es ihnen erlaubt hatte, endlich wieder ein Schlafzimmer zu haben und das Schild *Vorsicht bissiger Hund* von der Tür zu nehmen. Der schmerzliche Verlust hinderte sie nicht daran, weiterhin die Pension der Verstorbenen sowie Kindergeld und ein Stipendium für Studien an der Fakultät für Fernmeldewesen im Rahmen des Programms für Erwachsenenbildung zu kassieren. Dank diesen kleinen Kniffen konnte mein Schwager auf der faulen Haut liegen, und meine Schwester war von der Straße weggekommen.

Cándidas Pensionierung hätte für sie eigentlich ein Born der Freude sein müssen, doch dem war nicht so. Beharrlich, aber mit wenig Erfolg hatte sie seit ihrer Kindheit die Straßenprostitution ausgeübt, und obwohl ihr das mehr Gespött als Lobeshymnen und mehr Prügel als Trinkgeld eingetragen und sie einen ganzen Katalog von Krankheiten aufgelesen hatte, nicht nur venerischer, sondern auch anderer Natur, wie Skorbut, Kataplexie, Aerophagie, Fußgicht, Beriberi, Typhus, Maul- und Klauenseuche, Kretinismus, Gelbfieber und mehrere Pilze, stürzte sie das plötzliche Fehlen ihrer jahrzehntelangen täglichen Arbeit in eine Depression, wie sie mit vielen Pensionierungen einhergeht. Dazu trug nicht wenig bei, dass die Stammkunden des Sektors, sowie sie von ihrem Ruhestand erfuhren, ein großes Fest mit Champagner und Feuerwerk organisierten, was ihr in der Seele wehtat. Weder ihr Mann noch ich unternahmen etwas, um ihr aus der sich daraus ergebenden Niedergeschlagenheit herauszuhelfen, denn war sie in euphorischem Zustand ein Nichtsnutz, so sagte sie als Deprimierte wenigstens nichts. Mit bewundernswerter Beharrlichkeit manövrierte sie sich aus dieser unangenehmen Lage selbst heraus, indem sie in der Religion Trost suchte. Unablässig ging sie zur Messe, machte drei- und neuntägige Andachten, und es gab keine heilige Zeremonie oder Prozession, zu der sie nicht ihren unreinen Gesang, ihre Hässlichkeit und ihren Gestank beigesteuert hätte. Wir ließen sie gewähren, bis der Hilfsgeistliche der Kirchengemeinde ihren ofenfrischen Fanatismus und ihre angeborene Unterwürfigkeit ausnutzte und sie das Pfarrhaus scheuern, seine Priestergewänder ebenso wie seine weltlichen Kleider, die des Fitnesscenters eingeschlossen, waschen und bügeln ließ und ihr mannigfaltige andere Dienstleistungen abverlangte, über deren Charakter sie uns weder informierte noch wir sie befragten. Später begann er für Heiligenbildchen und Medaillen Geld von ihr zu nehmen, und schließlich verkaufte er ihr einen Zahn von Johannes XXIII. für die exorbitante Summe von fünfzig Euro. Am nächsten Tag lauerten ihm mein Schwager und ich vor der Pfarrkirche auf, zerrten ihn in einen dunklen Hauseingang und sagten ihm, wenn er Cándida noch einmal behellige, würden wir ihm die heilige Lanze in den Hintern bohren. Der Kerl begriff die Botschaft, und von einem Tag auf den anderen war der naiven Betschwester die Kirchentür kommentarlos verschlossen. Ohne geistigen Führer und ohne Geld für fromme Werke sah sie sich gezwungen, ihrer Gläubigkeit auf ihre Art und mit ihren Mitteln die Zügel schießen zu lassen, bis man sie eines Tages in der Kathedrale dabei erwischte, wie sie vor dem Altar der heiligen Rita Fürze anzündete, und ihr den Zutritt zu sämtlichen Kirchen und sakralen Räumen der Christenheit verwehrte. Ich glaube, nachdem sie es mit den Evangelisten und den Zeugen Jehovas versucht hatte, praktizierte sie jetzt den Animismus. Müßig zu sagen, dass mit diesen Erfahrungen ihre Vernunft nicht größer, ihre Intelligenz nicht schärfer und ihr Charakter nicht besser geworden war.

«Ich habe bereits gegessen», rief ich zur Begrüßung, als ich sie ein Bügeleisen schwingen sah, um es mir an den Kopf zu wuchten. «Ich bin bloß gekommen, um mich nach deinem Ergehen zu erkundigen und Viriato zu sehen, mein Vorbild im Leben.»

Feist, flegelhaft und verschwitzt erschien auf meinen Lockruf und die Schmähungen seiner Gattin hin der Genannte auf der Bildfläche.

«Nur hereinspaziert! Wie schön!», sagte er mit schlecht geheuchelter Jovialität. «Und wie läuft das Geschäft? Na, na?»

«Wie nie zuvor», antwortete ich zweideutig. Der Damensalon gehörte ihm, und damit er den Laden nicht verkaufte und mich auf die Straße setzte, präsentierte ich ihm immer eine glänzende Bilanz, obwohl der Salon mit einer Hypothek belastet, die Möbel und Gerätschaften verpfändet und die eingetragene Firma hoffnungslos bankrott war. «Dessen ungeachtet», fügte ich sogleich hinzu, «könnte eine kleine Kapitalerhöhung angesichts der aggressiven Konkurrenz nicht schaden.»

Nach harten Verhandlungen lieh mir der elende Kerl vierzig Euro zu einem Wochenzins von fünfundzwanzig Prozent. Es war nach neun Uhr, als ich endlich keuchend beim Dandy Morgan ankam, der mich versteinert erwartete. Ich hatte angenommen, er sei, wegen meines langen Ausbleibens verärgert, unnachgiebig bei der Entlohnung, doch zu meiner großen Überraschung winkte er grüßend mit dem Zepter, sprang vom Podest und gab zu, eine die optimistischsten Vorhersagen übertreffende Summe eingenommen zu haben.

«Am Anfang haben sie mich scheel angesehen», sagte er und verwahrte seine Kleidung in einem Bündel, bis er in Tangas dastand, «aber dann haben sie offenbar gedacht, ich hätte mich hier aufgepflanzt, weil das Viertel in Mode komme, und haben einen Adrenalinstoß bekommen. Arme Leute.»

«Du ahnst ja nicht, wie mich das freut. Ist irgendwas Interessantes passiert?»

«Überhaupt nicht. Wie am Vormittag. Ein wenig mehr Bewegung bei Sonnenuntergang. Die Praline ist zweimal herausgekommen und wieder hineingegangen. Um sieben ist der mit dem Peugeot 206 wiedergekommen. Er hatte Glück und konnte an der Ecke parken. Jetzt ist er bei ihr.»

«Meinst du, er übernachtet da?»

«Das schließe ich nicht aus. Beim Reingehen hat er sich an die Eier gefasst.»

«Ist er in die Kneipe gegangen?»

«Ja, und hat ein Bierchen mit Limo getrunken.»

«Ich hoffe, sie haben ihm die Nachricht weitergegeben. Ich möchte ja wissen, wer er ist. Geh du schlafen. Morgen früh will ich dich wieder hierhaben. Ich bleibe noch eine Weile und wache weiter.»

«Okay, aber nicht als Statue. Die Gewerkschaft duldet keine Eindringlinge, und schon gar nicht in gewinnträchtigen Zonen.»

«Keine Sorge, Dandy, an mir ist kein Schauspieler verlorengegangen.»

Er entfernte sich, und ich trat ins *Dicke Rindviech*. Da ich dem ehrlichen Dandy Morgan seine Dienste nicht hatte bezahlen müssen, war ich versucht, meine geliebte Pepsi zu bestellen, weil mir das chinesische Essen einen Höllendurst gemacht hatte, aber dann hob ich mir das Kapital doch lieber für die Zukunft auf. Ich bestellte Leitungswasser, vor dem ich zwei Stunden sitzenblieb, während ich die Haustür überwachte und mir aus dem Augenwinkel im riesigen Fernseher über der Theke Videoclips ansah. Der Dicke stand noch immer hinter dem Tresen, schien mich aber nicht wiederzuerkennen, und ich hütete mich, ein Gespräch anzufangen. Im Moment war es besser, nicht aufzufallen, ein Kinderspiel, denn mein Gesicht wird nur von den Primatologen wahrgenommen, was in gewissen Augenblicken sehr vorteilhaft ist. In anderen, ehrlich gesagt, nicht.

Gegen elf Uhr war jegliche Aktivität auf der Straße zum Erliegen gekommen, und in der schon seit einer ganzen Weile menschenleeren Kneipe waren der Fernseher, die Kaffeemaschine und sämtliche Lichter außer einer schwachen Glühbirne ausgeschaltet worden. Ich legte zwanzig Cent auf die Theke und ging. Der Peugeot 206 stand noch an derselben Stelle. Die Temperatur war nicht gesunken, die relative Luftfeuchtigkeit hatte zugenommen. Verschwitzt und erschöpft kam ich zu Hause an. Bevor ich hineinging, rief ich von einer Zelle aus Quesito an, doch aus ihrem Handy klang krauses Zeug, es sei ausgeschaltet oder habe keinen Empfang. Ich ging hinauf, wusch Unterhosen und Socken, hängte sie über die Esszimmerlampe und schlüpfte ins Bett.

Wohl wissend um die Gewohnheiten der Jugend von heute, mochte ich Quesito am nächsten Tag nicht schon in aller Frühe wieder anrufen und auf idiotische Art eine weitere Münze verlieren. Daher machte es einen sehr guten Eindruck auf mich, als sie ziemlich zeitig im Damensalon erschien, um mir zu berichten, dass am Vorabend zur Essenszeit ein Mann wegen einer Geschichte mit einem Auto und einer Versicherungsgesellschaft angerufen habe.

«Was für ein Glück!», rief ich. «Wer war es denn?»

«Das weiß ich nicht. Ich hab ihm gesagt, ich hätte keine Ahnung, wovon er spricht, und er hat aufgelegt.»

«Verdammter Mist! Schon wieder den Kontakt verloren.»

«Na ja, wenigstens haben wir seine Telefonnummer.»

«Hat er sie dir denn gegeben?»

«Nein, aber sie ist in der Anrufliste gespeichert.»

«Wundervolle Erfindung.»

Ich rief von der Fernsprechzelle aus an, und durch eine schmeichelnde Musik hindurch antwortete eine Frauenstimme.

«Der wirkliche Frieden befindet sich in unserem Inneren. Wenn Sie auf Katalanisch meditieren wollen, drücken Sie die Eins; wenn Sie auf Spanisch meditieren wollen, drücken Sie die Zwei; für alles andere warten Sie bitte.» Nach einer Weile sagte dieselbe Stimme, versüßt mit Flöten und Schellen, in saurem Ton: «Was wollen Sie, verdammt noch mal?»

«Mit dem Chef sprechen», antwortete ich sanft.

«Der Swami hat gerade keine Zeit für Sie. Er hat eine Sitzung mit dem Dalai Lama. Auf geistiger Ebene, versteht sich. Möchten Sie einen Termin für eine erste Besprechung? Das wären hundert Euro.»

«Die ist der Swami allemal wert. Schreiben Sie mich ein, und sagen Sie mir, wohin ich meine glücklichen Schritte lenken darf.»

Sie gab mir einen Termin für den folgenden Montag und nannte eine Hausnummer in der Calle Calabria.

«Das ist sehr teuer», rief Quesito, nachdem ich den Anruf beendet und ihr das Gespräch wiedergegeben hatte. «Werden Sie hingehen?»

«Nicht als Patient. Aber sobald ich kann, werde ich ihm einen andersgearteten Besuch abstatten. Und es wäre nicht schlecht, wenn du diese Adresse mal in Augenschein nehmen würdest. Heute Nachmittag kommst du her und erstattest mir Bericht. Aber mach bloß nicht wieder was verkehrt. Nur schauen, von außen.»

Zielstrebig ging sie davon. Ich baute nicht groß auf den Nutzen ihrer Information, hielt es aber für richtig, sie ein wenig arbeiten zu lassen. So wenig Erfahrung sie in diesen Dingen auch hatte, so wenig schien sie auf den Kopf gefallen.

Kurz vor Mittag, als es in meinem Gedärm schon eine Weile knurrte, trat eine junge Frau in den Salon, nicht sehr groß, von stämmiger Konstitution, mit regelmäßigen Zügen und entschlossenem Gesichtsausdruck. Sowie ich mit dem Kittel wie ein Stierkämpfer zu wedeln begann, hob sie die Hand und sagte mit sarkastischem Unterton:

«Rühr dich, Meister. Ich komme aus einem anderen Grund.»

«Wir können uns unterhalten, während ich wasche und

einlege», deutete ich an, um Zeit zu gewinnen, denn mittlerweile wusste ich bereits, mit wem ich es zu tun hatte. Sie zog ein Foto aus der Innentasche der Lederjacke und hielt es mir vor die Nase. Es war das Bild eines Mannes, der mir unbekannt erschien, vor allem ohne Brille.

«Kennst du den? Hast du ihn gesehen?»

«Weder das eine noch das andere. Ich geh wenig aus. Wer ist es?»

«Ich frage, du antwortest.»

«Ich wollte nur helfen.»

«Jetzt betrachtest du das Foto noch mal und strengst dein Hirn an. Ich zähle bis fünf, und dann kriegst du eine gepfeffert. Vier und fünf, voilà.»

Sie langte mir eine. Da ich diesen Scherz längst kannte, drehte ich den Kopf gerade so weit weg, dass die Ohrfeige nicht mitten in meinem Gesicht landete.

«Wenn ich ihn gesehen hätte, würde ich es Ihnen sagen», sagte ich. «Wenn Sie sich meine Akte anschauen, werden Sie sehen, dass ich immer kooperativ war.»

Sie legte das Foto auf die Konsole und grinste mich schief an.

«Ich habe nachgelesen, was Kommissar Flores, Gott hab ihn selig, über dich geschrieben hat.»

«Gott hab ihn in alle Ewigkeit selig. Ich hatte die Ehre, mit Kommissar Flores in mehreren Fällen zusammenzuarbeiten. Das waren natürlich noch andere Zeiten. Jetzt haben sich die Methoden verändert.»

«Mach dir keine Illusionen.»

«Darf ich Sie nach Ihrem Namen fragen? Um Ihnen den Respekt und Gehorsam entgegenzubringen, die ich seinerzeit dem beweinten Kommissar Flores im Übermaß zukommen ließ.»

«Für dich Unterinspektorin Saulaune.»

«Soll ich Ihnen wirklich nicht die Spitzen schneiden, Unterinspektorin? Pflicht und Mut schließen Ästhetik nicht aus. Und es ist umsonst.»

Ich las Unschlüssigkeit in ihren Augen. Wenige Menschen können einem solchen Angebot widerstehen.

«Würde es lange dauern, mir den Schopf in Ordnung zu bringen? Ich bin um zwei zum Essen verabredet.»

«Wir sind im Handumdrehen fertig. Sie haben sehr leicht formbares, hochwertiges Haar und benötigen keine Wässerchen. Machen Sie es sich bequem. Wenn Sie wollen, verwahre ich Ihnen die Knarre im Hinterzimmer.»

Sie schlüpfte aus der Lederjacke und hängte sie an den Garderobenständer. Im T-Shirt verlor sie an Autorität, gewann aber an Attraktivität. Statt unter der Achsel trug sie die Pistole am Steiß, zwischen Rock und Schlüpfer. Sie legte sie ebenfalls auf die Konsole, neben das Foto.

«Wenn du mir eine Ecke reinschneidest, landest du im Kittchen.»

«Nur keine Sorge. Warum wird er gesucht? Der vom Foto.»

«Das geht dich einen feuchten Kehricht an.»

«Trotzdem wollten Sie doch von mir wissen, ob ich ihn kenne. Was wäre denn die Verbindung, falls es eine gäbe?»

«Wir sind erst am Anfang der Ermittlungen. Wir dürfen keine Schlüsse vorwegnehmen.»

«Wohl aber mit Hypothesen arbeiten, wie Kommissar Flores immer sagte, der uns jetzt vom Himmel herab zuschaut. Gehen wir der Reihe nach vor, wenn Sie gestatten. Ich bin ein ehrwürdiger Friseur. Und dieser Typ, was ist der?»

«Das wirst du zu gegebener Zeit erfahren. Und was für

eine Rolle du spielst, das entscheiden wir. Im Moment aufgepasst! Ich werde das Foto hierlassen – vielleicht hilft es deinem Gedächtnis ja auf die Sprünge, wenn du es dir noch einmal anschaust. Und meine Handynummer.»

Sie stand auf, nahm die Lederjacke von der Garderobe, zog eine Visitenkarte heraus und reichte sie mir. Ich versuchte sie gar nicht erst zu lesen, um meine Dioptrien nicht zu verraten, sondern legte sie zum Foto auf die Konsole. In diesem Augenblick schlüpfte etwas in den Salon, was wie eine Mülltüte in Pantoffeln aussah, und sagte:

«Entschuldigen Sie Störung. Ich habe unvernünftigen Spaziergang in greller Sonne gemacht und bin übel geworden. Um nicht Sonnenstich zu bekommen, habe ich beschlossen, in großem Damensalon Zuflucht zu suchen. Ich wusste nicht, dass Sie ehrwürdige Kundin haben.» Er verneigte sich mühsam vor der Unterinspektorin und fuhr an sie gewandt fort: «Elegante Jacke. Schöne Physiognomie. Große Melonen. Ich geh schon.»

«Nicht nötig», sagte die Unterinspektorin. «Wer Leine zieht, das bin ich.»

Sie schlüpfte in die Jacke, schaute sich noch einmal im Spiegel an, lächelte sich selbst zu und ging zur Tür, ohne mich eines Blickes zu würdigen. Als sie am Alten vorbeikam, deutete sie einen Fußtritt an und sagte scherzend:

«Kung Fu, Opachen?»

«Nein, Señora. Kung Fu in Filmen. In meinem Volk haben wir Steine gehoben, wie in Baskenland.»

Nachdem sie gegangen war, bot ich Großvater Lin einen Stuhl und ein Glas Wasser an.

«Machen Sie sich keine Mühe», sagte er. «Sonnenstich ist Lüge. Ich war vor Ladentür und sah Frau in großen Damensalon reingehen. Da sie so lange nicht rauskam, bin ich gekommen, um zu helfen. Mit Polizei weiß man nie. Was wollte sie denn?»

«Informationen. Nichts, was mit mir zu tun hätte. Sie wird nicht wiederkommen. Aber ich danke Ihnen für die gute Absicht. Wie haben Sie erraten, dass sie von der Polizei ist?»

«Überall gleiche Visage. Trauen Sie Polizei nicht. Verbergen immer irgendwas. Nie lassen sie locker. Mögen Sie östliche Küche? Schwiegertochter macht gerade kantonesisches Hähnchen. Zum Fingerlecken. Es wäre Ehre, wenn Sie unseren bescheidenen Tisch mit uns teilen wollten. Pünktlich halb drei. Tschau.»

Er ging auf so leisen Sohlen davon, wie er gekommen war, und ich dachte über das Vorgefallene nach. Mit Hilfe der Brille las ich die Visitenkarte der Unterinspektorin

UNTERINSPEKTORIN VICTORIA ARROZALES

SONDERDIENSTE DER STAATSSICHERHEIT

AMT FÜR TERRORISMUS UND ATTENTATE

und eine Telefonnummer. Dann studierte ich das Foto: Die Qualität war nicht besonders, aber man erkannte deutlich sein grobes Gesicht, seine dunkle Haut, sein krauses Haar und insgesamt die Züge eines Ausländers, der allerdings nicht gerade zu denen gehörte, die sich im Touristenbus durch die Stadt gondeln lassen. Natürlich lag etwas sehr Merkwürdiges in alledem. Nach dem Spezialgebiet der Unterinspektorin zu urteilen, ging es um etwas, was nicht das Geringste mit meiner Welt und meinen Erfahrungen zu tun hatte, nicht nur den heutigen, sondern auch den vergangenen. Warum also wurde nach so vielen Jahren, statt dass man mich zu den kleinen, für ein Viertel wie dieses typischen Delikten und den Taschendieben und Banden auf Abwege geratener Jugendlicher befragte, zu denen ich, nebenbei gesagt, keinerlei Kontakt hatte, da es keinem von ihnen in den Sinn kam, sich in meinem Geschäft die Haare schneiden zu lassen, warum also wurde nun dringend meine Mitarbeit im Zusammenhang mit nichts Geringerem als einem mutmaßlichen Terroristen verlangt. Das alles stürzte mich in Verwirrung, eingeschlossen die Unsicherheit, ob ich am Ende des vorangehenden Satzes ein Fragezeichen zu setzen habe oder nicht. Zum Glück verstrich über diesen Mutmaßungen die Zeit, ohne dass ich es merkte, und ich war noch immer darein versunken oder vielleicht auch eingeschlafen, als mich die Stimme Quesitos, die gekommen war, um über ihre vormittäglichen Ermittlungen Bericht zu erstatten, in die Wirklichkeit zurückholte.

Meinen Anweisungen gemäß hatte sie die bewusste Adresse in der Calle Calabria aufgesucht, ein Hochhaus, in dem ein Yoga- und Meditationszentrum seinen Sitz hatte, wie ein Schild am Hauseingang verkündet:

YOGAZENTRUM SWAMI PANDIT

SHVIMIMSHAUMBAD

Das Schild gab keine Auskunft über die hier ausgeübten Aktivitäten. Nachdem sie das zur Kenntnis genommen hatte und keine Pförtnerin sah, die sie hätte befragen können, hatte Quesito gegenüber dem Haus Stellung bezogen. Darein hatte sie den ganzen Vormittag investiert, außer dem kurzen Augenblick, in dem sie ein Magnum kaufen gegangen war, das sie auf ihrem Beobachtungsposten genossen hatte. So viel Zeit und so viel Eifer hatten ein sehr mageres Ergebnis gezeitigt, denn angesichts des Monats und der Temperatur waren wenig Leute hineingegangen und herausgekommen, da alle Welt Tätigkeiten jeder Art auf eine bekömmlichere Jahreszeit verschob, und die wenigen, die hineingegangen oder herausgekommen waren oder sowohl hineingegangen wie herausgekommen waren, hatten sehr normal ausgesehen, so dass man unmöglich hatte entscheiden können, ob dieses Hineingehen oder Herauskommen etwas mit dem Gegenstand der Überwachung zu tun hatte.

«Schließlich», endete sie niedergeschlagen, «wusste ich nicht mehr, was ich da überhaupt verloren hatte. Ich wusste bloß, dass es keinen Sinn hatte.»

«Was du gerade beschrieben hast, nennt man arbeiten. Das erfordert Hingabe, Anstrengung, Hartnäckigkeit und viel Glück. Das Erreichte zu bewahren ebenfalls. Ich hoffe, die Praxis hat dir als Ansporn gedient. Was den heutigen Tag betrifft, so hast du getan, was du konntest. Ich würde zu gern wissen, ob der Typ mit dem Peugeot 206 im Yogazentrum arbeitet. Jedenfalls hat er von dieser Nummer aus angerufen. Das werden wir schon noch rauskriegen. Jetzt geh nach Hause, nimm eine Dusche, das hast du bitter nötig, und iss, was man dir auftischt, ohne zu mucksen und ohne eine Krume auf dem Teller zu lassen. Ich kann dir versichern, dass ich dasselbe tun werde, außer der Dusche, da ich keine habe.»

«Muss ich später wieder Wache stehen? Ich bin mit einer Freundin fürs Kino verabredet.»

«Geht in Ordnung. Sieh zu, dass es ein Film mit erzieherischem Wert ist, nicht so ein Schund mit Spezialeffekten. Und lass das Handy immer eingeschaltet. Wenn jemand anruft, dann mach es nicht wie bisher, sondern versuch was in Erfahrung zu bringen. Wenn es nichts Neues gibt, ruf ich dich morgen Vormittag an und gebe dir neue Anweisungen. Und vergiss das Geld nicht.»

Ohne allzu große Überzeugung versprach sie, in dieser Hinsicht etwas zu unternehmen. Einerlei: Nachdem sich die Unterinspektorin so unheilvoll ins Geschehen eingebracht hatte, hielt ich Quesito lieber aus dem operativen Geschäft raus. Nicht, dass sie noch in Gefahr geriet, falls es denn welche gab. Viel würde sie mir so oder so nicht nützen. Statt ihrer wollte ich mich, wie man es immer tun soll, an bewährte Fachleute halten.

Als ich aus dem Bus stieg, wehte nicht das leiseste Windchen, und die Ramblas sahen öd und leer aus. Nur gerade eine Handvoll Touristen schleppte sich von Schatten zu Schatten, um die Kosten der Pauschalreise zu amortisieren. Ich biss in den sauren Apfel und machte mich auf den Weg. Glücklicherweise traf ich sehr rasch auf das gesuchte Subjekt, Objekt meiner weiteren Pläne.

«Wie geht's denn so, Juli?»

Mit einer für ein nicht vorhandenes Publikum unsichtbaren Handbewegung deutete er auf ein Tellerchen zu seinen Füßen, in dessen Mitte eine einzelne Euromünze glänzte, die der Juli sicherlich selbst dahin gelegt hatte, um zum Geben zu animieren. Kiwijuli Kakawa, von allen der Juli genannt, war ein glückloser Mann, und zwar seit dem Tag seiner Geburt, die im Schoß eines westafrikanischen Stammes stattgefunden hatte, der den Albinos nicht eben eine Vorzugsbehandlung angedeihen ließ. Nach einer schwierigen, langen, teuren Odyssee gelangte er schwimmend an den Strand von Salou, sehr zum Ergötzen der Badegäste. Ohne Papiere und ohne Hoffnung auf selbige verschaffte er sich eine gefälschte Genehmigung, als lebende

Statue auf der Rambla de las Flores zu arbeiten, wenn auch nur vormittags. Er entschloss sich, den Medizinnobelpreisträger Don Santiago Ramón y Cajal zu verkörpern, dem er ein größeres Lokalprestige zuschrieb, als er es tatsächlich genießt. Kleider und Ausstattung kaufte er auf Pump. Erfolgreiche Profis stellen einen oder zwei Gehilfen an, um die Schufte zu verfolgen, die sich die Erstarrtheit der betroffenen Partei zunutze machen und deren Einnahmen zu klauen versuchen. Der Juli konnte sich kein Personal leisten, und so sah er nicht nur fast immer den geringen Betrag auf dem Tellerchen verschwinden, sondern musste auch mit ansehen, wie ihm am vierten Arbeitstag überdies das Mikroskop entwendet wurde. Da er sich weder ein neues kaufen noch die verkörperte Person wechseln konnte, stellte er folgendes Plakat auf:

DON SANTIAGO RAMÓN Y CAJAL
IN DEM MOMENT, DA ER MIT BLOSSEM AUGE
DIE DYNAMISCHE POLARISIERUNG
DER NEURONEN ENTDECKT

«Du kannst das Doppelte verdienen» – ich deutete auf den Euro, als glaubte ich an dessen ordnungsgemäße Herkunft –, «wenn du dasselbe in der Calle Calabria machst.»

Eine Weile veränderte er den einstudierten Ausdruck des Staunens über die wundersame wissenschaftliche Entdeckung nicht; dann setzte er die Lippen in Bewegung und sagte:

«Könnte es nicht in der Calle Villarroel sein? In der Nähe des Krankenhauses gibt es mehr Passanten.»

«Nein. Es muss vor einem ganz bestimmten Haus sein. Ich will ununterbrochene Überwachung. Und die Calabria ist sehr gut, da gibt es viele offene Läden. Wegen der Krise ist diesen Sommer niemand in Urlaub gefahren.»

Das war gelogen, aber es kostete mich nicht allzu viel, ihn zu überreden, er glaubte einfach alles. Ich ließ ihn den Standortwechsel vorbereiten und nutzte die Zeit, an einem Stand einen Kaktus im Sonderangebot zu kaufen, um bei der Familie Lin nicht mit leeren Händen aufzutauchen.

Der Sonnenstrahlung trotzend, erwarteten mich der Großvater, der Vater, die Mutter und der kleine Quim vor dem Warenhauseingang und empfingen meine verschwitzte Erscheinung mit einer synchronen Verneigung, außer dem Großvater, den die Arthritis zur Dauerverneigung gekrümmt hatte. Ich antwortete mit einer so tiefen Verbeugung, dass ich mir mit dem Kaktus das Gesicht zerstach.

«Oh, Sie hätten sich keine Mühe machen sollen», sagte Señor Lin. «Hier haben wir Tausende Kakteen. Aus Plastik. Für nur € 0,99; mit Erdbeergeruch € 1,19. Aber treten Sie doch ein, machen Sie es sich gemütlich, und ergreifen Sie Besitz von unserem bescheidenen Heim. Das ehrwürdige Hähnchen ist gleich so weit und der Reis seit acht Uhr früh verklumpt.»

Ich ließ mich nicht zweimal bitten, und trotz der anfänglichen Probleme mit den Stäbchen, das die alarmierte Señora Lin löste, indem sie Gabel und Löffel holte, hätte auch der gründlichste Geier nach wenigen Minuten kein Fäserchen mehr vom blanken Skelett reißen können. Ich erging mich in so heftigen Lobreden, dass die Reiskörner wie aus einem Springbrunnen spritzten, und während seine Frau und sein Sohn die Papierservietten wieder zusammenfalteten und zum Verkauf in die entsprechenden Packungen zurücksteckten, sagte Señor Lin:

«Ich möchte ja nicht unbescheiden sein, aber ich denke es, und Ihr aufrichtiges Lob bestätigt es: Meine ehrwürdige Gattin kocht, in den Worten Ihrer Religion, wie ein Engel beziehungsweise wie der Teufel in der unseren. Es ist ein Jammer, dass sie es nicht professionell tun kann. Ich weiß, dass es sie glücklich machen würde – außer dass sie verbundene Füße hat, muss eine Frau sich mit dem Ausüben ihrer Fähigkeiten auf anderen Gebieten verwirklichen. Gar nicht zu reden vom Gewinn, der sich erzielen ließe.»

«Achten Sie nicht auf meinen bescheidenen Mann», brachte sich die Betroffene ins Gespräch ein. «Er übertreibt aus Liebe und auch aus großer Habgier.»

«Deng-tse!», antwortete er. «Das heute war noch gar nichts. Kosten Sie erst das Kalbfleisch in Austernsoße oder die lackierte Ente oder …»

«… Mamas Kokletten!», krähte der kleine Quim ganz begeistert und mit mustergültiger Anpassung ans Lokalkolorit.

«Ich hatte sogar daran gedacht», fuhr der unternehmungslustige Gatte fort, «das Geschäft auszubauen und ein paar Tische auf den Gehweg zu stellen, mit einer Pergola aus Plastikbambus und abends einigen batteriebetriebenen Lämpchen, und ein einfaches, billiges, nahrhaftes Menü zu servieren.»

«Mit Erlaubnis von General Tat», mischte sich der Großvater ein.

«Da kann ich Ihnen», sagte ich, während ich vom Tisch aufstand, «nur Glück wünschen bei Ihren Plänen. Jetzt muss ich leider Gottes wieder arbeiten gehen. Großer Damensalon duldet keinen Müßiggang. Wenn Sie sich die Haare schneiden und wenn Sie, Señora, sich blond färben oder eine Dauerwelle machen lassen möchten, um sich von anderen Frauen Ihres Volks zu unterscheiden, dann kommen Sie ungeniert auch ohne Voranmeldung. Ich werde Ihnen Rabatt gewähren.»

Unter wiederholten Verbeugungen ging ich in den Backofen zurück, wo mich lange Stunden der Tatenlosigkeit erwarteten, von denen ich einen Teil nutzbringend in eine Siesta investierte.

Aus der ich von schrecklicher Angst gepackt erwachte. Dazu trug, abgesehen von der Temperatur, der Feuchtigkeit, dem Lärm, dem Gestank aus dem Gully, den Mücken (Anopheles, Tiger und normale), den Wanzen, den Kakerlaken und anderem, noch unklassifiziertem Ungeziefer, das opulente Mahl bei, mit dessen Verdauung sich mein Organismus abplagte, dem die Zutaten ebenso fremd waren wie die Gewohnheit. Aber welches auch der Zunder für diese Angst gewesen sein mochte, ihr Hauptgrund war ein ganz anderer und erschien mir in großer Deutlichkeit: Romulus der Schöne befand sich in Gefahr, nur schnelles, zielsicheres Handeln meinerseits konnte einen fatalen Ausgang verhindern, und derzeit kamen meine Nachforschungen in keiner Richtung vom Fleck.

Es dauerte noch eine Weile bis Ladenschluss, aber ich war außerstande, mich zu beruhigen. Ich zog mich an, ging hinaus und schloss ab, nicht ohne die Tafel *Sommeröffnungszeiten – auf Voranmeldung werden Ausnahmen gemacht* an die Tür zu hängen.

Ich fand den Juli auf seinem Posten. Als er mich entdeckte, flüsterte er mit weiterhin starrem Blick:

«Dreckskerl. Du hast mich beschissen. Hier kommen nicht einmal die Seelen aus dem Fegefeuer vorbei.»

«Die werden schon kommen. Aller Anfang ist schwer.

Darum bin ich ja gekommen. Du kannst für heute aufhören. Ist das derselbe Euro wie am Vormittag?»

«Ja, er ist am Teller festgeschweißt. In diesem Viertel rechtschaffener Menschen ist es nicht nötig, aber auf den Ramblas ... Du kannst es dir ja vorstellen. Kann ich wirklich aufhören?»

«Ja. Ich gebe dir die zwei Euro trotzdem. Und wenn du mitkommst, holen wir den Dandy Morgan ab und gehen alle zusammen essen. Ich lade euch ein.»

«Und diese Großzügigkeit?»

«Kriegsrat. Du brauchst dich nicht umzuziehen. Wir müssen uns beeilen, und in dieser Aufmachung siehst du bestens aus. Unterwegs erzählst du mir, was du gesehen hast.»

«Aus dieser Position heraus kann man wenig unternehmen. Außerdem sind wir Albinos tagsüber kurzsichtig. In der Nacht dagegen sehen wir wie die Kaninchen. Die Katzen und die Kaninchen. Die Hasen nicht. Jedenfalls befindet sich das Yogazentrum im dritten Stock. Das habe ich daraus geschlossen, dass ich den Swami mehrmals aus dem Fenster habe schauen sehen. Wegen der Hitze vermutlich. Aber sowie er am Fenster war, schaute er zum Himmel hinauf und hielt die Hände aneinander, als würde er ganz langsam Beifall klatschen. Ihn nur zu sehen hat ausgereicht, um mich erbaut und im Frieden mit mir selbst und dem Kosmos zu fühlen.»

«Woher weißt du, dass es der Swami war?»

«Das habe ich gleich erkannt: ein großer, hagerer Mensch mit runder Brille, weißem Bart bis zur Hüfte, weißer Tunika. Entweder war er der Swami oder Valle-Inclán nach der Dusche.»

Dank seiner afrikanischen Herkunft machte die Hitze

dem Juli nichts aus, nicht einmal im Flanellanzug mit Zelluloidkragen. Der Dandy Morgan hingegen hatte im Laufe des Tages mehrere Ohnmachten erlitten. Stoisch hatte er sich wieder aufgerappelt und sie in seine Figur integriert mit dem Ausruf: Ich sterbe, um Portugals Ehre zu verteidigen! Trotzdem war er schwach und quengelig. Nicht einmal die Aussicht auf den Schmaus stimmte ihn um.

Das Restaurant, ganz in der Nähe des Paralelo gelegen und vor der Neugier der Passanten durch große Abfallcontainer geschützt, hieß *Hund zu verkaufen*, und der Ursprung dieses in den Annalen des Gastgewerbes wenig gebräuchlichen Namens war folgender: Als der derzeitige Wirt, Señor Armengol, das Lokal mietete, fand er an der Tür ein Schild, sicherlich noch vom Vormieter, auf dem die obige Mitteilung stand, und er beschloss, es hängen zu lassen und sein Restaurant unter diesem Namen zu eröffnen, um sich das Nachdenken und die Kosten für ein Schild zu sparen. Dieses und weitere Beispiele von Nachlässigkeit halfen mit, das Restaurant vor wohlwollenden Kritiken, Empfehlungen und Moden zu bewahren, und machten es zu einem ruhigen Ort mit günstigen Preisen, wo man seinen Tisch nicht zum Voraus reservieren musste, da immer alle frei waren.

Jener Abend war keine Ausnahme, und als wir eintraten, waren keine anderen Gäste da, ebenso wenig, als wir wieder gingen, und Señor Armengol begrüßte uns ehrerbietig, ohne sich darüber erstaunt zu zeigen, dass ich in Gesellschaft eines Wissenschaftlers aus dem 19. Jahrhundert und einer torkelnden Königin mit Schnauzbart erschien. Wir setzten uns, und er zeigte uns die Tageskarte:

Eine Karotte

- o -

Nichts

- o -

Eine Banane (mind. zwei Pers.)

Unter lautem Protest und für einen Zuschlag von 1,50 Euro pro Nase ging er zu einem McDonald's und kam mit zwei Crispy Cheese Sticks und einem Würfelbecher Soße zurück. Nach dem mittäglichen Bankett hatte ich keinen Hunger mehr, aber ich wollte mich bei den Burschen von meiner besten Seite zeigen.

Im Laufe der Mahlzeit verfluchte der Dandy Morgan das Klima, die Arbeitsbedingungen und, nachdem sein ungewöhnliches Auftauchen im Viertel den Reiz des Neuen verloren hatte, den freien Fall seiner Einkünfte und berichtete anschließend über die Bewegungen, die er sowohl im Haus als auch im *Dicken Rindvieh* beobachtet hatte. Das Protokoll war so lang und inhaltslos wie die vorangegangenen, aber trotzdem schrieb ich mir detailliert das Hineingehen und Herauskommen jedes Individuums auf. Das einzig Interessante waren die häufigen Besuche des Typen mit dem Peugeot 206. Ich fragte den Dandy, ob sein Aussehen mit dem des Swami übereinstimme, was er schlankweg verneinte.

«Immerhin hat der geheimnisvolle Mann mit dem Peugeot 206 das Telefon des Yogazentrums benutzt», sagte ich.

«Vielleicht arbeitet er ja da», sagte der Juli, «aber nicht als Swami.»

«Wahrscheinlich als Masseur», mutmaßte der Dandy Morgan.

«Oder er lässt sich massieren», meinte der Juli.

«Ich verbitte mir solche Schamlosigkeiten», rief der Dandy Morgan.

Durchdrungen von seiner Rolle als heilige Königin, legte er ein gewisses Gehabe an den Tag. Aus diesem und vielleicht auch anderen Gründen balgten er und der Juli sich ständig herum. Meine Autorität setzte dem Streit ein Ende.

«Wir sind hier, um über unsere Angelegenheit zu sprechen», sagte ich, nachdem sich die Gemüter beruhigt hatten. «Heute ist etwas Besorgniserregendes geschehen, und aus diesem Grund sitzen wir hier beisammen. Mag sein, dass es mit unserer Geschichte nichts zu tun hat, aber ich glaube nicht an Zufälle. Kennt ihr eine Polizei-Unterinspektorin namens Victoria Arrozales?»

Weder der Name noch eine eingehende Beschreibung ihres äußeren Erscheinungsbildes entlockte meinen Zuhörern eine zustimmende Antwort, obwohl es sich um zwei Taugenichtse mit gutbestückter Polizeiakte handelte. Nachdem damit vorheriges Misstrauen neu angefacht worden war, zog ich das Foto, das sie mir gegeben hatte, aus der Tasche und zeigte es dem Juli, der sagte, der Mann sei ihm nicht bekannt. Der Dandy Morgan sagte, ihm komme dieses Gesicht schon bekannt vor, aber nicht vom wirklichen Leben, sondern aus Presse oder Fernsehen.

«Es mag ja sein, dass ich den ganzen Tag kein Wort sage, aber wie der mythische Uhu der Göttin Minerva passe ich gut auf», fügte er pedantisch hinzu.

Das bestätigte meine Befürchtungen: Weder Taschendiebe noch Bierdosenverkäufer sind nachrichtenwürdig. Um meine Kollegen aufzuklären, erzählte ich ihnen den Verlauf des Besuches, ohne zu verschweigen, dass die Unterinspektorin dem Sonderkorps der Staatssicherheit angehörte.

«Wissenschaftliche Polizei?», rief der Juli vergnügt. «Wie Grissom?»

Ich sagte, ich wüsste nicht, wer Grissom sei. Der Dandy Morgan klärte mich über Grissom und sein ganzes Mitarbeiterteam auf. Señor Armengol, der dem Gespräch zugehört hatte, mischte sich ein und sagte, ihm gefalle *Walker Texas Ranger* besser. Die Debatte dauerte eine halbe Stunde, wonach der Dandy Morgan sagte, der Kerl auf dem Foto müsse ein Terrorist sein, wenn er in den Zuständigkeitsbereich der Unterinspektorin falle.

«Aber was für eine Beziehung soll es zwischen mir und einem Terroristen geben?», warf ich ein. «Und warum sollte die Polizei auf einen solchen Gedanken kommen?»

«Nicht die geringste Ahnung», sagte der Dandy Morgan. «Weltweit Verunsicherung zu erzeugen gehört zur Strategie der Terroristen.»

«Grissom hatte es mit ähnlichen Fällen zu tun», beharrte der Juli. «Natürlich hatte er ein total geiles Mikroskop. Nicht wie ich.»

«Wie auch immer», sagte ich, «wir dürfen weder unser vorrangiges Ziel aus den Augen verlieren noch die Aufgabe, die jedem von uns zugeteilt ist. Seit zwei Tagen sind wir auf Spurensuche zum Verschwinden von Romulus dem Schönen und sind noch keinen Schritt vorangekommen.»

«O nein», protestierte der Dandy Morgan. «Wenn sich in dem Fall neue Perspektiven ergeben, wie die eben erwähnte weltweite Verunsicherung, dann verlange ich den doppelten Tarif, oder ich ziehe mich zurück.»

Ich weigerte mich, wir stritten uns, die Gemüter wurden

immer aufgebrachter, Señor Armengol mischte sich ein, damit wir nicht handgreiflich wurden, und am Ende schlossen wir ein Abkommen: Ich würde ihnen weiterhin dasselbe zahlen, aber zusätzlich eine Prämie von 50 Cents für jede relevante Information. Obwohl wir uns auf diese Zusatzklausel geeinigt hatten, verabschiedeten wir uns frostig. Das machte mich etwas niedergeschlagen, und das Betreten meiner Wohnung hob meine Stimmung nicht. Zwar spürte man nachts auf den Straßen eine sanfte Meeresbrise, die die Hitze ein wenig erträglicher machte, doch das einzige Fenster in meiner verwahrlosten Wohnung zog zwar allen Gestank an und verstärkte den Lärm, dem Wind aber verwehrte es in schlimmster Absicht den Zutritt. Einmal, vor vielen Jahren, war durch dieses Fenster ein Schuss eingedrungen, dessen Ziel meine Person gewesen war. Zu meinem Glück traf er einen anderen, aber seither standen das Fenster und ich auf Kriegsfuß. Zur selben Zeit, also der des Schusses, hatte ich eine Nachbarin, die ihrer Arbeit halber häufige nächtliche Besuche empfing. Manchmal klopfte sie in einer freien Nacht bei mir an und lud mich zu sich ein, um fernzusehen und Tomatenbrot zu essen und eine Limonade zu trinken, teils, um mich für die nicht zu unterdrückenden Schreie zu entschädigen, mit denen ihre Kundschaft meinem Schlaf entgegenwirkte, und teils, um mit meiner Gesellschaft ihre Einsamkeit erträglicher zu machen. Zwischen uns beiden war nie etwas. Ehrlich gesagt fand ich sie zu geschwätzig, und die Parfüms, die sie über sich schüttete, drehten mir den Magen um. Eines Tages wurde ein Stammkunde von ihr, ein hoher Militär, pensioniert, zum Witwer, erlitt mehrere Embolien, trug ihr die Ehe an, und sie willigte ein und ging, und ich vermisste sie manchmal.

Nach einer schlechten Nacht und ungefrühstückt hatte ich am nächsten Morgen eine Hundelaune und fuhr Quesito am Telefon ungerechtfertigterweise an, als sie mir die Handlung des Films vom Vorabend zu erzählen begann.

«Ich habe keine Zeit, mir dieses dumme Zeug anzuhören», sagte ich, «und spar dir das Geschwätz für einen Anruf, den *du* bezahlst. Gibt es was Neues von Romulus dem Schönen?»

«Kein einziges Wort.» Ihre Stimme stockte schluchzend.

«Und hast du deine Mutter um Geld gebeten?»

«Noch nicht.»

«Gut. Und jetzt werde ich dir eine neue Mission übertragen. Vielleicht machst du das ja besser. Komm im Salon vorbei, und ich werde dir ein Foto geben. Mit dem Bild gehst du da hin, wo es alte Zeitungen gibt, und suchst bei den Meldungen über internationalen Terrorismus den Typen auf dem Bild. Du schreibst dir auf, was du findest, und bringst mir eine Zusammenfassung. Hast du das begriffen?»

«Ja.»

«Also, hier erwart ich dich.»

Ich hängte auf. Ich baute nicht darauf, dass sie etwas Nützliches täte, aber ich wollte sie beschäftigt halten. Ich selbst konnte nichts anderes tun als warten und wachsam sein.

Ich hatte etwa zwei Stunden vor dem Spiegel neue Nasenbohrtechniken einstudiert, als getreu dem am Anfang dieser Erzählung eingeführten Muster jemand unangemeldet und auffällig leise hereinkam. Als ich sah, wer es war, befielen mich Bestürzung und Verärgerung – von allen Frauen der Welt war sie die einzige, die ich in diesem Moment nicht in meiner Nähe haben mochte.

«Ich bin gekommen», begann sie, ohne sich von meinem mürrischen Schweigen ins Bockshorn jagen zu lassen, «um mich bei dir zu entschuldigen und dir eine Erklärung abzuliefern. Vorgestern, als du so unvermutet zu mir kamst, habe ich dich nicht sehr nett behandelt, um nicht zu sagen schlicht grob. Ich habe es entgegen meinen Wünschen und meinem herzlichen Naturell getan. Zum Beweis der Freundschaft und des Vertrauens duze ich dich.»

Ich antwortete immer noch nicht. Ich war so durcheinander, dass ich erst jetzt merkte, dass ich mich nicht angezogen hatte, wie ich es sonst zu tun pflege, wenn ich Besuch empfange, und zu allem Überfluss immer noch den Finger in der Nase stecken hatte. Während ich diese beiden Fehlleistungen korrigierte, inspizierte sie das Umfeld.

«Das mit dem Damensalon war mir bekannt», fuhr sie im selben Honigton fort, «aber ich habe ihn mir nicht so groß und säuberlich vorgestellt. Ein richtiger Schönheitssalon, solcher Städte wie Paris, London und New York würdig. Ich werde nun öfter kommen und ihn auch meinen Freundinnen empfehlen. Das Lokal ist nicht nur elegant, sondern auch ein wenig heiß. Macht es dir was aus, wenn ich mich um einige Kleidungsstücke erleichtere?»

Ohne mir Zeit zum Antworten zu lassen, stand sie in der Unterwäsche da. Meine Situation, kompromittierend von Anfang an, wurde nun unhaltbar. Natürlich wollte sie bloß ihre Wirkung auf mich nutzen, um an Informationen zu gelangen, und bei meiner Charakterunfestigkeit hätte sie sie auch bekommen, wenn mich das Wissen um ihre Ehe mit Romulus dem Schönen nicht gebremst hätte. Unter keinen Umständen hätte ich ihn verraten, und schon gar nicht wie jetzt als Verschwundenen, wenn nicht gar Toten. Zu allem Elend hatte ich auch noch Quesito herbestellt, und sie konnte jeden Augenblick erscheinen.

«Wenn Sie wollen», brachte ich heraus, «können wir in ein Café gehen.»

«Nein, nein, hier ist es urgemütlich. Es ist intimer und, wie soll ich sagen?, für die Absicht meines Kommens geeigneter. Darf ich mich ganz ausziehen?»

«Nein. Die Friseur-Innung ist sehr streng und könnte mir die Lizenz entziehen.»

Ich weiß nicht, ob sie meinen Vorwand glaubte, jedenfalls verstand sie meine Anordnung und verzichtete auf ihr Vorhaben, fügte aber in unverändertem Ton und Verhalten hinzu:

«Zu Hause tat ich, als würde ich dich nicht kennen. Ich war psychologisch nicht auf diese Begegnung vorbereitet. Und vor der Putzfrau war es auch nicht angezeigt. In Wirklichkeit wusste ich ganz genau, wer du bist, Romulus hat mir sehr oft von dir erzählt, immer mit so überschwänglichen Worten, dass seine Schilderungen in mir glühende Phantasien aufblühen ließen. Als er mir die Geschichte mit dem Schemel erzählte ...»

«Das ist Jahrzehnte her», sagte ich, meine Impulse beherrschend, «ich war jünger und eingesperrt. Jetzt besteige ich keine Möbel mehr.»

«Das werden wir ja sehen.» Und plötzlich verändert, fuhr sie fort: «Aber wir wollen nicht über unser Intimleben sprechen. Im Grunde bin ich gekommen, um dir ein Problem anzuvertrauen und dich um Hilfe zu ersuchen. Es ist niemandes Schuld, wenn bei deinem Anblick die Flammen wieder hochgezüngelt sind, als hätte man einen Liter Benzin ... oder Diesel, das ist männlicher ...»

«Zur Sache, bitte», sagte ich. «Wenn eine Kundin kommt, und in diesen Salon kommen viele, werde ich mich gezwungen sehen, unsere angenehme Unterhaltung abzubrechen und dem Rufe meiner Profession zu folgen.»

«So soll es auch sein. Es geht um meinen Mann. Romulus und ich haben immer eine wunderbare Beziehung gehabt. Ab und zu ein Problemchen, das Übliche. Schließlich war Romulus immer sehr attraktiv. Ein großer Verführer. Er und du, ihr haltet mich beide wie auf glühenden Kohlen, ja auf einem hochaktiven Vulkan. Auch ich habe nämlich gut ausgesehen, und sogar jetzt noch …, urteile selbst … Aber um auf unser Thema zurückzukommen: Romulus hat ein kleines Abenteuerchen gehabt. Das weiß ich, und ich werfe es ihm nicht vor …»

«Und Sie glauben, jetzt steckt er in einer anderen? In einer anderen Geschichte, meine ich.»

«Wahrscheinlich. Seit einigen Wochen wirkt er verändert. So etwas bleibt uns Frauen nie verborgen … Oder wir sagen es, um unsere Männer einzuschüchtern. Wenn Romulus herumturtelte …»

«Würden Sie ihm verzeihen, wie andere Male auch.»

«Aber natürlich. Darüber brauchst du dir keine Gedanken zu machen. Was du mir erzählen wirst, wird unser Glück vergrößern. Kleine Abenteuer halten die Paarbeziehung lebendig. In modernen Zeiten natürlich. Zu Calderóns Zeiten war das anders. Zum Glück haben wir uns verändert: Allein wenn ich an die Versöhnung denke, beginnt mein Blut zu kochen. Herrgott! Darf ich mich wirklich nicht ausziehen?»

«Nein. Und wenn Ihnen Romulus' Abenteuerchen nichts ausmachen, welchen Rat wollen Sie denn von mir?»

«Manchmal» – übergangslos wechselte sie von einer libidinösen zu einer tiefbekümmerten Stimmung – «befallen mich Ängste, die, wenn auch unbegründet, dennoch sehr schmerzhaft sind. Es gibt sehr böse Frauen. Intrigante Stücke, echte Rasputins im Bett, falls du den Vergleich verstehst. Mir macht es nichts aus, wenn mich Romulus betrügt, aber ich würde es nicht ertragen, wenn er wegen einem dahergelaufenen Luder leiden müsste. Er ist sehr sensibel.»

«Und so was könnte jetzt der Fall sein, Señora?»

«Nenn mich bei meinem Vornamen. Lavinia. Eigentlich heiße ich gar nicht so. Diesen Namen hab ich mir als Mädchen gegeben, weil er mir aufreizender erschien als mein richtiger. Nenn mich Lavinia, oder verpass mir einen neckischen Spitznamen.»

«Könnte es sein, dass jemand Romulus einwickelt?»

«Darüber habe ich mit dir sprechen wollen. Deine Erscheinung hat mich für einige Augenblicke vom vorgezeichneten Weg abgebracht, aber das war der Hauptgrund meines Kommens. Romulus betrachtet dich als seinen besten Freund. Ich weiß, dass ihr vor kurzem etwas zusammen getrunken habt. Ich bin ganz sicher, dass er dir etwas erzählt hat. Vielleicht nicht haarklein, aber indirekt. Romulus spricht gern in Metaphern, wie Góngora. Er ist Don Luis de Góngora sehr ähnlich. Auch Tony Curtis. Eine unwiderstehliche Mischung dieser beiden Mannsbilder. Worüber habt ihr bei eurer letzten Begegnung denn gesprochen?»

«Welche Begegnung meinen Sie?»

«Vor einiger Zeit habe ich in einem seiner Jacketts eine Rechnung gefunden. Ich schnüffle nie in seinen Kleidern oder Papieren rum. Aber es war ein Winterjackett, und ich habe die Taschen geleert, um sie vor dem Verwahren mit Naphthalin zu füllen. Es ist mir aufgefallen, dass er am 4. Februar mit jemandem in einem Lokal war, der Sardellen in Essig und eine Pepsi konsumierte. Wer sollte so was tun?»

«Jeder Gourmet.»

Ihre Beharrlichkeit bestätigte meinen Verdacht. Die Geschichte mit dem außerehelichen Abenteuer war eine Ente. Romulus der Schöne war schon seit einer Weile verschwunden, und sie wollte wissen, wo er steckte. Im Laufe unserer Unterhaltung hatte mir Romulus der Schöne vorgeschlagen, bei einem Coup mitzuwirken, aber Lavinias Schilderung konnte man entnehmen, dass er ihr nichts von seinem Plan erzählt hatte, nicht einmal von der Zufallsbegegnung, die ihn begünstigt hatte. Und wenn er beschlossen hatte, das Geheimnis für sich zu behalten, würde sicher nicht ich es jetzt preisgeben.

«Oh», sagte ich leichthin, «wir haben über viele Dinge gesprochen. Wir haben uns ganz allgemein an die alten Zeiten erinnert. Weibergeschichten, nicht der Rede wert, wie es sich für zwei reife, gebildete Edelleute geziemt.»

«Ich seh schon, deine Lippen sind versiegelt. Aber vielleicht könnten andere Lippen, feuchte und weiche, sie entsiegeln», säuselte sie.

Sie trat so dicht an mich heran, dass ein Passant, hätte er in diesem Moment zur Tür hereingespäht, hätte glauben können, im Halbdunkel des Raums keuche ein vierbeiniger Dickwanst. Ihre Arme umschlangen meine Hüften, ihre Duftmischung umfing mich außen und innen (in den Eingeweiden), und ich spürte ihre Lippen meinen Hals liebkosen. Wenn du diese Chance von dir weist, sagte ich mir, hast du vielleicht dein ganzes Leben lang keine weitere mehr. Während ich mir das überlegte, war ich im Geist schon unterlegen und wollte eben den Obliegenheiten des Unterliegenden nachkommen und ihre Dirnendienste mit Verrat bezahlen, als mich eine Stimme in die Wirklichkeit zurückholte:

«Heute gibt es Algensalat und Chinakohl und pikante Langusten mit Nüssen.»

Erschrocken ob der Erscheinung des gastfreundlichen Alten, fuhren wir auseinander. Sie raffte die Kleider zusammen, die sie ausgezogen hatte, und ich klopfte die meinen zurecht.

«Unterbrechen Sie meinetwegen Berührungen nicht», fügte der Alte eilig hinzu. «Ich bin nur gekommen, um Menü zu besingen. Wenn ehrwürdige Señora kommen mag, ist sie natürlich ebenfalls in unser bescheidenes Heim an bescheidenen Tisch eingeladen. Angezogen bitte. Es sind Minderjährige da.»

«Herzlichen Dank», sagte sie, «aber ich wollte gleich gehen. Ich habe eine Verabredung. Ich bin nur eben vorbeigekommen und habe einen alten Bekannten begrüßt. Dann habe ich gesehen, dass mir der Saum aufgegangen ist, und das Kleid ausgezogen, um ein paar Stiche zu machen.»

Sie zog sich an, ergriff ihre Sommertasche aus bedrucktem Stoff und ging mit wiegenden Hüften davon. Ich eilte zum Ausgang und schaute ihr hinter der Türangel verborgen nach, aber sie bog um die Ecke, und ich konnte nicht sehen, ob sie zu Fuß weiterging, ein Taxi nahm oder in einen Peugeot 206 stieg. So ging ich wieder hinein.

«Wenn ich nicht dazwischengekommen wäre, hätten Sie gebumst.»

«Ja, Sie sind genau im richtigen Moment gekommen. Vermutlich muss ich Ihnen dankbar sein. Wenn ich ihren böswilligen Reizen erlegen wäre, hätte ich es hinterher bereut. Ihnen nicht erlegen zu sein bereue ich jetzt, aber es ist besser so. Vor zwei Tagen hat sie mich nicht gekannt, und heute ist sie nicht nur bereit, mich zu verführen, sondern weiß auch jede Menge über mich. Ich frage mich, woher sie das alles hat und wie sie mich aufgespürt hat. Nicht mit seiner Hilfe jedenfalls, er ist ja ebenfalls spurlos von zu Hause verschwunden.»

«Wer war sie?», fragte Großvater Lin mit der für alte Leute typischen Indiskretion. «Auch Polizistin? Vielleicht Agentin von General Tat?»

«Nein, das war eine Privatperson. Aber ihre Absicht war dieselbe: mich auszuhorchen. Keinesfalls hätte ich ihnen mit etwas dienen können, weder der einen noch der anderen, aber die Dichotomie erstaunt mich schon.»

«In der östlichen Tradition», sagte Großvater Lin, «Geheimnisse immer zu dritt. Wenn Lösung kommt, stehen alle miteinander in Verbindung: erstes mit zweitem und drittem, zweites mit erstem und drittem, drittes mit erstem und zweitem. Verstehen Sie?»

«Ja, aber ich habe es nur mit zwei Geheimnissen zu tun.»

«Vielleicht sehen Sie drittes nicht. Vielleicht ist drittes Schlüssel zu erstem und zweitem.»

«Wie dem auch sei, ich werde die Augen offen behalten und die Wachsamkeit verstärken. Jetzt muss ich gehen. Ich erlaube mir diese Freiheiten» – das erklärte ich, damit er im Viertel nicht mein Fehlverhalten ausposaunte – «wegen der für diese Jahreszeit typischen schlecht laufenden Geschäfte. In einigen Tagen werden meine Kundinnen aus dem Sommerurlaub zurückkommen, und dann wird hier die Hölle los sein. Bis dahin muss ich den Fall gelöst haben. Oder die ganzen Geheimnisse aufgedeckt, wie Sie sich ausdrücken. Und keine Angst: Ich werde pünktlich zu den Langusten zurück sein.»

6

WO SICH DER KOSMOS DREHT

Bevor ich mich auf den Weg machte, las ich einige Haare vom Boden auf und bastelte mir einen Schnurrbart und borstige Augenbrauen, die mir ein bedrohliches Aussehen verliehen. Mitten im Verwandlungsprozess kam Quesito, die ich bereits vergessen gehabt hatte, und erschrak gewaltig. Ich gab ihr das Foto, wiederholte den Auftrag, und sie machte sich davon. Nachdem die Maskerade zur Zufriedenheit ausgefallen war, lieh ich mir im Warenhaus einen Notizblock und eine Füllfeder im Wert von insgesamt 3,70 Euro aus mit dem Versprechen, beides zur Mittagessenszeit unbenutzt zurückzubringen. In der chemischen Reinigung borgte ich einen Regenmantel und einen Hut. In dieser Aufmachung, die mir den Schweiß aus allen Poren trieb, suchte ich den Dandy Morgan auf.

Ich fand ihn nicht gleich – um sich vor der Sonne zu schützen und kein Aufsehen mehr zu erregen, hatte er sich im Schatten der Bäumchen eingerichtet, wo er die Vorteile des Schattens gegen die Nachteile einer Taubenschlagexistenz abwog. Da er mich nicht erkannte, als ich ihn ansprach, wäre er beinahe von seinem Podest gefallen.

«Was für ein Aufzug», rief er, ohne die Lippen zu bewegen.

«Das sagst ausgerechnet du. Ist was passiert?»

«Und ob: Heute früh hatte ich das Gefühl, die Unterinspektorin zu sehen, die dich gestern besucht hat. Ich kenne sie zwar nicht, aber die Schmiere rieche ich auf fünf Meilen, und auf die passt deine Beschreibung genau. Sie ist in einem Seat gekommen mit einem Muskelprotz am Steuer. Der ist im Auto geblieben und hat telefoniert, während sie ins Haus gegangen ist. Dort ist sie etwa zehn Minuten geblieben. Nachdem sie gegangen war, sind wieder etwa fünf Minuten verstrichen. Dann ist das Prachtstück rausgekommen mit halboffenem Reißverschluss am Kleid. In diesem Moment ist der mit dem Peugeot 206 angefahren gekommen, offenbar hatte sie ihn benachrichtigt. Sie ist eingestiegen, und dann sind sie mit Karacho davongesaust. Die genaue Zeit für all das kann ich dir nicht nennen, weil ich von meinem neuen Standplatz aus das Radio in der Kneipe nicht mehr höre. Die kurvenreiche Freundin ist erst vor kurzem zurückgekommen, den Reißverschluss immer noch halb offen.»

«Ach, mein Lieber, wenn ich dir erzählte, wie sie sich mit dem armen Reißverschluss abplagt. Hast du den Typen mit dem Peugeot 206 erkennen können? War es nun der Swami mit Tunika und Bart, den der Juli im Yogazentrum gesehen hat?»

«Nicht die Spur. Das ist ein ganz normaler Typ in gestreiftem Anzug und mit Wild- oder Korduanlederschuhen. Und das Auto ist in untadeligem Zustand.»

Es war sehr verdienstvoll, mir so vieles zu erzählen, ohne den Mund zu bewegen oder den tragischen Ausdruck einer Person zu verändern, die ihr Schicksal auf sich nimmt und den Verlust der überseeischen Kolonien vorhersieht, während in der Krone zwei junge Tauben hüpfen und zwitschern. Aus dem Gesagten schloss ich, dass Lavinias Verführungsversuch vom Besuch der Unterinspektorin ausgelöst worden war, die ihr wahrscheinlich meine Adresse mitgeteilt hatte. Vielleicht hatte sie ihr auch die Geschichte mit dem Schemel erzählt. Damals hatte ich es Romulus dem Schönen anvertraut, und der wiederum hatte es möglicherweise seiner Frau berichtet, aber ich denke lieber, mein Freund habe das Geheimnis nicht preisgegeben, und schließe nicht aus, dass die Polizeiarchive so verkommen sind und auf diese schäbigen Paradigmen menschlicher Schwäche zurückgreifen.

«Wir müssen sie unbedingt», wechselte ich übergangslos vom inneren Monolog zur gesprochenen Rede, «aus nächster Nähe überwachen. Und ihren Komplizen, sei es der Swami oder nicht. Wenn ich es tue, werde ich sofort entlarvt. Kommt dir etwas in den Sinn?»

«Die Moski», antwortete er postwendend. «Sie ist immer in Bewegung und wird nicht wahrgenommen. Während der Saison arbeitet sie bei den Imbissbuden der Barceloneta und verdient sich eine goldene Nase. Aber wenn du ihr sagst, dass ich dich schicke und dass es sich nur um vierundzwanzig Stunden handelt, willigt sie vielleicht ein. Probieren geht über Studieren. Und vergiss meine beiden Euro nicht und den Zuschlag für die wertvolle Information.»

Ich verabschiedete mich von ihm und sprang in den Bus Richtung Barceloneta. Einer der wenigen Vorteile des Sommers in der Stadt ist, dass der Verkehr ungewöhnlich flüssig läuft. Wenn man nicht lange auf den Bus warten muss, kann man Barcelona von einem Ende zum anderen durchqueren, ohne dass einem am Ziel der Bart bis zur Hüfte gewachsen ist. Die U-Bahn ist das ganze Jahr über schnell, aber ich bewege mich lieber an der Oberfläche, in einem Transportmittel, von dem ich notfalls in voller Fahrt abspringen kann. Außerdem fahre ich im Bus gratis dank der Seniorenkarte, die mir vor weiß Gott wie vielen

Jahren ein Nordafrikaner für fünfzehn Euro verkauft hat. Wenn der Kontrolleur vorbeikommt, simuliere ich Auswürfe, damit er nicht stehen bleibt, um das Dokument genau zu studieren, das meinen vorgeblichen Greisenstatus akkreditiert.

Die Moski, deren wirklicher Name lang und unaussprechlich war, hatte sich Ende des vorigen Jahrhunderts in der Barceloneta niedergelassen. Sie stammte aus einem osteuropäischen Land und war, kaum dem Kindesalter entwachsen, der Stalinjugend beigetreten, und weder ihre eigenen Erfahrungen noch die historische Entwicklung waren für sie Grund genug, den eingetrichterten Ideen zu entsagen. Da ihr Charakter ebenso unerschütterlich war wie ihre Treue, packte sie beim Zusammenbruch des Systems ihre wenigen bescheidenen Habseligkeiten in einen Holzkoffer und ging aus eigener Initiative ins Exil. Irgendwann hatte sie gehört, die kommunistische Partei Kataloniens sei die einzige, die inmitten der Katastrophe eine unversöhnliche Orthodoxie, eine unverbrüchliche Hierarchie und eine unerbittliche Disziplin aufrechterhalte. Kaum war sie aus dem Zug gestiegen, machte die Moski beim Sitz der ehemaligen PSUC ihre Aufwartung und zeigte dem Mann, der sie empfing, den Mitgliederausweis und ein Foto von Georgi Malenkow mit Widmung und sagte, sie komme, um sich dem Generalsekretär zu unterstellen. Der Mann, der sie empfangen hatte, bot ihr zum Beweis, dass er sie als Genossin akzeptierte, einen Zug aus seinem Joint an und teilte ihr mit, der Generalsekretär, den er mit dem respektvollen Spitznamen *der Bratwurstler* bezeichnete, könne sie nicht empfangen, da er im Garten der Franziskanerterziarinnen der Göttlichen Hirtin Lilien setze; anschließend sei er mit dem restlichen Zentralkomitee vor der Kathedrale zum Sardana-Tanzen verabredet, und nachmittags gehe er zum Fußball. Die Moski konnte nicht umhin zu bewundern, mit welcher List die Partei die Vorbereitungen für die Revolution verschleierte, und beschloss, in Barcelona zu bleiben. Sie kaufte ein gebrauchtes Akkordeon auf Raten und begann, vor den Restaurant-, Kneipen- und Imbissbudenterrassen zu spielen und zu singen. Sie sang aus voller Kehle, damit man nicht merkte, dass sie nicht Akkordeon spielen konnte, und das Schrillen des Akkordeons übertönte ihre Kickser und ihre Krähenstimme. Die Ausländer hielten diese grelle Kakophonie für katalanische Musik aus den Zeiten des Grafen Arnau und die Einheimischen für Folklore des Balkans, und keiner bemerkte, dass die Moski *Erzähl mir nichts mehr*, *Mit dir in der Ferne* und andere gefühlige Boleros einer Luis-Miguel-Platte sang, die sie an einer Tankstelle gekauft hatte.

Über all das vom Dandy Morgan informiert, sprach ich sie an, obwohl ich sie weder kannte noch große Hoffnungen hatte, ihre Mitarbeit zu gewinnen, doch als sie den Namen Dandy Morgan hörte, hellte sich ihr Gesicht auf, sie ließ Lobeshymnen über ihn vom Stapel und sagte, sie sei ihm sehr dankbar dafür, dass er ihr in schwierigen Momenten geholfen habe. Da sie von ihm als vom «Genossen Bielski» sprach, nahm ich an, sie verwechsle ihn mit jemand anderem, unternahm aber nichts, um sie aufzuklären. Diskussions- und vorbehaltlos erklärte sie sich bereit, zwei Tage lang unter meiner Leitung zu arbeiten, wobei sie dasselbe verdienen würde wie die beiden anderen (der Juli und der angebliche Genosse Bielski), aber nur mit Akkordeonspielen, also ohne Gesang, denn mittlerweile drohte sie die Stimme einzubüßen.

Ich gab ihr die gebotenen Anweisungen und verließ sie,

um meinerseits zum Yogazentrum des Swami Pandit Shvimimshaumbad in die Calle Calabria zu gehen. Bevor ich
das Haus betrat, fragte ich den Juli, ob er den Swami wiedergesehen habe, was er verneinte. Trotzdem klingelte ich
beim Zentrum. Sogleich ging die Tür auf, und da es keinen
Aufzug gab, stieg ich zu Fuß in den dritten Stock hinauf.
Die Tür des Zentrums war nur angelehnt. Im Empfangsbe-
reich gab es einen winzigen Tisch, und dahinter saß eine
sehr blasse Empfangsdame mittleren Alters mit schlecht
gefärbten Haaren. Die Luft war unerträglich weihrauchge-
schwängert. Außer mir schien es keine weitere Kundschaft
zu geben, aber dennoch bemerkte mich die Empfangsdame
erst nach einer Weile, und dann musterte sie mich so
gleichgültig, dass mir klar war, sie würde, wenn ich nichts
von mir gab, es ebenfalls nicht tun. Ich nahm den Hut ab
und sagte dem andächtigen Ambiente entsprechend sanft-
fromm:

«Ave Maria Purissima, ist der Swami zu sprechen?»

«Haben Sie einen Termin?»

«Nein.»

«Sind Sie von einer Versicherung?»

«Eigentlich komme ich nicht auf der Suche nach Frieden, sondern in offizieller Mission. Ich bin heute Morgen
aus Tibet angekommen.» Und da sie eine ungläubige Grimasse schnitt, fügte ich eilig hinzu: «Nachdem ich unsere
Zentrale in Madrid aufgesucht habe. Sie wissen schon,
was ich meine.»

Ich blinzelte ihr zu und machte eine kabbalistische
Geste. Sie sah mich misstrauisch an und stand auf. Ich
fürchtete schon, sie würde im Treppenhaus um Hilfe rufen,
aber sie sagte gelassen:

«Ich weiß nicht, ob der Swami beschäftigt ist. Oder meditiert. Warten Sie einen Augenblick. Sagen Sie mir bitte noch einmal Ihren Namen?»

«Sugrañes. Placidísimo Sugrañes, er möge in Frieden ruhen.»

Sie ging durch einen kurzen Flur, klopfte sanft an die hinterste Tür und trat ein. In der Zwischenzeit versuchte ich den Terminkalender zu studieren, um zu sehen, ob sich ein aufschlussreicher Name darin befand, doch die Zeit war zu knapp – sogleich erschien die Empfangsdame wieder, kam den kurzen Weg zurück und flüchtete sich erneut hinter ihren Tisch.

«Sie können eintreten», sagte sie und zog eine Stoppuhr hervor. «Der Swami gewährt Ihnen zehn Minuten. Danach kostet die Minute fünf Euro plus Mehrwertsteuer.»

Ich nickte untertänigst und betrat das Heiligtum des Swami. Das Zimmer war nicht sehr groß und hatte ein rechteckiges Fenster zur Straße hin. Hier musste der Juli den Swami gesehen haben. Ein Schreibtisch nahm den größten Teil des Raumes ein, und davor standen zwei Klappstühle. An den Wänden versuchten Papierblumen und Gebirgslandschaften die Risse und abgeblätterten Stellen zu verdecken. Auf dem Tisch stand ein gerahmtes Foto. Auf den ersten Blick und ohne Brille schien die abgebildete Person einen Elefantenkopf zu haben. Wenn es seine Frau war, erstaunte es mich nicht, dass er Lavinia Torrada den Hof machte. Aber was mich am meisten überraschte, war die Person des Swami: Anstelle der vom Juli beschriebenen asketischen Vogelscheuche sah ich mich einem Mann mittleren Alters mit regelmäßigen Zügen gegenüber, sauber rasiert und in einem gutgeschnittenen Sommeranzug steckend, wahrscheinlich derselbe Mann und derselbe Anzug, die der Dandy Morgan einige Stunden zuvor im Peugeot 206 gesehen hatte. Mit einer matten Handbewegung wies er auf einen Stuhl, deutete ein herablassendes Lächeln an und fragte:

«Womit kann ich Ihnen dienen, Señor Sugrañes?»

«Das sage ich Ihnen sogleich, doch beseitigen Sie mir vorher einen Zweifel: Sind Sie wirklich der Swami? Ich meine, der rechtmäßige Swami?»

«Es gibt keinen anderen. Pandit Shvimimshaumbad, in Harmonie mit der Weltenordnung und der Sphärenmusik. Aber mit dem dritten Auge entdecke ich Erstaunen in Ihrem Geist und auf dem Gesicht einen einfältigen Ausdruck.»

«Ja, offen gestanden habe ich jemand anderen erwartet. Ich meine, eine mit dem traditionellen Image eher übereinstimmende Person … Bart, Laken und all das.»

«Pah», sagte er und würzte das Lächeln mit einem süffisanten Zug, «die Erscheinungen sind nur Erscheinungen, wie uns die heiligen Bücher lehren. Die Weisheit liegt innen. Und der innere Frieden liegt ebenfalls innen, wie der Name selbst ja sagt. Die Sekretärin hat mir mitgeteilt, Sie kommen aus Tibet», fügte er mit unverhohlener Ironie hinzu.

Da das Gespräch nicht wie gewünscht verlief, beschloss ich, die herkömmliche Methode anzuwenden.

«Achten Sie nicht auf sie.» Nun bog auch ich die Mundwinkel zu einem bissigen Grinsen und zog den Notizblock und die Füllfeder hervor. «So nennt man im Spaß meine Abteilung in der Generaldirektion der Spirituellen Körperschaften, denen die Ihre mit vollem Recht angehört.»

«Sie irren sich schon wieder, Señor Sugrañes. Mein Unternehmen ist in keinem Register eingeschrieben oder verzeichnet.»

«Das glauben Sie, Señor Pandit. Jeder öffentliche oder private Verein, der spirituellen Zwecken dient, selbst der Heilige Stuhl, ist in unserem Spezialregister verzeichnet.» Ich konsultierte den Notizblock und fügte hinzu: «Der Ihre trägt die Nummer 66754 BSG. Bilbao, Segovia, Granada.»

Ich klappte den Block zu und fuhr in ungezwungenem, ein wenig bestechlichem Ton fort:

«Wie Sie sehr wohl wissen, schützt und fördert die Verfassung sämtliche Religionen in gleicher Weise, vorausgesetzt, sie verstoßen nicht gegen die Regeln des Zusammenlebens. Und die Regierung subventioniert sie mit einer manchmal missverstandenen Großzügigkeit. Wenn Sie und Ihr Verband die entsprechende Förderung nicht beantragt haben, sei es wegen mangelnder Information, sei es aus Nachlässigkeit oder anderen Gründen, dann ist das Ihr Bier. Aber keinen Nutzen aus dem vom Gesetz Festgelegten gezogen zu haben befreit Sie nicht davon, den vorgeschriebenen Obliegenheiten nachzukommen, wovon eine die regelmäßige Auskunftspflicht ist. Auf dem kaum greifbaren Gebiet des Glaubens, wie auf allen, wenn nicht noch mehr, wimmelt es von Schmarotzern. Jedem Idioten erscheint im Vollrausch der heilige Blasius, und schon schreit er unverschämt nach Subventionen. Bisher war die Regierung nachsichtig. Aber aufgrund der Krise hat sich alles verändert. Jeder Verein muss eine strenge Kontrolle über sich ergehen lassen. Die Presse schnüffelt herum, und Brüssel duldet keine Geldverschwendung. Von Skandalen gar nicht zu reden. Die Praktiken einiger Sekten lassen sehr zu wünschen übrig. Das ist das Zeichen der Zeit, mein lieber Shvimimshaumbad. Wenn schon in der katholischen Kirche, der einzig wahren, geschieht, was geschieht, da können Sie sich etwa andere Liturgien vorstellen. Sobald man nicht aufpasst, machen sogar die Zombies Schweinereien. Ich sage ja nicht, dass das bei Ihnen der Fall ist, und wenn es nicht der Fall ist, haben Sie nichts zu befürchten, mein lieber Shvimimshaumbad. Können wir jetzt zu den Fragen übergehen?»

Ich schlug den Notizblock wieder auf und zog die vergoldete Plastikkappe vom Füller. Der Swami war von der anfänglichen Anmaßung zu abgefeimter Zuvorkommenheit übergegangen.

«Aber selbstverständlich.»

«So ist es gut. Ich werde versuchen, die zehn Minuten nicht zu überschreiten, die mir Ihre effiziente, liebenswürdige Sekretärin zugestanden hat. Aber wenn sich die Formalitäten in die Länge ziehen, dann sagen Sie dieser Biene, sie solle sich die Stoppuhr sie-weiß-schon-wohin stecken. Fangen wir jetzt von vorn an. Ist Ihre Lizenz à jour? Und der Bewohnbarkeitsausweis? Wie viele Leute beschäftigt der Verein? Mit Sozialversicherung oder ohne, das interessiert mich nicht. Das werden Sie mit den Leuten vom Finanzamt ausmachen müssen, wenn es so weit ist.»

«Nur zwei Personen: Señorita Jazmín, die Sie bereits kennen, und ich selbst.»

«Wohnen Sie in Pedralbes?»

«Nein. Ich wohne in Poble Sec.»

«Sehen Sie?» Ich tat, als notierte ich mir etwas. «Selbst die vollständigsten Datenbanken sind nicht fehlerfrei. Sind Sie Fahrzeughalter? Etwa, laut meinen Unterlagen, eines Peugeot 206? Sind Sie zufrieden damit? Gehen Sie regelmäßig zur technischen Kontrolle?»

«Alles in Ordnung. Der Wagen läuft wie geschmiert und ist sparsam.»

«Sind Sie Inhaber eines dem Publikum offenstehenden Lokals? Eines Cafés beispielsweise?»

«Nein.»

«Hier steht, Sie seien mehrmals in einer Cafeteria gesehen worden, die unter dem Namen *Zum Dicken Rindviech* eingetragen ist.»

«Ja, da gehe ich manchmal hin. Das ist vermutlich nicht illegal.»

«Nein, aber seltsam. Es ist weit von Ihrer Arbeitsstätte und Ihrem Wohnort entfernt. Und als Café ist es die Fahrt ehrlich gesagt nicht wert.»

«Hören Sie, ich möchte nicht unhöflich erscheinen, aber mein Privatleben geht Sie nichts an.»

«Natürlich, natürlich.» Ich zog die Schultern ein und notierte mir wieder etwas. «Im Streitfall werden die Gerichte entscheiden.»

«Also gut. Ich werde Ihnen die Wahrheit sagen. In Ausnahmefällen befriedige ich die spirituellen Bedürfnisse eines Schülers bei ihm zu Hause. In der Nähe des von Ihnen erwähnten Cafés wohnt eine Person, deren psychische Ausgeglichenheit von … von bestimmten Übungen abhängt, die wir mit vereinten Kräften durchführen. Haltungsmeditation nenne ich das. An den Tagen dieser Besuche trinke ich etwas in diesem Café, vor oder nach der Sitzung. Niemals alkoholische Getränke. Muss das alles in der Akte stehen?»

«Momentan im Bericht. Ich bin nur der Bote der Frohbotschaft. In Kürze werden Ihnen drei Inspektoren einen Besuch abstatten. Ich an Ihrer Stelle würde die Papiere in Ordnung bringen. Und auch Ihr Privatleben. Sie werden sich viel Kopfzerbrechen ersparen. Die kommen unangemeldet.»

Eine Weile machte ich mir schweigend Notizen, dann steckte ich die Kappe auf die Füllfeder, klappte den Block zu und verwahrte beides in der Tasche. Beim Aufstehen sagte ich:

«Darf ich Ihr Handy benutzen? Meins ist im Lieferwagen.»

«Aber selbstverständlich.»

Ich wählte Quesitos Nummer, und als sie antwortete, sagte ich:

«Fernández? Ich bin's, der Sugra. Ich ruf dich vom Handy eines Kunden an. Ja, der Scheißswami. Was? Nein, das Übliche. Wir werden ja sehen, was die Arschlöcher vom dritten Stock sagen. Und wie ist es dir beim Derwisch ergangen? Was du nicht sagst! Fest in deiner Hand? Du bist vielleicht 'ne Wucht, Fernández! Also dann, see you. Bye, bye.»

Ich gab dem Swami das Handy zurück, er nahm es mit zittriger Hand, ich verabschiedete mich mit leichtem Nicken und ging auf den Ausgang zu. Als ich an der Empfangsdame vorbeikam, übersah ich sie geflissentlich. Auf der Straße brannte glühendheiß die Sonne. Ich setzte den Hut auf. Es war eine gute Idee gewesen, auch einen Hut auszuleihen, und es tat mir leid, ihn zurückgeben zu müssen. Aufgrund der Sonnenstellung beschränkte sich mein Schatten auf den Hutschatten. Dank diesem astronomischen Phänomen konnte ich die ungefähre Zeit auch ohne Uhr erraten, und ich erinnerte mich an Großvater Lins Einladung. Als ich beim Juli war, blieb ich einen Moment stehen, wie wenn ich mir den Hut zurechtrücken müsste, bestellte ihn, ohne ihn anzuschauen, für neun Uhr ins Restaurant *Hund zu verkaufen* und hieß ihn auch die anderen dahin zitieren. In diesem Augenblick fuhr ein Bus vorbei. Ich winkte ihm, und als die Tür aufging, sprang ich hinein. Im Inneren saßen nur zwei schwarzgekleidete Frauen vorgerückten Alters. Bevor ich mich setzte, grüßte ich sehr höflich und lüftete den Hut.

7

DER MEISTGESUCHTE MANN

Während meiner Abwesenheit war Quesito in den Damensalon gekommen. Da sie mich nicht vorfand, war sie mit einem Dietrich eingedrungen, hatte sich in den Sessel gesetzt und war eingeschlafen. Mein Auftauchen weckte sie, und sogleich erging sie sich in Entschuldigungen wegen ihres Eindringens. Nach meinem Anruf aus dem Yogazentrum hatte sie sich Sorgen gemacht: Zwar hatte sie meine Stimme erkannt, nicht aber die Nummer, und sie hatte nichts begriffen. Ich schimpfte mit ihr.

«Du sollst nicht unangemeldet irgendwo auftauchen, und schon gar nicht ohne Erlaubnis eindringen, wenn niemand da ist. Das macht nicht nur einen schlechten Eindruck, es könnte auch ein Alarm ausgelöst werden oder dich ein auf Einbrecher abgerichteter Hund beißen. Zum Anruf: Da ist nichts Besonderes dabei – ich wollte einen Angeber demütigen und nebenbei seine Nummer in deinem Handy speichern. Hast du den Auftrag erfüllt?»

«Jawohl», sagte sie ganz natürlich. «Ich habe sämtliche Informationen.»

«So rasch? Wie hast du das gemacht?»

«Ich habe das Foto in Twitter hochgeladen, und nach fünf Minuten hatte ich von überallher Antworten. Selbst die CIA will mein Freund sein. Der Herr auf dem Foto ist ein international gesuchter Terrorist. Sehr gut auf seinem Gebiet, und das ist Mord. Er heißt Alí Aarón Pilila und ist

103

Freiberufler. Er hat Menschen im Auftrag der Drogen-
mafia umgebracht, aber auch Mitglieder von al-Qaida im
Auftrag des Mossad und umgekehrt. In Spanien hatte er
mehrere Verträge im Bausektor, bis die Blase geplatzt ist.
Seine Methoden sind ebenso einfach wie effizient, und es
fehlt ihm nicht an Raffinement – einem Opfer hat er mit
einer Blattsäge die Hoden entfernt.»

«Das reicht!», rief ich empört. «Ein junges Mädchen
sollte keine solchen Dinge lesen.»

«Sie haben es mir aufgetragen.»

«Egal, die Schicklichkeit geht vor. Und nun», fügte ich
hinzu, nachdem ich einen Blick auf die Uhr geworfen hatte,
«geh nach Hause. Es ist Essenszeit, und sicher erwartet
dich deine Mutter.»

«Meine Mutter isst nicht zu Hause. Sie hat mir Geld
gegeben, damit ich essen gehen kann, aber bei dieser Hitze
habe ich es für ein Taxi ausgegeben, um hierherzukommen.
Es reicht grade noch für ein Magnum.»

«Kommt nicht in Frage. In deinem Alter muss man sich
richtig ernähren. Ich bin privat eingeladen, aber wenn du
mitkommst, wird es ihnen nichts ausmachen. Sie sind sehr
gastfreundlich. Gleich hier gegenüber.»

Nach allem, was sie mir eben erzählt hatte, mochte ich
sie nicht allein durch die Welt streichen lassen. Wie beim
vorigen Mal wartete die ganze Familie Lin vor der Tür, vor
Hitze rot wie Paprikaschoten, aber lächelnd und ehrerbietig, und sahen mich mit großer Befriedigung in Quesitos
Begleitung kommen.

«Wo zwei satt werden, reicht es auch für drei, wie man
bei Ihnen sagt», lachte das Familienoberhaupt, um meine
weitschweifigen Erklärungen zu unterbrechen. «In meinem Land hätte dieser Satz natürlich überhaupt keinen

Sinn. Aber wir sind ja in Barcelona, und es ist eine große Ehre für diese bescheidene Familie, Ihre ehrwürdige Tochter zu empfangen. Sie gleichen sich beide sehr. Alle Abendländer gleichen sich, aber in diesem Fall ist die Ähnlichkeit erstaunlich.»

Ich mochte ihn nicht enttäuschen, und auch Quesito unternahm nichts, um ihn aufzuklären.

Wir hatten den Laden betreten, und während wir nach hinten gingen, wo von dem gedeckten Tisch ein erlesener, erquickender Duft ausging, stellte ich Quesito allen vor. Señor Lin sagte zu ihr:

«Das ist ein schöner Name: Kue-schi-tou. In unserer Sprache bedeutet er Mondnacht im Sommer.»

«Stimmt nicht», sagte der kleine Quim. «Es heißt Abgelaufenes Zäpfchen.»

Sein Vater gab ihm eine liebevoll-sonore Kopfnuss und sagte entschuldigend:

«Kleiner Quim großer Lügner. Studierst oder arbeitest du, Kue-schi-tou?»

«Ich habe die erste Sekundarstufe abgeschlossen», sagte sie. «Und wenn ich in der Aufnahmeprüfung ein Genügend schaffe, würde ich gern Pädiatrie studieren, um den Kindern in der Dritten Welt zu helfen. Aber ich wär auch gern Fernsehmoderatorin. Ich werde mich im letzten Moment entscheiden.»

«Das sind ehrwürdige Berufe», sagte Señor Lin. «Dein Vater wird stolz auf dich sein, welchen du auch wählst. Aber wer wird den großen Damensalon übernehmen?»

«Kinder», meldete sich Großvater Lin zu Wort, «müssen Tradition von Eltern folgen. Vorfahren geben Weg zum Folgen vor. Fleißige Vorfahren, blühende Familie. Faule Vorfahren, Familie an Arsch.»

Der kleine Quim war neben Quesito getreten und sagte zu ihr:

«Hör nicht auf ihn. Großvater hat einen Hau.»

Señor Lin und Großvater Lin verpassten ihm je eine Kopfnuss, und wir setzten uns ohne weitere Vorrede zu Tisch. Señora Lin verschwand im Hinterraum und kam mit einem dampfenden Topf zurück. Der kleine Quim holte mehrere Reisschälchen, und eine Weile aßen wir wortlos. Sie waren so nett gewesen, mir normales Besteck hinzulegen; Quesito dagegen kam mit den Stäbchen bestens zurecht und aß mit großem Appetit von den Leckerbissen. In einer Pause ergriff Großvater Lin das Wort, um den Faden seiner durch das Essen unterbrochenen Abhandlung wiederaufzunehmen.

«Jugend ist von Natur aus rebellisch, immer und überall. Als ich jung war, war ich auch unbesonnen. Ich erinnere mich mit Wärme an Kulturrevolution. Wir gaben Eltern auf Dach, und in Schule erhängten wir Lehrer. War cool! Aber Alter gebietet Reife. Damals Revolution, jetzt Ramsch verkaufen.»

«Mein ehrwürdiger Vater hat recht», sagte Lin Fuma. «Man betrachte nur mal den Fall des kleinen Quim. Er möchte sicher gern Fußballer werden. Vielleicht Astronaut. Aber wenn er mit dem Studium fertig ist, wird er Geschäftsführer des Ladens, wie sein Vater. Oder großer Koch, wie seine Mutter.»

«Oder große Nervensäge, wie Großvater», sagte der kleine Quim.

Es hagelte Kopfnüsse, und in dieser humoristischen Stimmung nicht ohne Zärtlichkeit und weise Lehren nahm das Mahl sein Ende. Ich bedankte mich mit einer langen Ansprache, und Quesito schloss sich meiner Dankbarkeit und meinem Lob diskret an. Die Familie Lin wiederum drückte aus dem Munde Señor Lins ihre unermessliche Befriedigung darüber aus, mit uns Zeit und Speise geteilt zu haben, und wiederholte die Einladung, so oft wiederzukommen, wie wir Lust hätten. Bevor wir uns trennten, schoss der kleine Quim zur Erinnerung an das Treffen mit seinem Handy einige Fotos von uns.

Auf der Straße verabschiedeten Quesito und ich uns; sie ging zur Bushaltestelle und ich Richtung Salon. Nach wenigen Schritten blieb ich stehen, wandte mich um, schaute ihr unbeobachtet nach und verspürte einen Stich Mitleid. Ohne väterliche Unterstützung würde sie ihre Projekte, ob akademischer oder anderer Natur, schwerlich verwirklichen können, dachte ich. Am Horizont ihres Lebens zeichneten sich wenig Erwartungen und viele Gefahren ab. Gar nicht zu reden von der momentanen Gefahr meiner Gesellschaft, wenn mir, wie es aussah, ein erbarmungsloser Terrorist in die Quere gekommen war. In den letzten Jahren war Romulus der Schöne so etwas wie ein Vater für sie gewesen oder doch wenigstens eine flüchtige männliche Präsenz im Familienumfeld. Jetzt hatte sie sogar das verloren, falls er für immer verschwunden war. Von allen Kandidaten war ich sicher der ungeeignetste, diese Lücke zu füllen, vielleicht aber auch der Einzige: Entweder gab ich ihr Romulus den Schönen heil zurück, wie sie es von mir erwartete, oder meine Aufgabe wäre es, in Quesitos Leben die Stelle meines Freundes einzunehmen, doch was hatte ich ihr in diesem Fall zu bieten? Ich konnte ihr höchstens meine geistlosen beruflichen Kenntnisse vermitteln und ihr die Möglichkeit geben, sie in einem Damensalon ohne Kundschaft anzuwenden. Aber würde sie den Ersatz annehmen? Kurz zuvor hatte sie ohne Stolz, aber auch ohne

Widerwillen die irrtümliche Verwandtschaftszuordnung durch Señor Lin akzeptiert, und diese stillschweigende Billigung konnte als eine Respekts- und Zuneigungsbekundung für meine Person aufgefasst werden, auch wenn diese Gefühle nur auf die Geschichten zurückzuführen waren, die ihr Romulus der Schöne im Lauf der Jahre erzählt hatte, eher zum Zeitvertreib denn als wirklichkeitsgetreuen Bericht. In diesem Sinn würde unser täglicher Umgang es übernehmen, ihr in Kürze die Augen zu öffnen.

In solch traurige Überlegungen versunken, ging ich müden Schrittes dahin, bis das östliche Essen in meinem aus der Übung gekommenen Organismus eine Darmreaktion auslöste, die mich zwang, das Grübeln auf später zu verschieben und wie ein Windhund zum Salon zu laufen.

Gegen Abend projizierte die untergehende Sonne den massigen Schatten der Unterinspektorin Victoria Arrozales auf den Fußboden des Lokals. Während sie über die Schwelle trat, kleidete ich mich eiligst an, ohne den Hut zu vergessen, und bot ihr dann, mit Zeichen der Unterwürfigkeit und einem Gestammel, das die Begegnung auf die kürzestmögliche Dauer reduzieren sollte, schleunigst einen Stuhl an.

«Hast du mir nichts Neues zu berichten?», fragte sie mit dem üblichen Sarkasmus.

Hinter dem herausfordernden Blick, der angeberischen Haltung und dem hochnäsigen Gebaren nahm ich eine fast schon an Verzweiflung grenzende Unsicherheit wahr. Aus diesem Grund war sie gekommen.

«Sie meinen den Mann von dem Foto? Ich hab es Ihnen gestern schon gesagt: Ich habe ihn noch nie in meinem Leben gesehen. Und heute hat sich meine Haltung nicht geändert. Ich hoffe auch, ihn nie zu Gesicht zu bekommen.

Er ist ein gefährlicher Terrorist. Darauf hätten Sie mich hinweisen können.»

Sie nahm die Pistole vom Steiß, legte sie auf die Konsole neben eine verhaarte Bürste, eine stumpfe Schere und einen zahnlosen Kamm und ließ sich in den Sessel fallen. Als sie ihr Spiegelbild erblickte, runzelte sie die Stirn. Auch die Polizei bleibt von Hitze und Müdigkeit nicht ungeschoren.

«Wie ich sehe, hast du deine Hausaufgaben gemacht», seufzte sie in einem etwas freundschaftlicheren Ton. «Ich habe auch nichts anderes von dir erwartet. Und da du jetzt weißt, worum es geht, werde ich dir die Fakten erzählen. Wir haben Grund zur Annahme, dass Alí Aarón Pilila kürzlich in Spanien war und vorhat, nach Barcelona zu kommen. Natürlich – wenn einer in dieser Jahreszeit in Barcelona ist, ist er entweder ein armer Teufel, oder aber er heckt was aus.»

«Fahren Sie nicht weiter fort, bitte», sagte ich, bevor sie mich in den Kreis ihrer Mitarbeiter einschlösse, «ich würde Ihnen helfen, wenn ich könnte, doch in diesem Fall kann ich nicht.»

«Du könntest schon, wenn du wolltest», unterbrach sie mich rhetorisch. Dann fügte sie sogleich hinzu: «Vor etwa zehn Tagen hat uns die französische Polizei mitgeteilt, dass Alí Aarón Pilila die Grenze überschritten hat. Unter falschem Namen und mit falschem Pass ist er in einem Luxushotel an der Costa Brava abgestiegen. Dort hat er sich mit einem Unbekannten unterhalten. Der sprach Spanisch und war in Begleitung einer gutaussehenden Frau, vielleicht einer Dolmetscherin, vielleicht auch nicht. Grund der Begegnung unbekannt. Danach fuhr das Paar in einem Überlandbus wieder zurück nach Barcelona. Am folgenden Morgen verließ Alí Aarón Pilila das Hotel und kehrte in einem gemieteten Mercedes nach Frankreich zurück. In Montpellier gab er das Auto ab und nahm den TGV nach Paris. Dort verlor die französische Polizei seine Spur. Über das Paar haben wir nichts herausgefunden. Vielleicht ist er erfasst. Oder sie. Oder beide. Aber das Hotelpersonal hat zu ungenaue Beschreibungen abgegeben. Sie wussten nicht, um wen es sich handelte, und passten nicht entsprechend auf. Kurzum, wir dürfen nicht noch mehr Zeit verlieren. Wenn Alí Aarón Pilila wiederkommt, wird es einen terroristischen Anschlag geben, zweifellos ein tödliches Attentat.»

«Da passt für mich etwas nicht zusammen», bemerkte ich und versuchte nicht allzu neugierig zu erscheinen. «Wie Sie sehr richtig gesagt haben, befindet sich in diesen Tagen nur eine Handvoll verschwitzter Malocher in Barcelona, Sie natürlich ausgenommen. Wem kann es also gelten?»

«Das wissen wir nicht. Es kann jeder in Frage kommen. Alí Aarón Pilila gehört keiner Organisation an, und man weiß nicht, ob er irgendeiner Ideologie anhängt. Er wird gedungen und ist teuer, was uns zur Annahme bewegt, es werde jemand Wichtiges sein. Ein Geschäftsmann, ein Politiker, ein Mitglied der Königsfamilie.»

«Und ich?»

«Als Ziel für einen Terroristen? Wohl eher nicht.»

«Ich meinte meine Rolle in diesem Verwirrspiel.»

«Ermitteln. Du hast deine Methoden. Früher hast du einmal schwierige Fälle gelöst. Schlecht zwar, aber du hast sie gelöst. Meine ganze Abteilung ist im Urlaub. Tu was. Finde das Paar vom Hotel an der Costa Brava, ohne Verdacht zu erwecken. In diesen schwierigen Zeiten dürfen wir den Tourismus nicht verschrecken. Bezahlte Reise mit einem Bus der SARFA, Spesen für ein belegtes Brötchen, und wenn dir dafür Zeit bleibt, kannst du baden gehen. Du wirst es nicht bereuen. Wenn du Erfolg hast, darfst du den Preis bestimmen.»

«Hat Ihre Abteilung bei der Vergabe von Stipendien ihre Hand im Spiel?»

Sie stand auf, gähnte, streckte die Arme aus, rückte den BH zurecht, steckte die Dienstwaffe an ihren Platz zurück und ging auf die Tür zu.

«Du tu deine Pflicht, und dann sehen wir weiter.»

Von diesem unseligen Gespräch berichtete ich meinen Gehilfen nichts, als wir uns zur vereinbarten Zeit im Restaurant *Hund zu verkaufen* trafen. Unterwegs hatte ich einen Überschlag gemacht und festgestellt, dass das Anwachsen der Gehaltsliste durch das Dazukommen der Moski und damit einem zusätzlichen Gast beim Abendessen meine wirtschaftlichen Möglichkeiten überschritt. Bevor wir uns zu Tisch setzten, nahm ich Señor Armengol beiseite und bat ihn um einen Kredit mit dem Argument, ich führe ihm augenfällige Gäste zu, was für das Lokal nur von Vorteil sein könne, wenn die Medien davon Wind bekämen und ihn in die Rubrik *Tendenzen* aufnähmen. Nachdem er eine Weile stur geblieben war, gab er mir zwar keinen Kredit, gewährte mir aber eine Stundung für die ausstehende Zahlung, die eben bevorstehende Mahlzeit eingeschlossen.

Während dieser Verhandlungen hatten die anderen schon das ganze Brot gefuttert. Ich gesellte mich zu ihnen im Vertrauen darauf, dass ihre Berichte meine Fürsorge rechtfertigten. Dem war nicht so. Mein Besuch im Yogazentrum hatte das vorhersehbare Ergebnis gezeigt: Kurz nachdem ich gegangen war, kam der Typ mit dem Peugeot 206 heraus, stieg ein und sauste davon. So weit der Juli. Sieben Minuten später sah ihn der Dandy Morgan bei Romulus' Domizil vorfahren. Er ging hinein und kam nach fünf Minuten wieder heraus, und eine Minute später kam auch Lavinia Torrada heraus. Er war mit seinem Auto weggefahren, und sie ging zur U-Bahn, gefolgt von der Moski samt Akkordeon. Die Moski nutzte die U-Bahn-Fahrt, um zu spielen und einige Euro zu verdienen. Der Gegenstand ihrer Überwachung stieg an der Station Plaza de Cataluña auf die Linie 3 um und an der Station Vallcarca endgültig aus. In der Avenida de la República Argentina bestieg sie einen Bus. Im Bus forderten die Fahrgäste die Moski auf, ihnen mit ihrem Akkordeon nicht auf den Geist zu gehen. In städtischen Autobussen und anderen oberirdischen Transportmitteln hatte sie immer schlechte Erfahrungen gemacht, beispielsweise in Taxis, wo sie einmal zusammen mit Kunden eingestiegen war, um die Fahrt musikalisch zu untermalen. Am schlimmsten aber, so behauptete sie, seien die Radfahrer. Von mir dazu angehalten, nicht vom Hauptstrang beziehungsweise dem roten Faden ihres Berichts abzukommen, fuhr sie fort, Romulus' Frau habe drei Besuche gemacht, einen vor dem Mittagessen und zwei zwischen halb vier und sechs Uhr. Auf der Rückseite eines Notenblatts hatte sich die Moski die drei besuchten Adressen notiert: die bereits genannte in der República Argentina, nicht weit von der Plaza Lesseps entfernt, eine weitere in der Calle d'Anglí und eine dritte im unteren Teil der Vía Augusta. Nach diesem letzten Besuch hatte der Peugeot 206 mit dem üblichen Typen am Steuer sie eingeladen. Die Moski hatte ihnen nicht folgen können, doch der Dandy Morgan bestätigte, um sieben Uhr habe der Peugeot 206 die Frau vor dem Eingang des ehelichen Domizils abge-

setzt, worauf er weggefahren sei. Die drei von Romulus'
Frau gemachten Besuche hatten zwischen einer halben
Stunde und vierzig Minuten gedauert.

«Trug sie etwas?», fragte ich am Ende dieses langweili-
gen Berichts.

«Ein Kleid», sagten der Dandy Morgan und die Moski
wie aus einem Mund.

«Nein, in der Hand. Oder über der Schulter. Eine kleine
oder eine große Tasche?»

«Eine große Tasche», sagte die Moski. «Warum willst
du das wissen?»

«Die aufgesuchten Orte», erklärte ich, «werden aufgrund ihrer Lage von einer gehobenen Gesellschaftsschicht
bewohnt. Wäre sie eine Dirne, hätte sie ein Handtäsch-
chen mitgenommen. Und die Arbeitszeiten wären andere
gewesen. In unserem Fall weist alles auf berufliche Besuche
hin. Wegen ihrer ähnlichen Dauer würde ich ihnen einen
therapeutischen Charakter zuschreiben, wahrscheinlich
Massagen. In der Tasche hat sie bestimmt den Kittel und
die Cremes. Massagen und Yoga stehen in einer gewissen
Beziehung zueinander. Vielleicht sind der Swami und Romulus' Frau Partner, und all ihre Bewegungen haben eine
ganz einfache Erklärung.»

Ich sah, wie sich angesichts der Möglichkeit, dass die
bisherige Arbeit nichts gebracht hatte, innerhalb meines
wackeren Trupps Enttäuschung breitmachte, und fügte
eilig hinzu:

«Sollte sich die Annahme bestätigen, wären sie dadurch
weder unschuldig noch schuldig. Die Tatsachen haben sich
nicht geändert: Romulus der Schöne bleibt weiterhin unter
mysteriösen Umständen verschwunden. Nichts spricht dagegen, dass seine Frau und der Swami unter einer Decke

stecken und beschlossen haben, das dritte Rad am Wagen aus dem Weg zu räumen. Viele Ehemänner enden auf diese Weise. Nicht die meisten, aber immerhin einige.»

Als sie diese Statistik hörten, keimte in der Gruppe neue Hoffnung auf. Aber nach einigen Augenblicken äußerte der Dandy Morgan Einwände.

«So eindeutig sehe ich das nicht. Romulus war lange Zeit hinter Gittern, und es ist nur logisch, dass sich seine Frau für ihren Unterhalt eine Arbeit und nebenher auch noch einen Macker gesucht hat. Und wenn sie mit dem Kerl vom Peugeot 206 liiert ist, dann doch wohl schon ein paar Jahre.»

«Da sehe ich keinen Widerspruch», sagte der Juli. «Wenn sie es schon seit einiger Zeit miteinander treiben, ist es normal, dass die dauernde Anwesenheit des Ehemanns sie stört.»

«Ja, natürlich, aber warum ihn gerade jetzt beseitigen?», beharrte der Dandy Morgan. «So, wie die Dinge liegen, müssten sie doch einen Modus vivendi gefunden haben.»

Als oberster Gruppenführer beschloss ich, den Streit zu schlichten.

«Ihr habt beide zum Teil recht. Wenn sich die Ehebrecher Romulus hätten vom Hals schaffen wollen, hätten sie es nach der elementarsten Logik schon lange tun sollen. Aber wir dürfen nicht vergessen, welche Probleme entstehen, wenn man einen Menschen um die Ecke bringt, vor allem einen schneidigen Typen wie Romulus den Schönen. Jetzt aber ebnen die Umstände den Weg. Vor Monaten hat Romulus ein Delikt begangen, und demnächst wird er wieder in eine Strafanstalt eingeliefert. Verschwände er urplötzlich, so würde man das Verschwinden logischerweise einer verdeckten Flucht zuschreiben.»

«Entschuldigen Sie, wenn ich mich einmische», sagte Señor Armengol, während er durch die Küchentür ins Lokal trat und sich die Hände an der Schürze abtrocknete, «aber ich konnte nicht umhin, Ihr Gespräch mit anzuhören, und da kommt mir ein Einwand in den Sinn: Wenn dieser Romualdo ins Kittchen soll, dann musste man ihn doch gar nicht erst umlegen. Finde ich jedenfalls.»

«Ach, mein lieber Freund», rief der Dandy Morgan, «am Herd verliert man die Komplexität der menschlichen Seele aus den Augen.»

«Aha – und können Sie mir vielleicht mal sagen, was die zu melden haben, die ihr Leben wie versteinert auf einem Podest zubringen», sagte Señor Armengol herausfordernd.

Wieder sorgte ich für Ordnung.

«Es ist nicht einfach, mit einem Häftling verheiratet zu sein. Und schon gar nicht für eine so attraktive Frau wie die von Romulus dem Schönen. Ihr hättet sie sehen sollen, wenn sie ihn im Sanatorium besuchen kam …»

«Du hast einfach ein Faible für dieses Flittchen», sagte der Juli.

«Macht sie nicht runter, nur weil sie klasse aussieht, verdammt», sagte die Moski. «Wenn eine nicht hässlich wie die Zarin ist, sagen die Männer gleich, sie ist eine dumme Pute oder eine Nutte. Nur, um nicht bezahlen zu müssen. Ich zum Beispiel, mit ein paar Kilo weniger, wenn ich mich anmalen würde und nicht so ehrlich wäre wie ein Stern am Firmament, Saturn etwa, ich könnte verdammt gut leben und müsste nicht den ganzen beschissenen Tag lang dieses verdammte Möbel rumschleppen, das mir die Halswirbel zu Mehl macht.»

«Also ich beharre auf meinem Syllogismus», beharrte Señor Armengol. «Ich sehe einfach keinen Grund für die ganze Debatte und all die Hirnakrobatik. Wenn heute, in unserer neoliberalen Gesellschaft, eine Frau zu einem andern gehen will, geht sie eben; der Richter gewährt ihr die Scheidung, und der Mann soll blechen und den Schnabel halten. Und wenn du maulst, kriegst du ein Armband verpasst wie eine Schwuchtel. Zum Glück hab ich einen Freund in einer Reparaturwerkstatt, der mir meins abgenommen hat. Meiner Ansicht nach seid ihr ein wenig rückständig, ohne jemandem zu nahe treten zu wollen.»

«Nein, guter Mann», sagte der Dandy Morgan und ergriff die Initiative. «Wir sind einfach Ganoven und haben einen sehr strengen Kodex. Und Sie, tragen Sie schon das Essen auf, statt Ihre Nase in Dinge zu stecken, die Sie nichts angehen – wer hier ein weiches Ei kochen kann, redet über alles so, als wäre er das Bulli in Person.»

Brummelnd entfernte sich der Wirt in die Küche, und wir kehrten zu unserem Thema zurück. Bei der Nachspeise fasste ich im Sinn eines Protokolls das Besprochene zusammen und zog daraus folgende Schlüsse:

«Dieser Gedankenaustausch war sehr nützlich, und ich danke euch allen für eure Beiträge. Kein einziger ist auf taube Ohren gestoßen, das kann ich euch versichern. Zwar scheint es, wenn wir Bilanz ziehen, als wären wir nicht weitergekommen, und sehr wahrscheinlich sind wir auch nicht weitergekommen. Möglicherweise haben wir sogar Rückschritte gemacht, beides schwer zu entscheiden, wenn man weder den Ausgangspunkt noch das letzte Ziel unseres Weges kennt. Aber auch das Gegenteil ist möglich, nämlich dass wir weitergekommen sind, ohne es zu merken. Zwar stimmt es, dass weiterkommen, ohne zu merken, dass man weiterkommt, dasselbe ist wie nicht weiterkommen, wenigstens für den, der weiterkommt oder weiterkommen will. Von außen gesehen, ist es anders. Trotzdem hege ich die Hoffnung, dass uns dieses Weiterkommen, ob wirklich oder eingebildet, in Kürze zur definitiven Lösung führt oder wenigstens zum Anfang eines weiteren Weiterkommens. Bis dahin haben wir eines getan: den Finger ins Wespennest gesteckt. Wer steckt denn absichtlich den Finger ins Wespennest?, werdet ihr mich fragen. Zweifellos nur ein Dummkopf. Aber das mit dem Wespennest habe ich im übertragenen Sinn gemeint. Und nun werde ich mehrere Möglichkeiten analysieren.»

Ich machte eine Pause, um die Wirkung meiner Worte auf die Zuhörer abzuschätzen. Der Dandy Morgan war eingeschlafen, er war schließlich schon älter und der Tag lang gewesen. Die Moski war in die Küche gegangen, um ihren Wortwechsel mit dem Wirt fortzusetzen, wie man aus dem Tellerzerscherben schließen konnte. Der Juli betrachtete aufmerksam eine einsame Banane auf einer Anrichte, aber da die Albinos rote und damit wenig ausdrucksvolle Augen haben, konnte er ebenso gut einfach geistesabwesend sein. Angesichts dieses Panoramas und um Speichel zu sparen, legte ich die Schlussfolgerungen nur im Stillen dar.

Zuerst einmal durfte ich die Möglichkeit nicht ausschließen, dass Romulus ermordet worden war, und zwar von dem Paar, das aus seiner Frau, in diesem Fall seiner Witwe, und dem Swami, mutmaßlichem Geliebten von ersterer, bestand. Das Liebesverhältnis musste auch das Motiv für das Verbrechen gewesen sein. Und auch der entscheidende Faktor, um die Täterschaft zu bestimmen. Hatte der Swami ihn umgebracht? Dazu schien er eigentlich nicht fähig, aber man hat schon seltsamere Dinge gesehen. Zweifellos war er ein charakterschwacher Mann.

Befreite ihn das von allem Verdacht? Ganz im Gegenteil: Wenn ihn eine temperamentvolle, beharrliche Verführerin zu der Tat angestachelt hätte, hätte er nicht den Mut gehabt, sich zu verweigern. Hatte es sich so abgespielt, so würden sie sich über kurz oder lang verraten. Wir hatten sie in eine Zwickmühle gebracht, und die Zeit stand auf unserer Seite, aus dem einfachen Grund, als die Toten es nicht eilig haben zu erfahren, wer sie umgebracht hat. Und höchstwahrscheinlich ist es ihnen auch ganz egal.

Komplizierter war die zweite Möglichkeit, nämlich dass Romulus noch am Leben war. Wenn dem so war, so hatten weder seine Frau noch Quesito eine Ahnung, wo er sich befand. Und beide waren zu mir gekommen, damit ich ihnen helfe, ihn aus seinem Versteck zu locken und den Grund für sein freiwilliges Verschwinden herauszufinden. Diese zweite Option passte zu den Besuchen der Unterinspektorin Arrozales – zwei bei mir und einer bei Romulus' Frau –, die vielleicht glaubte, zwischen Romulus' Verschwinden und Alí Aarón Pililas unheildrohender Anwesenheit auf unserem Boden könnte es einen Zusammenhang geben. Wenn die Polizei, wie Großvater Lin am Vortag gesagt hatte, nie alles preisgibt, was sie weiß, dann vermutete die Unterinspektorin wahrscheinlich, dass die Person, die sich im Hotel an der Costa Brava mit dem Terroristen unterhalten hatte, niemand anderes war als Romulus der Schöne, und aus diesem Grund hatte sie zuerst mich und dann Lavinia Torrada ausgehorcht, und nun schickte sie mich auf die Spur dieses vermeintlichen Treffens. War etwa, so fragte ich mich mutlos, die Verbindung zu einem internationalen Terrorakt der Coup, den Romulus geplant haben wollte und für den er mich um meine Mitwirkung gebeten hatte? Diese Hypothese würde zwar das Verschwinden erklären, aber was war von dem Brief zu halten, den er Quesito vor seinem Verschwinden noch geschrieben hatte?

Zu viele lose Fäden, um einen Strang daraus zu flechten, dachte ich. Unauffällig stand ich vom Tisch auf, und ebenso unauffällig setzte ich zum Rückzug aus dem Restaurant an. Ich wollte nicht spät zu Bett gehen – der nächste Tag zeichnete sich ebenfalls lang und komplex ab und dazu möglicherweise noch voller unvorhersehbarer Gefahren. Ich stand bereits in der Tür, als ich die Stimme des Juli meinen Namen flüstern hörte.

«Vorhin habe ich dir etwas zu sagen vergessen», sagte er, nachdem ich mich ihm zugewandt hatte. «Heute Nachmittag habe ich den Swami wiedergesehen. Ich meine nicht den Kerl mit dem roten Peugeot, sondern den echten Swami, den mit dem Bart und dem weißen Laken.»

«Du redest irre, Juli», antwortete ich ungeduldig. Und sogleich fügte ich etwas versöhnlicher hinzu: «Aber das macht nichts. Iss die Banane und sag Señor Armengol, er soll sie anschreiben.»

8

ABENTEUER AM MEER

Kaum dass Señor Lin die Pforten des Warenhauses öffnete, sprach ich ihn an und legte ihm ohne Umschweife den Grund für mein frühes Erscheinen dar. Mit breitem Lächeln willigte er ein, mir die fünfzig Euro zur Deckung der Reisekosten und für andere Eventualitäten zu leihen, weigerte sich, wie von mir vorgeschlagen, einen Schuldschein auszustellen, und verzog sein Lächeln erst zu einer kummervollen Grimasse, als er erfuhr, dass ich an diesem Tag wegen höherer Gewalt nicht mit ihnen würde speisen können.

«Das verstimmt mich», sagte er, «und die Verstimmung meiner ehrwürdigen Frau Gemahlin wird eine doppelte sein. Eine große Verstimmung. Neben der Zuneigung, die sie für Sie hat, hält sie Sie für einen echten Kulinarikexperten. Für Sie zu kochen erfüllt sie mit Befriedigung. Aber nach Ihrer Kleidung zu schließen, haben Sie eine wichtige Verpflichtung. Eine Bestattung, wenn ich nicht irre.»

Ich beruhigte ihn. Eigentlich, so sagte ich, wollte ich bloß den Tag in einer wundervollen Enklave an der Costa Brava verbringen und leider hätte ich nur diesen einen Anzug, schwarz und aus Wollstoff. Um mich vor der Sonne zu schützen, verfügte ich über den Hut. Was den angeklebten Schnurrbart betreffe, erklärte ich, so solle er mich unkenntlich machen.

«Das wird Ihnen gelingen, davon bin ich überzeugt», sagte Señor Lin. «Erlauben Sie mir trotzdem, Ihnen einen

Schirm zu schenken. Der Hut wird Sie vor den Infrarot-
strahlen schützen, aber die Ultraviolettstrahlen sind beschissen und dringen durch alles hindurch.»

Er ging in den Laden und kam mit einem ziemlich
großen Schirm wieder heraus. Griff und Stäbe waren aus
Plastik, aber das Tuch bestand aus zartem kanariengelb
gefärbtem Reispapier.

«Ich würde Ihnen auch eine Sonnencreme mit Schutz-
faktor 50 geben, aber die, die wir hier verkaufen, obwohl
allererste Qualität, spannt die Gesichtshaut und lässt
gleichzeitig die Gesichtsmuskeln erschlaffen. Wenn man
sie benutzt, bekommt man ein wenig vorteilhaftes Kröten-
gesicht.»

Ein Luxusbus, dank seinem Kühlungssystem ein echter
Iglu auf Rädern und mit allem Komfort für den Reisenden
ausgestattet, setzte mich in weniger als drei Stunden an
meinem Ziel ab.

Ich stieg in einem Stadtzentrum aus, durch dessen enge
Straßen Lastwagen und Motorräder fuhren. An den Fassa-
den der hohen Häuser mit ihren gewagten Designs war zu
lesen:

HOTEL SONNE UND MEER

RESIDENZ MEER UND SONNE

APARTMENTS SONNEMEER

und so weiter und so fort. Orientierungslos, wie ich war,
beschloss ich, die Hoteladresse bei einem der vielen Passanten zu erfragen, die die Gehsteige füllten: Sonnenge-
bräunt, fröhlich, hocherfreut, ihre Fettleibigkeit oder ihre
Haut zur Schau zu stellen, kamen und gingen sie in lärmi-
gen Rudeln, einige beladen mit von Lebensmitteln über-

quellenden Taschen und Einkaufskörben, andere mit Tüchern, Sonnenschirmen, Schwimmringen, tragbaren Kühlschränken, Bällen, Eimern, Kindern und Hunden, dritte, noch Opfer eines monumentalen Rausches, zwischen den übrigen einhertorkelnd. Von Hinweis zu Hinweis gelangte ich an den Strand. Dort spannte ich Señor Lins Schirm auf und stapfte über den Sand im Bemühen, auf niemanden zu treten. Es war Mittagszeit und der Sand so heiß, dass die Socken in Brand zu geraten drohten. Um das zu verhindern, hatten die anderen Strümpfe und übrige Kleidungsstücke ausgezogen. Die schmeichelnde Brise trug Staubwirbel, Frittendünste und die schwarzen Abgase der vor dem Strand verankerten Sportboote heran. Deren Motorenlärm erstickte das Kindergeschrei und die Erwachsenenkeifereien, nicht jedoch die schrillen Kofferradios und die Lautsprecher der Imbissbuden. Die Möwen warfen ihr barsches Kreischen ins unendliche Blau des Firmaments und ihre zersetzenden Exkremente auf die gespreiztbeinigen Körper im Sand und die Köpfe derer, die sich zwecks Linderung wässerten. Ach, dachte ich, wie gern würfe ich die Kleider (außer dem Hut) weit von mir, stürzte ich mich ins warme, nicht besonders saubere Nass und durchpflügte ich, den Hintern vom Schirm geschützt, mit mächtigen Zügen das sanfte Hin und Her des Wellenganges. Doch ich erlag der Versuchung nicht, da ich pflichtbewusst, gesittet und Nichtschwimmer bin.

Das Hotel befand sich am einen Ende des Strandes, war ein zinnenbesetzter Bau mit einem dicken roten Backsteinturm, auf dem die Fahne der Ausbeuter- und Eigentümerfirma der Festung wehte, und stand in einem weiten, von einer hohen Mauer umgebenen Park. Von außen waren nur die Zimmer der oberen Stockwerke zu sehen, jedes mit

einer Terrasse und einer grün-weiß gestreiften Markise be-
stückt. Auf dem Prachtgatter, durch das man in den Park
gelangte, prangte der Name des Hotels:

HOTEL EINFALTSPINSEL
GEGRÜNDET AM 2. APRIL 1939
NUR FÜR REICHE

Ich gratulierte mir zu meiner angemessenen Aufmachung.
Leider zogen der Geruch der Kleider (und mein eigener)
sowie die auffällige Farbe des Schirms einen Schwarm
schwarze, von einer Drohnenwolke begleitete Bienen an.
Als ich in diesem Aufzug am riesigen Schwimmbecken vorbeikam, musterten mich die Badenden oder Sonnenbaden-
den unverhohlen, unbekleidet und unverschämt. Beim
Eingang des Hauptgebäudes stoppte mich ein Pförtner in
weißer Uniformjacke mit Tressen und Admiralsmütze. Aus
Diskretionsgründen schaute ich nicht, ob er eine Hose
trug.

«Hallo, mein Junge», sagte ich hochmütig, ehe er das
Losungswort von mir verlangen konnte, «der Direktor erwartet mich. Ich komme wegen des Films.»

Angesichts meines bestimmten Auftretens verflog das
seine, er zögerte und sagte schließlich:

«Der Herr Direktor ist gerade nicht da. Ich schau mal,
ob der stellvertretende Direktor Sie empfangen kann. Seien
Sie so freundlich und warten Sie hier.»

«Ich werde drinnen warten und bei dieser Gelegenheit pinkeln gehen. Sag mir, wo die Toiletten sind, oder hol
einen Scheuerlappen.»

Nach diesen Worten trat ich ein, klappte den Schirm zu
und nahm den Hut ab. In der Eingangshalle erfreute man

sich paradiesischer Frische. Der Portier richtete den Zeigefinger auf die Toiletten und ging. Im WC urinierte ich,
wusch mir das Gesicht und richtete den Schnurrbart gerade, der mir hitzebedingt von einer Wange hing. Ich
schaute mich im Spiegel an, räusperte mich, ging hinaus
und sah mich unvermutet einem Mann in schwarzem Anzug gegenüber, meinem nicht unähnlich, aber aus Seide
und maßgeschneidert. Er schaute mich ärgerlich an und
zischte:

«Sind Sie der Mann, der ich weiß nicht was von einem
Film daherredet?»

Ich erwog, einen ausländischen Akzent vorzugeben,
mochte dann das Ganze aber nicht unnütz verkompli-
zieren.

«Mein Herr», antwortete ich, «ich sage nie ich weiß
nicht was. Ich weiß immer, was ich sage. Und ich bin gekommen, um bezüglich des seinerzeit zwischen der Pro-
duktionsfirma und den autorisierten Vertretern des Hotels
geschlossenen Abkommens Anweisungen zu erteilen. Wenn
diese es nicht für angebracht gehalten haben, Sie über das
Besprochene zu informieren, ist das nicht mein, sondern
Ihr Problem. Können wir an einem angemesseneren Ort
weitersprechen?»

Eher misstrauisch als schnell führte er mich in ein Büro
in einer Ecke der Halle. Es war groß und mit wertvollen
Möbeln ausgestattet. Im Fensterrahmen sah man das Meer
und auf dem Meer ein Segelboot. An der Wand hing pro-
minent ein Bild des spanischen Königspaars. Der stellvertretende Direktor nahm hinter seinem Tisch Platz, und ich
tat das Nämliche auf einem davor platzierten Stuhl mit
Blick aufs Fenster. Ohne weitere Vorrede sagte ich:

«Ich stelle mich vor: Jaime Sugrañes, für die Leute in

Hollywood einfach Jim. Ich habe mein Kommen nicht angekündigt, damit nichts durchsickert, und den Mercedes habe ich im Dorf gelassen, um einen Spaziergang zu machen. Am Meer ist der Stress erträglicher. Und zudem wollte ich mir mögliche Drehorte ansehen.»

Der stellvertretende Direktor runzelte die Stirn.

«Kommen wir direkt zum Hotel», sagte er.

«Es wurde beschlossen, einige Sequenzen in Ihren prächtigen Räumlichkeiten zu drehen, in der Halle, beim Schwimmbecken, in den Toiletten ... Zu vorher vereinbarten Zeiten, um die Damen und Herren Gäste nicht zu belästigen.»

Der stellvertretende Direktor entrunzelte die Stirn nicht.

«Es erstaunt mich sehr, dass man mir nichts von einer so wichtigen Angelegenheit erzählt hat. Darf ich fragen, um welche Art Film es sich handelt? Ein Dokumentarfilm vielleicht?»

«O nein. Es ist ... ein Monumentalfilm mit lauter Stars, die alle für einen Oscar nominiert sind. Was den Film selbst betrifft ..., so geht es um einen Touristen. Einen Touristen mit höchsten Befugnissen ..., im Dienste der Gerechtigkeit und des Qualitätstourismus. Ich weiß nicht, ob Sie sich darunter schon etwas vorstellen können ...»

«Haben Sie den Plot mitgebracht?»

Ich wusste nicht, wovon er sprach. Tatsächlich hatte ich mir die Strategie nicht sehr genau zurechtgelegt und manövrierte mich nun in Schwierigkeiten. Ich wurde nervös, als ich feststellte, dass ich nicht nur an Geist einbüßte, sondern beim Verlassen der Toilette auch den Hosenstall offengelassen hatte.

«Entschuldigen Sie meine Nervosität», sagte ich überstürzt. «Wie alle Cracks der siebten Kunst rauche ich un-

unterbrochen Zigarren. Jetzt haben es mir die Ärzte verboten, und ich habe Beklemmungsanfälle. Ich habe auch den Hosenstall immer offen. Mein Psychoanalytiker sieht da einen gewissen subliminalen Zusammenhang, obwohl auch er ihn von einem Patienten zum nächsten offenlässt. Darf ich urinieren?»

«Haben Sie das nicht eben getan?»

«Richtig. Was die Gespräche über den Film betrifft, eigentlicher und einziger Grund meines Hierseins, so kann ich Ihnen mitteilen, dass sie in ebendiesem Hotel stattgefunden haben, vor zwei oder drei Wochen, wozu ein Vertreter der Studios hier abgestiegen ist. Ich werde Ihnen ein Foto zeigen. Vielleicht erinnern Sie sich an sein Gesicht.»

Nicht ohne Angst reichte ich ihm das Foto, das mir die Unterinspektorin gegeben hatte. Der stellvertretende Direktor betrachtete es eingehend, blickte dann auf, heftete seine kalten Augen auf meine und sagte:

«In diesem Hotel herrscht ein Kommen und Gehen. Aber wenn dieser Herr hier abgestiegen ist, erinnert sich vielleicht das Personal an ihn. Sie gestatten.»

Er zog ein Handy aus der Tasche, drückte auf eine Taste und sagte, nachdem sich jemand gemeldet hatte:

«Jesusero soll sofort in mein Büro kommen. Und schick auch gleich den Sicherheitsdienst her.»

Letztere Anordnung verhieß nichts Gutes, aber das Weite zu suchen wäre noch schlimmer gewesen. Eine Weile schwiegen wir, er starrte mich an, und ich gab vor, interessiert den Manövern des Segelboots zu folgen. Um das Schweigen zu brechen, fragte ich:

«Gibt es oft Schiffbruch? In der Hochsaison, meine ich.»

«Was außerhalb des Hotels geschieht, geht mich nichts an», antwortete er knapp.

Diesem kurzen Dialog folgte erneutes Schweigen, so angespannt wie das vorherige. Schließlich wurde leise angeklopft, die Tür ging still und langsam auf, und ein kleiner, dunkelhäutiger Kellner mit einem Schnurrbart, so groß wie meiner, aber sicherlich echt, trat ein, verneigte sich unterwürfig und murmelte mit ausgeprägtem Akzent:

«Sie wollten mich sprechen, Don Rebollo?»

«Komm rein, mach die Tür zu, nenn mich nicht Don Rebollo und schau dir dieses Foto genau an», sagte der stellvertretende Direktor unfreundlich. «Erkennst du in dem Abgelichteten einen Hotelgast?»

«Ja, Chef», antwortete Jesusero, nachdem er einen Blick auf das Foto geworfen hatte. «Er ist vor etwa zehn Tagen hier abgestiegen, vielleicht vor zwei Wöchelchen, die Zeit verfliegt ja nur so an einem derart lieblichen Ort. Er hat schöne Trinkgelder gegeben. Er ist zu niemandem in Beziehung getreten.» Er machte eine kabbalistische Geste. «Weder vorne- noch hintenrum, Sie verstehen schon, Chef. Oft hat er sich einen Imbiss beziehungsweise Happen aufs Zimmer bringen lassen.»

«Hast du ihn einmal mit dem Hoteldirektor oder sonst einem Angestellten über einen Film sprechen sehen oder hören?»

«Über einen konkreten Film, Chef? Wie beispielsweise *Doktor Schiwago*?»

«Nein, über die Dreharbeiten zu einem Film. Im Hotel.»

«Ach, Chef, das wäre wunderbar! Ich bin ein großer Filmfan, mit Verlaub. Aber ob er über die Dreharbeiten sprach, wüsste ich nicht zu sagen. Er war sehr zurückhaltend. Nur einmal sah ich ihn nachmittags mit einigen Leuten zusammen. Keine Hotelgäste, sondern Unbekannte. Die waren gekommen, um mit dem Herrn auf dem Foto zu reden. Möglicherweise über *Doktor Schiwago* oder vielleicht Business. Sie saßen in der Bar und tranken Cocktails. Ich hatte an diesem Tag Dienst. Mit dem Besen Brosamen auf dem Boden zusammenkehren, Chef. Mehr kann ich Ihnen nicht sagen, Chef.»

Während der unterwürfige Kellner seinen knappen Bericht von sich gab, waren zwei finster aussehende Männer ins Büro getreten. Einer war groß und kräftig und trug einen tabakfarbenen Drillichanzug, ein blaues Hemd und eine grellrosa Krawatte. Die Beule im Jackett verriet die Pistole. Der andere war klein, fett, hatte ein Schweinchen-Schlau-Gesicht und trug Guayabera, Bermudas und Flipflops, sicherlich, um sich unauffällig unter die Gäste mischen zu können. Beide waren sehr braun und hatten ein selbstgefälliges Casanova-Lächeln aufgesetzt.

«Diese Herren», sagte der stellvertretende Direktor, nachdem die beiden Männer die Tür geschlossen hatten und der Kellner mit seinem Bericht fertig war, «gehören zum Sicherheitsdienst des Hotels. Kommen Sie, bleiben Sie nicht bei der Tür stehen. Treten Sie näher, und sehen Sie sich dieses Foto genau an. Offenbar handelt es sich um einen Hotelgast von neulich. Erkennen Sie ihn?»

Die beiden Männer reichten sich gegenseitig das Foto, und nachdem sie das zweimal getan und sich mit Blicken verständigt und je und je einvernehmliche Grimassen geschnitten hatten, sagten sie, sie hätten dieses Gesicht nie gesehen oder sie hätten es vielleicht gesehen, aber nicht beachtet. Der stellvertretende Direktor nahm das Foto wieder an sich und ließ seiner Empörung freien Lauf:

«Hanswurste!», rief er. «Sie sind zwei Hanswurste oder Hanswürste, ich weiß nicht, wie der Plural lautet, aber das ändert nichts an meiner Meinung, zwei inkompetente Hanswurste. Das sind Sie. Denn der Mann auf dem Foto, dessen Physiognomie Sie nicht beachtet haben wollen, ist ein Terrorist! Haben Sie gedacht, ich würde ihn nicht erkennen, Herr Hollywoodproduzent?»

Es entstand eine Pause, die vom Kellner mit den Worten unterbrochen wurde:

«Mich brauchen Sie nicht anzuschauen, Chef. Ich bin ein unbedeutender Indio, der eben erst aus Cochabamba gekommen ist und keine Ahnung hat.»

Der stellvertretende Direktor schmetterte ihn mit seinem Blick nieder.

«Du bist ein ganz Schlauer, den ich rausschmeiße, sobald der Vertrag ausgelaufen ist. Und Sie beide, angeblich Sicherheitsleute des Hotels, kommen Sie auch aus Cochabamba?»

«Nein, Señor Rebollo», sagte der Mann in den Bermudas für beide zusammen, «wir sind Sicherheitler und erfüllen unsere Aufgabe, das heißt, die Sicherheit des Hotels und der Kundschaft zu gewährleisten, solange sie innerhalb der kartographischen Grenzen des Hotels bleibt. Und nun sagen Sie mir: Ist das Hotel in die Luft geflogen, oder hat es irgendeinen Schaden erlitten? Mitnichten. Hat man einen gevierteilten Gast gefunden oder einen mit Verletzungen anderer Art? Ebenso wenig. Damit ist alles gesagt. Und nennen Sie uns ja nicht mehr Hanswürste, sonst kann ich für nichts garantieren.» Dann sagte er zu seinem Kollegen: «Los, komm schon, gehen wir.»

Der Angesprochene fühlte sich genötigt, ebenfalls seine Stimme zu erheben, und sagte:

«Okay.»

Señor Rebollo klatschte die Handfläche auf den Tisch.

«Kommt nicht in Frage! Sie werden nicht eher gehen, als Sie diese Situation geklärt haben. Erstens haben wir hier einen Bürger, der Filmproduzent sein will und der, ohne seine Identität oder seinen Beruf zu beglaubigen, nach einem international gesuchten Terroristen fragt. Das finden Sie wohl normal?»

«Ich kann Ihnen alles erklären, Señor Rebollo», sagte ich, da ich den Moment für gekommen hielt, mich stilvoll aus der Affäre zu ziehen. «Ich habe Ihnen mein Dossier nicht gegeben, weil Sie mir dazu keine Zeit gelassen haben. Und ich werde es auch jetzt nicht tun, selbst wenn Sie mich darum bäten, da Sie sich reichlich unhöflich und wenig kooperativ gezeigt haben. Was den angeblichen Terroristen betrifft, so existiert er nur in Ihrer Phantasie. Möglicherweise hatte sich die betreffende Person für ihre Rolle verkleidet, wie das beim Film eben so ist. Aber wenn Sie unbedingt glauben wollen, ein gefährlicher Verbrecher habe unter diesem Dach genächtigt, dann ist es Ihre Pflicht und Schuldigkeit, die Polizei zu rufen. Bis sie da ist, werden diese Herren und ich als Sicherheitsmaßnahme den Alarm in Gang setzen und die sofortige Evakuierung des Hotels anordnen. Im Bemühen natürlich, keine Panik aufkommen zu lassen und dafür zu sorgen, dass die Medien in ihrer Berichterstattung keinen der Gäste oder ihre Begleiter in spärlicher Bekleidung zeigen.»

Señor Rebollo schloss die Augen, ballte die Fäuste und sagte:

«In Ordnung. Verlassen Sie alle auf der Stelle dieses Büro.»

«Widerrufen Sie erst das mit den Hanswürsten», sagte

der Mann in den Bermudas, «sonst werden wir, wie der Herr Produzent sagt, Stunk machen.»

«In Ordnung. Ich nehme es zurück und entschuldige mich bei Ihnen.»

Wir traten alle vier in die Halle hinaus, wo wir uns auf die Schultern klopften und uns lauthals über Señor Rebollo lustig machten. Die Sicherheitsleute luden mich zu einem Bier ein, aber ich lehnte ab – im Augenblick gab es hier nichts mehr zu tun, und meinen Aufenthalt im Hotel zu verlängern war ein sinnloses Risiko. Ich verabschiedete mich von allen und ging auf den Ausgang zu. Bevor ich ihn erreichte, trat der Kellner zu mir und zupfte mich sanft am Ärmel.

«Schauen Sie mich nicht an, und antworten Sie nicht», flüsterte er. «Meine Schicht ist um drei zu Ende. Kommen Sie dann wieder, gehen Sie, möglichst ohne gesehen zu werden, zum Kiefernwald hinten im Park, und warten Sie dort auf mich.»

Ich nickte und ging weiter. Der Strand war jetzt etwas weniger überfüllt, da es Essens- und Siestazeit war. Liebend gern hätte ich die freie Zeit genutzt, um baden zu gehen, wenn ich eine Badehose und einen sicheren Ort gehabt hätte, um die Straßenkleider zu deponieren. Doch es fehlte mir an beidem, und ich mochte nichts riskieren oder auch nur Aufmerksamkeit erregen, falls man mich überwachte. Ebenso gern hätte ich eine Portion Sardinen verschlungen, aber auch darauf musste ich verzichten, denn solche Ausgaben waren in meinem Budget nicht vorgesehen. Also suchte ich unter einer schlanken, freien Pinie einen Schattenkreis und setzte mich hin, um die Zeit zu überbrücken. Meine Phantasie trug mich zum Warenhaus der Familie Lin, wo in diesem Moment ohne meine Anwesenheit der Festschmaus zu Ende gehen musste. Zur Ablenkung begann ich den Autos zuzuschauen, wie sie durch das Gattertor ein- und ausfuhren. Wenn eines dieser Fahrzeuge ein roter Peugeot 206 gewesen wäre, hätte ich die Ausgaben, die Reise, die Hitze, das Warten und den Hunger als gute Investitionen betrachtet, aber keines der Autos entsprach in Marke oder Farbe dem genannten. Eine Bö wehte mir mehrere lose Zeitungsblätter zu. Dem Geruch nach zu urteilen, hatten sie zum Einpacken von Schalentieren gedient, aber eine Weile unterhielt ich mich mit dem Guten und dem Bösen, das auf der Welt geschehen war und wahrscheinlich weiterhin geschehen würde, während ich unter einer Pinie vor mich hin röstete. Es war ebenfalls unterhaltsam, als eine weitere Bö den sorgfältig neben mir deponierten Hut davontrug, so dass ich ihn unter einem Zodiac hervorangeln musste. Der Rest war monoton. Gelegentlich befiel mich die Versuchung, aufzugeben und einfach nach Hause zu fahren. Und zwar nicht aus Langeweile. Die Erfahrung hat mich gelehrt, dass man bei einer Ermittlung wie der jetzigen mit Gewalt oder Kühnheit wenig, mit Beharrungsvermögen aber viel erreicht. Was mich zum Gehen trieb, war die Überzeugung, nichts Nützliches zu tun, weder für mich noch für den Fall, noch für irgendeinen der daran Beteiligten. Im Laufe meines Lebens hatte ich einige Rätsel lösen müssen, immer durch die Umstände dazu gezwungen und vor allem durch die Menschen, wenn sich jene darin befanden. Aber zum Ermittler hatte ich mich nie berufen gefühlt und zum Abenteurer schon gar nicht. Immer hatte ich eine regelmäßige Arbeit ersehnt und gesucht, um ohne Not und Schrecken leben zu können. Doch da war ich nun, in meinem Alter, Blut und Wasser schwitzend für die verschwindend kleine Möglichkeit, eine winzige Information zu bekommen, die es mir zusammen mit anderen ähnlicher Art erlauben würde, einen Schluss zu ziehen, den ich wahrscheinlich lieber nicht gezogen hätte.

Es nahte die für das Treffen mit Jesusero vereinbarte Stunde. Mit großer Mühe stand ich auf, erstens weil meine Muskeln und Gelenke eingeschlafen waren, und zweitens, weil mir das von dieser Pinie abgesonderte Harz die Kleider fest an den Stamm geleimt hatte und ich nicht bereit war, meinen einzigen Anzug einem Baum zu schenken. Mit vorsichtigen Rucken kam ich frei, doch hinten war der Anzug so klebrig, dass ich bei meinem Eintritt ins Hotelgelände einen ganzen Rattenschwanz von Papieren, Laub, Schmetterlingen und anderen Flugobjekten mitschleifte. Trotzdem ging ich durchs Gatter, ohne aufgehalten oder besonders beachtet zu werden, umrundete das Hotel auf der dem Schwimmbecken entgegengesetzten Seite und flüchtete mich in einen dichten Pinienwald, wobei ich die Berührung mit den perversen Artgenossen des Baums vermied, der meine Ausstattung verunstaltet hatte.

Es war ein schattiger, dürrer, einsamer Ort. Ich begriff nicht, worin sein Nutzen bestehen konnte, außer die Gefahr eines Waldbrandes wäre einer der Anreize des Hotels gewesen. In Erwartung dieser Möglichkeit bot der Wald keinen anderen Zeitvertreib als den Anblick vieler riesiger Spinnweben und keinen anderen Vorteil als seine Abgeschiedenheit.

Ich wartete eine Weile. Vom Schwimmbecken her war Kinder- und vom Speisesaal und der Freiluftbar her das Erwachsenengeschrei zu hören. Auch ein hypnotischer Geruch von Grillfleisch erreichte mich. Es war bewundernswert zu sehen, wie diese Potentaten, die, wie ich es eben in einem Zeitungsfetzen gelesen hatte, von der Finanzkrise so hart gepeitscht wurden, den Schein von Verschwendung und Jubel, Trubel, Heiterkeit aufrechterhielten, einzig um an den Börsen keine Mutlosigkeit aufkommen zu lassen. Indem ich Zweige, Stängel, Schösslinge und Schlingpflanzen beiseiteschob, erhielt ich einen schrägen, aber geschützten Teilanblick des Schwimmbeckens. Anmutige, gebräunte Frauen verdorrten oder schlenderten mit eleganter Unverschämtheit in engen Badeanzügen und großen Sonnenbrillen dahin. Alle sprachen lebhaft in ihre Handys. Während ich sie beobachtete, ohne gesehen zu werden, und mich an dem Teil ihrer Anatomie ergötzte, der mich am meisten interessierte, an der Frisur, verlor ich den Zeitbegriff und das Bewusstsein, mich in einer ungewissen, um nicht zu sagen gefährlichen Situation zu befinden, so dass ich das Nahen eines Mannes hinter mir erst bemerkte, als seine Stimme sagte:

«Hände hoch!»

Ich tat wie geheißen, während ich bei mir meine Nachlässigkeit und den Mangel an Voraussicht verfluchte. Ich war allein in eine Falle getappt, und um dem Ganzen die Krone aufzusetzen, hatte ich dazu auch noch mehrere Stunden unter einer Pinie ausgeharrt. Dummkopf, der ich war, hatte ich niemandem von meiner Reise erzählt, außer Señor Lin, und auch dem nur vage, indem ich bloß die Costa Brava erwähnt hatte, eine irrelevante Angabe für jemanden, der aus so fernen Landen kommt, dass ihm die lokalen Ortsnamen am Allerwertesten vorbeigehen. Ich hätte die Unterinspektorin oder den Dandy Morgan oder Quesito anrufen sollen, ehe ich den Bus bestieg. Aber ich hatte es nicht getan, und jetzt befand ich mich in den Händen von jemandem, dem meine Haltung offensichtlich lautes Gelächter entlockte.

«Aber was machen Sie denn da, Mann?», hörte ich ihn sagen, als der Lachanfall verebbt war und er sich wieder artikulieren konnte.

«Was Sie mir gesagt haben: die Hände hochhalten.»

«Nein, Mensch! In meinem Land heißt Hände hoch so viel wie: Geil, Kumpel! Oder Geben Sie mir Ihre Hand! Oder sogar Lassen Sie uns diese Begegnung mit einer freundschaftlichen Umarmung feiern! Und entschuldigen Sie die Verspätung: Dieser Schuft von Rebollo hat mir die längste Zeit eine Standpredigt gehalten.»

Ich senkte die Arme, wandte mich um und stand Jesusero gegenüber. Er trug nicht mehr die Kellneruniform, sondern einen schmutzigen, abgerissenen Trainingsanzug und nannte sich auch nicht mehr Jesusero, wie er erklärte:

«Mein richtiger Name ist Juan Nepomuceno. Und ich bin nicht aus Cochabamba. Ein gewisser Jesusero, der tatsächlich aus Cochabamba stammt, hat mir seinen Job für ein Drittel des Lohns untervermietet, den man ihm bezahlt hätte, wäre er der erste Gehaltsempfänger gewesen und nicht der zweite oder dritte, der er war. Die Hoteldirektion brauchte einen armen Teufel zum Schikanieren, und es ist ihr völlig egal, ob der eine oder der andere kommt. Sie zahlen die vereinbarte Summe und fragen nicht. Ihnen erzähle ich das, weil Sie ein Freund sind. Ich stamme aus einem Dorf in der Nähe von Cochabamba. Nur drei Wegtage, wenn man nicht vorher den Steilhang runtersaust. Mein Dorf liegt auf dem Gipfel der Anden. So hoch, dass man hinschauen kann, wo man will, und nichts sieht. Wir sind bloß ein paar ausgehungerte Indios und eine Lamaherde. Die Lamas fressen Unkraut und taugen einen Dreck.

Lahm eben und hässlich wie nur etwas. Mit ihrer Wolle haben sie schon was zu bieten, aber sowie man sie schert, sehen sie aus wie ein Lammfötus. Spucken ist das einzige Talent, das Gott ihnen geschenkt hat, und sie wenden es auf den Erstbesten an, der ihnen über den Weg läuft. Im unerwartetsten Moment kriegst du eine Ladung Spucke ins Genick. Das macht ihnen Spaß. Als Kinder haben wir die Technik gelernt, indem wir ihnen beim Spucken zuge-schaut haben. Da es keine Schulen gab, haben wir nichts anderes gelernt, das dafür gründlich. Sehen Sie diesen Herrn im blauen Hemd neben dem Grill? Von hier aus könnte ich ihm in den Mojito spucken. Aber ist das zu irgendwas gut, was meinen Sie?»

Ich wusste nicht, was ich auf seine Frage antworten sollte und ob er mich herbestellt hatte, um mir seine Nöte zu erzählen und sich mit seinen Fähigkeiten zu brüsten.

«Das Vergnügen, etwas gut gemacht zu haben, ist die beste Entschädigung», sagte ich, um ihn nicht zu kränken.

«Ja, wenn man Geld hat», erwiderte Juan Nepomuceno. «Aber ich will nicht klagen. Ich habe eine vorübergehende, schlecht bezahlte Arbeit. Dort hatte ich nicht mal das. Da gab es nur Hunger und Kälte. Eines Tages hatte ich es satt und ging, zu Fuß und ohne zurückzublicken. Der Vorteil, wenn man auf dem Gipfel der Anden lebt, ist, dass man immerzu hinuntergeht. Natürlich nur, solange es einem nicht einfällt umzukehren. Sie leben in Hollywood, nicht wahr?»

Dieser Beweis von Leichtgläubigkeit gab mir den Glau-ben an die Menschheit zurück. Ich machte eine vage Hand-bewegung und sagte:

«Ich bin sehr oft in Barcelona. Geschäftlich.»

«Logisch, logisch», nickte Juan Nepomuceno und rieb

sich die Hände. Seinem Ausdruck war zu entnehmen, dass er da war, wo er hatte hingelangen wollen. Er lächelte, entblößte dabei große weiße Zähne und sagte: «Ich liebe Filme. Als Kind habe ich nie einen gesehen. In meinem Dorf gab es kein Kino. Von so was hatten wir nicht einmal gehört. Wie sollte es ein Kino geben, wo wir keinen Strom hatten? Erst als Jugendlicher habe ich meinen ersten Film gesehen. In einem Nachbardörfchen, beim Fest des Schutzheiligen. Auch die hatten keinen Strom, aber sie hatten ein Stromaggregat gebracht, Sie wissen schon, und zwischen zwei Pfosten ein Laken gespannt. Einige Kumpel gingen tanzen, um Mädchen kennenzulernen. Irgendwann hat man die Lamas satt. Ich ging mit den anderen Jungs, aber während sie die Mädchen bespuckten, wurde ich neugierig und ging ins Kino. Ich erinnere mich an das Erlebnis, als wäre es hier und jetzt. Gezeigt wurde *Wohin gehst du, Alfons XII?* Ach, mein Freund, was für Schauplätze, was für Königskutschen, was für Hofgeschichten, welche Anmut gab es in Madrid! Später habe ich viele Filme gesehen, aber solange ich lebe, werde ich Vicente Parra nie vergessen …»

«Ich teile Ihre Vorlieben voll und ganz», sagte ich, um seinen Erinnerungsfluss zu stoppen und zu sehen, ob aus dem Treffen ein Nutzen zu ziehen sei, «aber Sie haben mich sicher nicht herbestellt, um gemeinsam María de las Mercedes zu beweinen.»

«O nein, verzeihen Sie, dass ich so aus mir rausgegangen bin.» Juan Nepomuceno vergaß die Leidenschaft und kehrte zu seinem unterwürfigen Verhalten zurück. «Sie wollten etwas von dem Gespräch von vor zwei Wochen erfahren. Ich war zugegen, wie ich im Büro des schuftigen Rebollo schon sagte. Und die Identität des Herrn ist mir nicht entgangen. Das hätte noch gefehlt.»

«Sie haben Alí Aarón Pilila erkannt?», fragte ich überrascht. «Und Sie haben ihn nicht angezeigt?»

«Nein. Von dem wusste ich nicht, wer er ist. Und selbst wenn ich es gewusst hätte, ich hätte ihn nicht angezeigt. Er hat das Personal gut behandelt, war freigebig, und wenn er so gefährlich ist, wie es heißt, dann hat man ihn besser zum Freund als zum Feind, finden Sie nicht auch? Der, den ich sofort erkannt habe, war Tony Curtis. Er hat sich ein wenig verändert, seit er *Trapez* gemacht hat, das ist ja ganz normal. Aber ein solches Gesicht vergisst man nicht. Und wenn man weiß, dass der andere ein sehr gesuchter Terrorist ist, passt alles zusammen – Sie werden das Leben von Señor Pilila verfilmen. Mit allen Atten- und sonstigen Untaten, die er begangen hat, wird das ein richtig guter Film. Besser als der vom Leben Alfons' XII. Und wetten, dass Señor Curtis den CIA-Boss spielt?»

«Sind Sie gekommen, um mir Klatsch zu erzählen?»

«O nein. Ich habe Sie heimlich herbestellt, denn während Señor Pilila, Señor Curtis und die Señora, die Señor Curtis begleitet hat, in der Hotelbar beisammensaßen, habe ich ein Foto von ihnen gemacht, ohne dass sie es gemerkt haben. Und ich habe gedacht, wenn Sie an einem Abzug interessiert sind, könnte ich ihn Ihnen für eine bestimmte Gegenleistung überlassen.»

«Im Budget für einen Film ist Erpressung nicht enthalten.»

«Ich will kein Geld. Es käme mir zwar zustatten, wie allen, aber ich will kein Geld. Wenn ich plötzlich zu einem Haufen Geld käme, würde ich alles für DVDs ausgeben. Aber ich gehe weiter. In die Zukunft, ich weiß nicht, ob Sie mich verstehen. Und meine Zukunft ist beim Film. Als Nebendarsteller, wenn möglich. Ich sehe nicht sehr gut aus, aber ich kann den Bösen spielen. Wenn ich auf den letzten Metern Film umgebracht werden soll, spielt es keine Rolle. Oder als Freund dieses Burschen. Ich kann sehr witzig sein, wenn ich es mir vornehme. Zum Singen und Tanzen tauge ich nicht, das weiß ich selbst am besten, aber witzig, doch das bin ich. Und sehr fleißig: In zwei Tagen beherrsche ich meine Rolle, einen Tag länger brauche ich für Katalanisch. Falls das Casting schon vollständig ist, kann ich bei der technischen Crew mitwirken. Bei allen Dreharbeiten tritt ein ganzes Bataillon in Aktion. Im Abspann kommen alle nacheinander, mit Vornamen und Namen. Die Liste läuft eine halbe Stunde durch. Sie interessiert nicht die Bohne, aber sie sind da: verewigt. Auch wenn sie am letzten Schund mitgewirkt haben, wird ihre Arbeit gewürdigt. Und ich will auf dieser Liste stehen, auf der Liste der Auserwählten!»

Juan Nepomucenos grenzenloser Glaube irritierte mich; Beschummeln gehörte zwar zu meiner Tätigkeit, aber die Naivität dieses Dummkopfs machte mir Gewissensbisse. Ich durfte mich jedoch nicht von Sentimentalitäten mitreißen lassen. Zudem war vielleicht ich der Naive und er ein gewiefter Schwindler.

«Ich würde Ihnen lieber Geld geben», sagte ich. «Man kann keinen Außenstehenden in der Welt des Films unterbringen. Die Gewerkschaften haben alles unter Kontrolle. Wenn wir machen, was Sie vorschlagen, wird man uns boykottieren. Das geschieht systematisch. Und entsprechend kommen viele Filme auch raus. Fünfzig Euro?»

«Das Foto ist mehr wert», erwiderte der käufliche Filmfreak. «Von Tony Curtis gibt es Tausende, aber von Señor Curtis mit Señor Pilila ganz wenige.»

«Mich interessiert weder der eine noch der andere.»

«Wenn sie Sie nicht interessieren, warum sind Sie dann gekommen? Hören Sie, manchmal werden auch Laiendarsteller unter Vertrag genommen. Pasolini hat das gemacht. Vielleicht ist er darum umgebracht worden, jetzt, wo ich drüber nachdenke.»

«Okay, ich zahle Ihnen die fünfzig Euro. Lassen Sie mich das Foto sehen.»

«Das kann ich nicht. Ich habe es mit meinem Handy gemacht. Für einen Papierabzug brauche ich Zeit. Im Dorf gibt es einen Fotoladen. Morgen ist mein freier Tag. Am Vormittag gehe ich hin und lasse einen Abzug machen. Danach hatte ich vor, nach Barcelona runterzufahren und ins Kino zu gehen. Nach der Acht-Uhr-Vorstellung sagen Sie mir, wo, und ich bringe die Ware. Sechzig Euro ist mein letztes Wort.»

Wir gaben uns die Hand, und ich schrieb ihm die Adresse des Restaurants *Hund zu verkaufen* auf. Wenn er etwas ausheckte, hatte ich da die Unterstützung meiner Bande. Danach ließ ich ihn Quesitos Telefonnummer notieren, falls im letzten Moment irgendetwas dazwischenkommen sollte. So verabschiedeten wir uns.

Ich hatte den ganzen Tag über so geschwitzt, dass ich mich auf der Rückfahrt bei der auf vollen Touren laufenden Klimaanlage erkältete. Niesend, hustend, mit belegter Stimme und leerem Magen wollte ich direkt nach Hause gehen und mich ins Bett legen, doch das Berufsethos war stärker, und so ging ich erst im Damensalon vorbei. Ihn so vorzufinden, wie ich ihn verlassen hatte, deprimierte mich. Zwar hatte ich nichts anderes erwartet, aber sich mit der Wirklichkeit konfrontiert zu sehen, hebt nicht unbedingt die Stimmung. Bevor ich mich endgültig zurückzog, sah ich, dass an der Tür ein mit einem Stück recycletem Tesafilm zusammengefaltetes Blatt befestigt war. Ich faltete es auseinander und las folgende lakonische Mitteilung: Such zwischen Tür und Tür versteckte Schachtel. Unschwer fand ich eine zwischen dem Glastürrahmen und der Schiene der Eisenjalousie versteckte Kartonschachtel. Ich suchte eine Bank im Freien, setzte mich, öffnete die Schachtel und verzehrte gierig den Inhalt: Garnelenschalen und Schweinefleischwürfel in süßsaurer Soße, ein kalter, verpappter Leckerbissen, der mir exquisit schien.

Das Essen, begleitet von Brunnenwasser, brachte mir die gute Laune zurück. Aus einer Telefonzelle rief ich Quesito an und fragte sie, ob jemand nach mir gefragt habe. Nur der Dandy Morgan hatte angerufen, um zu sagen, dass es nichts Neues gab. Sie erkundigte sich nach den Fortschritten der Ermittlungen, und ohne ihr große Hoffnungen zu machen, erzählte ich ihr von der Reise an die Costa Brava und warnte sie vor, ein gewisser Juan Nepomuceno könnte anrufen, und dann müsste sie genauestens Kenntnis nehmen von allem, was er sagte, und es mir unverzüglich mitteilen. Das versprach sie, ich hängte auf und ging völlig zerschlagen nach Hause.

Nachts weckte mich mehrmals derselbe Alptraum: Ich befand mich als einziges Besatzungsmitglied auf einem Segelboot; der Wind trug mich immer weiter von der Küste weg, und da ich das Schiff nicht zu lenken wusste und also seine Richtung nicht ändern konnte, beschloss ich, ins Wasser zu springen, um das Ufer schwimmend zu erreichen; im Wasser erinnerte ich mich daran, dass ich nicht schwimmen konnte, aber jetzt war es zu spät; das Boot entfernte sich sehr schnell, und ich ging unter den sarkastischen Blicken einiger Seehechte rettungslos unter. Ich erwachte schwitzend, aber da ich nicht an Vorahnungen glaube und noch weniger an Prophezeiungen und von der orthodoxen Traumdeutung nur weiß, dass alles irgendwie mit dem Schwanz zu tun hat, beschloss ich, meinem Traum nicht die geringste Beachtung zu schenken.

9

DIE GESCHICHTE
DER LAVINIA TORRADA

Bevor ich den Damensalon betrat, sah ich einen in besonnenem Abstand geparkten roten Peugeot 206, in dem sich zwei unverkennbar menschliche Silhouetten ausmachen ließen. Es sind viele Exemplare dieser berühmten Marke und dieses gelungenen Modells fabriziert worden, und ein nicht geringer Teil davon ist rot und befährt Barcelonas Straßen, aber ich hatte keinen Zweifel daran, wer die Insassen dieses konkreten Exemplars waren. Trotzdem verhielt ich mich so, als hätte ich sie nicht bemerkt, schloss den Salon auf, trat ein, schlüpfte in den Kittel, ohne mich vorher auszuziehen, wie ich es bei dieser Hitze zu tun pflege, und setzte mich hin, um zu warten. Es dauerte nicht lange, bis wiegend und leise Lavinia Torrada auftauchte. Darauf vorbereitet gewesen zu sein änderte nichts daran, dass mein Stoffwechsel angesichts dieses großartigen Weibes durcheinandergeriet. Hätte sie sich so provokativ verhalten wie beim vorigen Mal, ich hätte keine Verantwortung für mein Tun übernehmen können. Zum Glück sah ich im Spiegel das gewohnte Bild meiner Person, etwas verschönert durch ein beim Strandspaziergang am Vortag gerötetes Riechorgan. Auch Verhalten und Absichten der betreffenden Person waren ganz anders, wie sie mir ohne Umschweife selbst zu verstehen gab.

«Du bist ein gottverdammter Dreckskerl!», krähte sie zur Begrüßung.

143

«Schließen Sie bitte die Tür, wenn jemand Sie hört, denkt er womöglich, Sie seien eine unzufriedene Kundin – man hat schließlich einen Ruf zu verlieren.»

Sie machte die Tür zu, mäßigte aber weder Verhalten noch Sprache.

«Ich war nett zu dir, sogar allzu nett, wie die Dolores aus dem Lied, und du vergiltst es mir damit, dass du dich benimmst wie ein gottverdammter Dreckskerl.»

Ich bat sie, sich zu beruhigen und mir die Gründe für ihren Stimmungsumschwung darzulegen, wo sie mir doch zwei Tage zuvor eine ganz andere Facette ihrer wandlungsfähigen Persönlichkeit gezeigt habe.

«Vorgestern», sagte sie, «hat ein Mann den Swami aufgesucht und ihm auf unflätigste, grausamste und ungerechtfertigtste Art die Hölle heißgemacht. Und seit gestern folgt mir überallhin eine Verrückte mit ihrem Akkordeonspiel. Sag nicht, dass nicht du dahintersteckst.»

«Es stimmt», antwortete ich, «ich habe dem Yogazentrum einen Besuch abgestattet und bezüglich meiner Identität ein wenig geflunkert, um aus einer vorteilhaften Position heraus sprechen zu können. Andernfalls hätte mir Ihr Freund, der Swami, die Tür vor der Nase zugeknallt. Lügen ist nicht gut, aber das hier ist kein Räuber-und-Gendarm-Spiel. Und Sie waren es, die mit Lügen begonnen hat, als Sie bei sich zu Hause bestritten, dass Romulus der Schöne verschwunden ist. Und jetzt ist er noch immer verschwunden, die Polizei sitzt uns im Nacken, und in dieser ganzen Verwirrung erscheint immer wieder die Person des Swami, auffällig und verdächtig. Wenn es Sie stört, dass diese undurchsichtige Figur Gegenstand meiner Ermittlungen ist, und Sie sich von meinen Agenten befreien wollen, dann erzählen Sie als erstes einmal die Wahrheit, und zwar mit allen Details.»

«Na gut», sagte Lavinia in weniger heftigem, eher müdem Ton, «das werde ich. Aber halten wir den Swami aus dem Gespräch und überhaupt aus der Geschichte raus. Er ist ein guter Mensch.»

«Und ein Schwindler», sagte ich, um meinen Vorsprung nicht einzubüßen. «Fahren Sie fort.»

«Es wäre mir lieber, du würdest mich duzen, umso mehr, als ich dir mein Herz öffnen und dir intime Aspekte meines Lebens preisgeben soll. Uns verbindet mehr, als uns trennt», fügte sie hinzu und trat gefährlich nahe zu mir hin, «und ich habe nichts getan, was deine Missbilligung verdiente. Wenn ich die Opferhaltung nicht verabscheute, würde ich mich, ohne zu zögern, als Opfer bezeichnen. Setzen wir uns, und ich erzähle dir meine Geschichte. Würde es dir was ausmachen, die Klimaanlage einzuschalten?»

«Du beliebst wohl zu scherzen, Kindchen?», antwortete ich, und auf der Stelle tat es mir leid, das Duzen und alles, was es an Vertrauen und Harmonie mit sich bringt, mit einem so unromantischen Satz begonnen zu haben. Also fügte ich sogleich hinzu: «Aber wenn dir warm ist, können wir in ein Lokal gehen. Meine Kundinnen kommen normalerweise erst später, und im Café gleich gegenüber gibt's bis elf für 1,35 einen Milchkaffee und ein Chorizosandwich.»

«Ich bin schön und wohlgestaltet geboren worden», sagte sie, nachdem sie meinen verlockenden Vorschlag mit einer angeekelten Grimasse abgelehnt hatte, «und bin es zu meinem Unglück immer gewesen. Geblendet von den dauernden Schmeicheleien und den Privilegien, die mir meine Schönheit eintrug, vernachlässigte ich meine Grundschulausbildung. Am Ende der Schulzeit konnte ich kaum lesen und schreiben. Als ich Arbeit suchte, hatte ich mehrere Chancen, mir den Unterhalt mit Herumgammeln zu verdienen, aber ich lehnte sie ab. Ich bin nicht aus diesem Holz geschnitzt und weiß, wie die enden, die sich vom leicht verdienten Geld blenden lassen. Schließlich wurde ich Empfangsdame in einer Autoreparaturwerkstatt. Ich bediente das Telefon, empfing die Kunden und führte die Buchhaltung. Ich mag Autos, bin unkompliziert, und die Buchhaltung bestand darin, die Rechnungen und Quittungen aufzubewahren und einmal wöchentlich einem Buchhalter zu geben. Es war keine kreative Arbeit, aber es war eine gute Arbeit. Die Mechaniker waren sympathisch und immer so schmutzig, dass sie nicht einmal auf den Gedanken kamen, mich zu betatschen. Wenig Aufstiegsmöglichkeiten, klar, und den ganzen Tag Kohlenmonoxid einatmen. Einige Kunden luden mich ein, und je nach Auto sagte ich ja oder nein. Wenn sie ein gutes Auto haben, werden sie in Saus und Braus leben, dachte ich. Mit diesem Maßstab handelte ich mir manche Enttäuschung ein. Aber im Allgemeinen ging es mir sehr gut. Danach, wenn ich allein im Büro war, die Hände in den Schoß legte und an die Zukunft dachte, schnürte sich mir das Herz zusammen: In diesem giftigen Räumchen verschleuderte ich meine Jugend. Ich wollte doch nur einen guten, häuslichen, fleißigen Mann finden und ein glückliches, vorhersehbares Leben führen. Ich war erst zweiundzwanzig.»

Sie schwieg einen Augenblick. Ich seufzte und konzentrierte meine Aufmerksamkeit wieder auf sie. Selbst die schönsten Frauen verlieren einen Teil ihres Charmes, wenn sie ihre Nöte vor einem ausbreiten, und mir tat es schon eine ganze Weile leid, nicht auf dem Chorizosandwich bestanden zu haben. Doch Lavinia war ganz in sich selbst gekehrt und bemerkte meine Zerstreutheit nicht.

«Eines Abends fuhr ein zitronengelber Lamborghini in die Werkstatt. Sogleich fielen mir mehrere Beulen und Kratzer in der Karosserie auf. Normalerweise hätscheln die Besitzer solcher Autos ihre Wagen und lassen sich keine Unachtsamkeiten zuschulden kommen. Der da war aber offensichtlich anders, denn als er in die Werkstatt einfuhr, rammte er zweimal heftig eine Säule. Ich verließ mein Häuschen, ging zum Fahrer und fragte ihn, ob er einen Termin habe. Er verneinte, er sei bloß in die Werkstatt gekommen, um zu fragen, wo sich bei einem Lamborghini der Tank befinde. Das alles sah ich als Indiz dafür, dass der Wagen gestohlen war. Vielleicht hätte ich ihn anzeigen sollen, aber ich tat es nicht, denn er war ein junger, sehr gut aussehender Mann. Er glich einem Schauspieler namens Tony Curtis, ich weiß nicht, ob dir das etwas sagt. Offenbar sah auch er etwas in mir, denn wir schauten uns regund wortlos in die Augen, und in diesem Augenblick geschah in der Reparaturwerkstatt etwas, was mein Leben verändern sollte. Und zwar nicht zum Guten. Wir fanden den Einfüllstutzen, und er lud mich zu einer Spritztour ein. Ich willigte ein, er wartete am Ausgang auf mich und fuhr mit mir im Lamborghini nach L'Arrabassada. Wie durch ein Wunder kamen wir nicht ums Leben, aber als wir zum Parkplatz gelangten, sahen wir den Mond über dem Meer und die ganze Stadt zu unseren Füßen leuchten. Sonst geschah nichts – die Sitze hatten ein allzu aerodynamisches Design. Am nächsten Tag holte er mich in einem anderen Auto ab, ebenfalls ein Luxusschlitten, aber leichter zu fahren und geeigneter für andere Zwecke. Er sagte, den Lamborghini habe er zur Inspektion gebracht. Eine Zeitlang hielt er seine kriminellen Aktivitäten vor mir geheim und ich vor ihm, dass ich ihn durchschaut hatte. Es einzugestehen hätte mich zur stillschweigenden Komplizin gemacht, und noch weigerte ich mich, einen Weg einzuschlagen, der so wenig mit der Verwirklichung meiner Träume zu tun hatte. Alles trieb mich dazu, diese aufkeimende Beziehung abzubrechen, die mir bloß Leiden und Probleme bescheren konnte, doch ich war verliebt in diese großen Augen und dieses Ganovengrinsen. Ich verschob die Entscheidung von einem Tag auf den nächsten, bis Romulus eines Abends mit einem großen schweren Sack in die Werkstatt gestürzt kam. Er schwitzte und war außer Atem. Er kam direkt auf mein Häuschen zu, ließ den Sack in einem hinter dem Aktenschrank versteckten Winkel liegen und sagte in stockenden Sätzen, ich solle ihn bei mir behalten und dafür sorgen, dass ihn niemand sehe, was auch immer geschehe, und ich dürfe ihn nicht öffnen. Er werde ihn später wieder holen. Dann verschwand er so schnell, wie er gekommen war, und gab mir keine Zeit, etwas zu fragen. Noch bevor er bei der Tür war, fiel ihm etwas zu Boden, er bückte sich, hob es auf und steckte es sehr schnell in die Hosentasche zurück, aber ich hatte bereits gesehen, dass es eine Pistole war. Ich zitterte und wusste nicht, was ich tun sollte. Nach einer Weile wurde meine Beunruhigung zum Horror, als ich sah, dass sich auf dem Sackleinen ein dunkler Fleck ausbreitete, als sonderte der Inhalt einen zähflüssigen Saft ab. Ein scharfer Geruch erfüllte den kleinen Raum. Ich verbrachte Stunden in unsäglicher Angst, befürchtete, entdeckt zu werden, und getraute mich nicht, den Sack zu öffnen, um seinen makabren Inhalt nicht zu sehen. Aber keinen Moment lang kam es mir in den Sinn, die Polizei zu rufen. Bei Arbeitsschluss gingen die Mechaniker, und ich sagte, dass ich noch zu arbeiten hätte. Als ich allein war und der Raum im Dunkeln lag, näherte sich mit höchster

Vorsicht Romulus. Ich hätte ihn am liebsten geohrfeigt, doch stattdessen warf ich mich in seine Arme und machte der angestauten Spannung mit heftigem Schluchzen Luft. Er streichelte mich, versicherte mir, die Gefahr sei vorüber und jetzt sei es wichtig, den Sack loszuwerden. Wir schleppten ihn hinaus. Auf dem Gehsteig stand ein Lieferwagen. Wir bugsierten den Sack in den Laderaum, fuhren los und hielten erst auf einem Stück Brachland an einer verlassenen, kaum beleuchteten Nebenstraße an. Es wehte ein feuchter Wind, und der Himmel war bedeckt. Romulus stieg aus und ich hinterher. Er öffnete die Hecktür und zerrte am Sack, der mit dem unheimlichen Geräusch zerbrechender Knochen zu Boden fiel. Der Gestank war jetzt unerträglich. Ich musste mich übermenschlich anstrengen, um mich nicht zu übergeben und das Bewusstsein zu verlieren. Romulus holte Hacke und Schaufel aus dem Lieferwagen, schlüpfte aus der Lederjacke, krempelte sich die Ärmel hoch und begann zu graben. Ich hielt es nicht länger aus und fragte ihn, was denn geschehen sei. Ich hatte gerade mein Schicksal mit dem eines Verbrechers vereinigt, und das sollte er wissen. Er hielt inne und sah mich an. Er musste in meinen Augen etwas lesen, einen festen Entschluss, zärtlich und wild, und zuckte die Achseln, als wolle er mir zu verstehen geben, dass das meine Entscheidung sei. Dann sagte er, das Vorgefallene sei die Folge eines verhängnisvollen Irrtums gewesen, einer Unwägbarkeit. Er habe alles millimetergenau geplant, doch im letzten Moment sei etwas schiefgegangen, presste er hervor. Vor vollendete Tatsachen gestellt, sei ihm nichts anderes übriggeblieben, als zu reagieren, wie es an seiner Stelle jedermann getan hätte, sosehr es ihm auch widerstrebt habe. Ach, wie oft habe ich im Laufe unseres gemeinsamen Lebens diese unheilschwangeren Entschuldigungen hören müssen!»

Geschehen war, in wenigen Worten zusammengefasst, Folgendes: Nach sorgfältiger Planung des Coups wollte Romulus der Schöne im Moment des geringsten Kundenaufkommens, versehen mit Gesichtsmaske, Sack und Pistole, im Alleingang einen reichbestückten Juwelierladen auf dem Paseo de Gracia überfallen. Als der günstigste Moment gekommen war, setzte er sich auf dem gegenüberliegenden Gehsteig, um von den Überwachungskameras nicht eingefangen zu werden, die Maske auf, packte die Pistole und überquerte so schnell wie möglich die Straße. Es ist nicht leicht, den Paseo de Gracia zu überqueren, ohne überfahren zu werden, aber er schaffte es, indem er den Autos mal in der einen, dann in der anderen Richtung auswich. Danach trat er in den Laden und rief: Das ist ein Überfall! Schreien Sie nicht, und leisten Sie keinen Widerstand! Schon beim zweiten Satz hatte er bemerkt, dass er wegen des starken Verkehrs und des Zickzacklaufs in das Geschäft neben dem Juwelierladen eingedrungen war, in die angesehene Rotisserie Filipon, spezialisiert auf vorgekochte Speisen und Fertiggerichte. Sich den Irrtum einzugestehen und mit leeren Händen wieder abzuziehen schien ihm entwürdigend, sowohl für sich selbst als auch für die Opfer des Überfalls, so dass er dem Angestellten befahl, den Sack mit den Brathähnchen zu füllen. Als er voll war, warf er ihn sich über die Schulter und lief davon. Er hörte Schreie hinter sich und sah aus dem Augenwinkel den Angestellten, der ihn mit einem beeindruckenden Messer verfolgte. Romulus riss sich die Gesichtsmaske ab, bog in eine Seitenstraße ein und konnte so seinen Verfolger momentan in die Irre führen. Doch in einer so belebten Zone konnte er nicht einfach eine Ladung Brathähnchen auf den Gehweg werfen, ohne Verdacht zu erregen. Die Werkstatt, wo Lavinia Torrada arbeitete, war ganz in der Nähe, und so schlug er diese Richtung ein.

«Nachdem er die Hähnchen vergraben hatte», fuhr Lavinia fort, «getraute sich Romulus nicht nach Hause, falls man ihn erkannt hatte und nun suchte. Wir gingen zu mir, und da blieb er. Damit meine ich, dass an diesem Punkt unser Zusammenleben begann. Ich hatte nicht den Mut, ihn rauszuwerfen. Da ich ihn liebte, dachte ich, an meiner Seite würde er sich bessern, ich war sicher, dass ich auf ihn einen wohltuenden Einfluss ausüben würde. Er versprach, ein anderer Mensch zu werden, und einige Tage später versuchte er, ein neues Verbrechen zu begehen. Er hatte keinen Beruf, wollte reich sein und glaubte nicht, dass ehrliche Arbeit die beste Methode dazu war. Umsonst sagte ich ihm immer wieder, man müsse nicht reich sein, um glücklich zu sein, es reiche schon mit unserer Liebe und einem einfachen Leben. Einige seiner Coups misslangen so wie der mit den Hähnchen, aber andere misslangen noch gründlicher. Mehrmals wurde er verhaftet. Ich leistete die Bürgschaft, aber da es bei uns kein anderes Einkommen gab als mein bescheidenes Gehalt als Empfangsdame in der Werkstatt, musste ich Kredite beantragen. Schließlich wurde er zu Haft verurteilt. Aufgrund seines Vorstrafenregisters erklärte man ihn für bescheuert und schickte ihn in das Sanatorium, wo du auch warst. Das waren schwierige Jahre: Meine Beziehung zu Romulus wurde in den Zeitungen breitgetreten, und da ich sehr gut aussah, erschien überall mein Foto. In der Werkstatt warf man mich raus: Die Partnerin eines Verbrechers zu sein vertrug sich nicht mit einer Arbeit, bei der ich Zugang zu so vielen Autos hatte. Natürlich hagelte es Angebote, aber bei allen war etwas dabei, was ich immer abgelehnt habe. Während des Prozesses erhielt ich Anträge von Polizisten, Justizbeamten, dem Staatsanwalt, dem Pflichtverteidiger, dem Prozessbevollmächtigten, Gerichtsschreibern und Saaldienern. Sie abzuweisen brachte mich um viele Vorteile. Einige von Romulus' Freunden halfen mir uneigennützig. Sie waren Übeltäter und handelten aus Solidarität, aber sie waren eigentlich nicht in der Lage dazu und hatten nicht viel Geld übrig. Ich überlebte mit Ach und Krach und konnte sogar etwas sparen, um Romulus Kleider, Lebensmittel, Lektüre und Tabak zu bringen. Ich erzählte ihm nie von meinen Schwierigkeiten oder den Opfern, die mir diese unbedeutenden Dinge abverlangten.

Im dritten Jahr seiner Haft lernte ich den Swami kennen. In einem Moment der Verzweiflung hatte mich eine Freundin ins Yogazentrum von Pandit Shvimimshaumbad gebracht, damit ich hier vielleicht die verlorene Ausgeglichenheit wiederfände. Das war nicht der Fall, aber der Swami verliebte sich in mich und nahm mich unter seine Fittiche. Seine Liebe war platonisch oder Zen oder sonst was Absurdes. In meinem Zustand hätte er alles erreicht, wenn er es ernstlich versucht hätte. Aber er war ein guter Mensch, einfach und überzeugt von der Wirkung dessen, was er predigte. Auf diese Art verbindet er sich mit seinesgleichen, gestaltet die Einfachheit der Leute und befriedigt ihre spirituellen Bedürfnisse. Bald ging ich nicht mehr ins Zentrum, aber wir sahen uns weiterhin. Er linderte meine Einsamkeit, steckte mich mit seinem Optimismus an und lud mich hin und wieder zum Abendessen ein. Später fand er für mich die Arbeit, die ich immer noch habe und dank der ich habe überleben können. Als Romulus wieder nach

Hause kam, sah ich den Swami insgeheim weiterhin. Romulus weiß nichts von ihm.

Nach so langer Trennung das Zusammenleben wiederaufzunehmen war nicht einfach. Romulus war ein Unbekannter für mich, und bestimmt war ich es auch für ihn. Zum Glück schien er wirklich ein anderer Mensch geworden zu sein. Das hätte mich für sämtliche Entbehrungen entschädigt, nach so viel Leiden war ich nicht mehr bereit, noch einmal die gleichen Ängste durchzustehen. Aber ich irrte mich jetzt genauso, wie ich mich am Anfang geirrt hatte, als ich dachte, mein Einfluss könne einen Mann von dem Weg abbringen, den ihm sein Schicksal oder sein Charakter vorgezeichnet haben. Er war dazu verdammt, immer über denselben Stein zu stolpern, und ich ebenfalls. Am Anfang natürlich nicht. So etwas geschieht nie am Anfang, wenn man noch Zeit zum Eingreifen hätte.

Romulus fand eine Stelle als Portier in einem gepflegten Haus. Mit seinem Lohn und meinen Einkünften lebten wir bescheiden, aber ohne Engpässe. In anderer Hinsicht lief es nicht gut: Nach all den unruhigen Jahren wollte ich Stabilität, während er nach all den Gefängnisjahren den Rummel suchte. Sehr betrübt sah ich ihn mit jedem Tag an meiner Seite welker werden, und ich welkte mit. Am Ende geschah das Unvermeidliche: Romulus lernte bei der Arbeit eine Frau kennen. Eine böse, ehrgeizige, alleinstehende Frau mit einer vorlauten Göre. Die beiden füllten ihm den Kopf mit Flausen. Ich weiß nicht genau, welcher Art ihre Beziehung ist. Wäre es doch eine bloße Liebelei gewesen. Wie auch immer, sie trieben ihn an den Rand des Abgrunds. Einmal mehr plante er den perfekten Überfall auf eine Bankfiliale mit einem Idioten namens Johnny Pox und dem vorhersehbaren Ergebnis. Wieder wurde er verurteilt, und das erträgt Romulus in seinem Alter nicht mehr. Eines schönen Tages, vor kurzem, ist er verschwunden. Anfänglich vermutete ich, er sei in ein Land gegangen, wo man ihn nicht ausliefern würde. Manchmal redete er vom Auswandern nach Brasilien, manchmal war es Indien oder Patagonien. Das waren zwar bloß Hirngespinste, aber immer schloss er mich mit ein. Er fragte mich, ob ich bereit wäre, ihn zu begleiten und in einem exotischen Land ein neues Leben anzufangen, und ich bejahte und sagte, ich würde ihm überallhin folgen. Romulus glaubte mir. Nie zweifelte er daran, dass er auf mich zählen könne. Zu Beginn war es für mich gefährlich gewesen, mit ihm zusammen zu sein, und während seiner Haft hatte ich ihm meine Treue und Beharrlichkeit mehr als deutlich bewiesen. Darum wunderte ich mich, dass er allein floh und ohne mich vorzuwarnen. Ich wartete einige Tage darauf, zuerst, dass er mich zu sich rufen, dann, dass er mir sagen würde, wo er sich aufhielt. Wenn er wohlauf war, kostete es ihn doch nichts, mir eine beruhigende Nachricht zukommen zu lassen. Doch sein Schweigen wurde nur von deinem unheilvollen Erscheinen zur Unzeit unterbrochen. Dein Besuch und deine plumpen Fragen bestätigten mir, dass Romulus' Verschwinden merkwürdig war. Ich log, um ihn zu schützen. Dann kam die Unterinspektorin und zeigte mir das Foto eines höchst gefährlichen Typen. Wieder sagte ich nichts. In Wirklichkeit weiß ich auch gar nichts. Ich habe Angst. Nicht wegen dem, was Romulus angestellt haben könnte, und auch nicht davor, dass er mit dieser Frau abgehauen ist, sondern vor etwas Schlimmerem. Wenn du etwas weißt, sag es mir bitte. Mir wäre Gewissheit lieber als bange Ungewissheit.»

Diese Geschichte erzählte mir Lavinia Torrada im Salon, und ich hörte ihr aufmerksam zu, denn sie bestätigte meine Folgerungen und öffnete den Mutmaßungen Tür und Tor. Noch immer galt es, wichtige Rätsel zu lösen. Ich hütete mich zu sagen, dass es ausgerechnet Quesito, die Tochter der Frau, der sie Romulus' Verschwinden zuschrieb, gewesen war, die mich mit dessen Suche beauftragt hatte. Hingegen fragte ich:

«Hat der Swami eigentlich einen Mitarbeiter?»

«Nein», antwortete sie bestimmt. «Diese Art der Tätigkeit hängt stark von der persönlichen Beziehung ab.»

«Jesus Christus hatte Jünger, die ihn ab und zu vertraten.»

«Das waren andere Zeiten. Der Swami arbeitet allein, nur mit einer Empfangsdame. Was soll die Frage?»

«Einer meiner Gehilfen sagt, er habe einen echten Swami aus dem Fenster des Yogazentrums schauen sehen. Einen Inder mit Bart und allem, was dazugehört.»

«Der muss eine Vision gehabt haben.»

«Möglicherweise. Die Arbeit, die dir der Swami verschafft hat, waren das Hausbesuche als Masseurin?»

«Nein, wo denkst du hin. Wenn ich als Masseurin von Haus zu Haus ginge, wäre der Teufel los. Nein, die Arbeit, die mir der Swami verschafft hat und die ich noch immer ausübe, sind Hausbesuche als Seherin. Das ist eine mühelose, interessante und mehr oder weniger lukrative Arbeit. Und niemand wagt es, die Grenzen zu überschreiten bei jemandem, der die Zukunft sehen kann.»

«Und siehst du tatsächlich etwas?»

«Ach was. Sähe ich was, wäre nichts von dem geschehen, was ich dir eben erzählt habe. Aber mit der Zeit habe ich gelernt, den Menschen zuzuhören, ihre Probleme zu verstehen und Symptome dessen zu entdecken, was unvermeidlich geschehen wird. So kann ich, ohne Tarotkarten zu legen, das Schicksal dieses Salons voraussehen.»

«Das will ich lieber nicht wissen. Was hast du in deiner Tasche, wenn du arbeiten gehst?»

«Das Instrumentarium: Briefe, eine Plexiglaskugel, Drogerieartikel, Kerzen, Weihrauch, einen Schal, falls es kühl wird. Und wenn gerade einer auf dem Weg liegt, gehe ich noch in den Supermarkt und kaufe ein. Am Ende bin ich beladen wie ein …»

Unversehens verstummte sie, und ihr Gesicht verzog sich zu einer tragischen Maske. Ich dachte, sie hätte im Supermarkt etwas einzukaufen vergessen, aber der Grund für ihre Verwandlung war ein ganz anderer.

«Durch die Macht der Gewohnheit», sagte sie mit hohler Stimme, «bin ich, als ich von der Arbeit sprach, in Trance gefallen und habe eine Botschaft erhalten: Romulus ist gestorben. Eines gewaltsamen Todes. Durch fremde Hand. Jetzt streift seine Seele untröstlich zwischen der Welt der Lebenden und dem Jenseits hin und her. Sie weiß nicht, soll sie hinübergehen oder bleiben, wo sie war, und versucht, mit uns in Kontakt zu treten.»

Ihre Pose und ihre Worte kamen mir vor wie eine Pantomime, aber ich konnte mich einer vagen Beunruhigung nicht entziehen, als gäbe es auf dem Grund dieser Täuschung einen Überrest Intuition oder unbewusstes Wissen, das sich auf diesem Weg zu offenbaren versuchte. Ich wollte etwas sagen, doch sie gebot Schweigen, indem sie sich den Zeigefinger an die Lippen hielt, diese zu einer graziösen Grimasse kräuselte und kaum wahrnehmbar hauchte:

«Pscht! Gleich höre ich ein Zeichen …»

Im Salon herrschte Grabesstille. Sogar die verdammten Fliegen schienen in der warmen, dicken, feuchten und ein

wenig stinkenden Luft dieses Hundstagemorgens stillzu-
stehen. Und in diesem prekären Gleichgewicht hörte man
eine raue Stimme wie aus dem Jenseits singen:

«Baixant de la Font del Gat – Vom Katzenbrunnen her-
unterkommend!»

Zerbrechlich, schief und zeremoniös trat im Schlepptau
dieser populären Strophe Großvater Lin ein.

«Entschuldigen Sie Störung.» Er verbeugte sich so tief,
dass er mit der Stirn die Knie berührte. «Diese Woche muss
ich für Intensivkurs Katalanisch Volkslieder üben.»

«Keine Sorge, Opa», sagte Lavinia Torrada wieder in
ihrer normalen Art. «Ich wollte eben gehen.»

«Ich glaube, Sie kennen sich schon.» Ich war etwas verärgert über die Störung, kam aber meinen Gastgeber-
pflichten nach.

«Ja, ich hatte große Ehre, vorgestellt zu werden. An
Ihnen geht Zeit spurlos vorbei.»

«Das ist ganz natürlich», antwortete sie. «Wir wurden
einander vorgestern vorgestellt.»

«Ach, Sie sind jung, aber in meinem Alter verfliegt Zeit
wie Rakete im Hintern. Ich ziehe mich zurück. Ich wollte
eigentlich nur fragen, ob Sie gestern Abend Essen über
Gasse gefunden haben.»

«Ja, ich habe es gefunden und gekostet», sagte ich. «Ich
wollte nachher bei Ihnen vorbeikommen, um mich zu bedanken und Sie zu bitten, sich meinetwegen keine solchen
Umstände zu machen.»

«Oh, kein Umstand. Heute Mittagessen um selbe Zeit
wie immer. Bleiben Sie nicht aus. Meine ehrwürdige
Schwiegertochter wäre enttäuscht, wenn Sie nicht kämen.
Auf Wiedersehen, ehrwürdige Dame. Wie schade, dass ich
nicht mehr Alter habe, um an Ihnen zu graben. Organ

noch da, aber verschwunden Orkan. Möchten Sie nicht auch zu uns essen kommen, Señora?»

«Ein andermal sehr gern», antwortete Lavinia. «Ein Freund wartet schon ziemlich lange auf mich, und wir haben viel zu tun. Ich hoffe, dass sich nach allem Besprochenen», sagte sie zu mir, «eine flüssigere, aufrichtigere Kommunikation ergibt. Und weniger bedrückend für andere. Du weißt ja, wo du mich finden kannst.»

Eingehüllt in eine Aureole ätherischer Schönheit und solider Würde, versetzte sie beim Gehen mit den Hüften die dicke Luft in Bewegung und ließ uns in einem nervenaufreibenden Wohlgeruch zurück.

«Zermartern Sie sich nicht weiter Kopf», sagte der scharfsinnige Greis, als er meinen Zustand bemerkte. «Alles hat seine Zeit und seinen Ort, und keines ist der da. Machen Sie es wie ich: Nutzen Sie Vorteile von Alter.»

«Ich bin nicht alt», protestierte ich.

«Üben Sie. Geheimnis für sehr alt werden heißt früh alt werden. Mit Alter kommt Ruhe: Keine Orkane mehr, keine Besuche in Hutläden mehr.»

10

EIN VORSCHLAG UND EINE DEBATTE

Kaum dass der freundliche, ungelegen erschienene Alte gegangen war, erschien die Moski mit ihrem Rieseninstrument, um mich über Lavinia Torradas Bewegungen zu unterrichten. Die Information war bedeutungslos, da ich ja bestens wusste, wo sie sich an diesem Vormittag aufgehalten hatte. Aber ich ließ sie reden.

«Der Typ mit dem Peugeot 206 hat sie hergefahren», sagte sie am Ende ihrer detailreichen Schilderung, «und er hat auf sie gewartet, um sie wieder nach Hause zu fahren. Dort überwacht Genosse Bielski sie. Das mit dem Auto ist sehr lästig, ich kann ihr ja nicht folgen, weil ich unmotorisiert bin. Zum Glück ist mir in den Sinn gekommen, den Sohn einer Freundin als Subbeauftragten anzuheuern, einen absolut vertrauenswürdigen Burschen, Pizzabote, er hat ein Motorrad, und vormittags liegt er auf der faulen Haut. Heute Abend kommt er in einer Pause im Restaurant vorbei. So lernst du ihn kennen.»

«Okay», sagte ich, «aber gib Señor Armengol Bescheid, ich habe nämlich auch noch einen Kellner ins Restaurant bestellt. Anscheinend hat er einige Fotos, die zum Fall gehören. Dumm ist bloß, dass ich nicht weiß, wie ich ihm zahlen soll, was er dafür verlangt.»

Zwischen Moskis Abgang und fünf vor zwei zählte ich die Minuten, die mich noch vom Mittagessen trennten. Keine bereichernde Tätigkeit, weder unter intellektuellem noch sonst einem Gesichtspunkt, aber sie lenkte mich von meiner Dauermisere ab, dem Geld. Blank zu sein störte mich nicht weiter, das war mein Dauerzustand, aber ich war es nicht gewohnt, Schulden zu haben oder den Haushaltsplan für die Zukunft auf ständiger Talfahrt zu veranschlagen. Meine Finanzlage war desaströs: Abgesehen vom Kredit der Caixa, den ich selbst von Zeit zu Zeit, das genannte Unternehmen aber keinen Augenblick vergaß, hatte ich Schulden bei meinem Schwager und bei Señor Lin; die Restaurantrechnung schwoll an, ebenso die zu zahlenden Gehälter, und an diesem Abend sollte ich dem kellnernden Filmfreak für die Übergabe der Fotos sechzig Euro zahlen. Etwas in mir sträubte sich, wieder bei Señor Lin anzuklopfen, nicht weil es ihm an Liquidität gefehlt hätte, wie man aus dem ununterbrochenen Kommen und Gehen im Warenhaus schließen konnte, sondern um seine Großzügigkeit nicht zu missbrauchen. Umso mehr, als ich die Gewissheit hatte, die Darlehen nie zurückzahlen zu können, es sei denn durch eine unerwartete Wendung des Schicksalsrads, dessen Räderwerk weder sanft noch lebhaft zu funktionieren schien. Doch es blieb mir nichts anderes übrig, und die Aussicht, erneut meine Wohltäter anzupumpen, trübte zuerst die Erwartung des Gastmahls und dann dieses selbst.

Während der ganzen Mahlzeit lauerte ich auf eine Gelegenheit, das Thema sozusagen schräg anzuschneiden, aber es war unmöglich. Angesichts dessen beschloss ich, das Ende des Zusammenseins abzuwarten, um Señor Lin beiseitezunehmen und ihm reinen Wein einzuschenken. Doch siehe da, beim Nachtisch brachte er in Gegenwart der ganzen Familie das Thema selbst zur Sprache, indem er sich mit folgenden Worten an mich wandte:

«Ehrwürdiger Gast, Nachbar und Freund. Es ist kein

Geheimnis für Sie, welche Zuneigung Ihnen diese bescheidene Familie entgegenbringt, eine Zuneigung, die ich für gegenseitig halte. Sie brauchen nicht zu antworten. Das ist erst der Anfang meiner Rede. Jetzt kommt das Wesentliche. Seit geraumer Zeit beobachten wir, wie Ihr großer Damensalon läuft. Nicht aus geschäftlicher Rivalität noch um unsere bescheidenen Nasen in Ihre ehrwürdigen Geschäfte zu stecken, sondern angetrieben von der gerade erwähnten Zuneigung. Es wird Sie nicht überraschen, zu erfahren, dass uns das Ergebnis unserer Beobachtungen keinen Anlass gegeben hat, auf die ehrwürdige Zukunft Ihres großen Salons zu bauen.»

Er räusperte sich, und ich hätte die Pause genutzt, um mich für sein Interesse zu bedanken und seine Schlussfolgerungen zu widerlegen, wenn mir nicht Señora Lin, die neben mir saß, heimlich die Hand auf den Unterarm gelegt hätte mit dem klaren Hinweis, ich möge nichts sagen und ihren Mann ausreden lassen, der, nachdem er sich geräuspert und gehustet oder, wer weiß, eine Strophe in seiner Sprache intoniert hatte, fortfuhr:

«Die Schuld liegt nicht bei Ihnen, im Gegenteil. Sie sind ein großer Friseur. Die Schuld liegt bei der katastrophalen Wirtschaftslage. Unter diesen Umständen kann ich nicht umhin, die große Maxime auszusprechen: Wenn der Sturm weht, neigt sich die Dschunke und so weiter und so fort. Sehen Sie, worauf ich hinauswill, ehrwürdiger Freund?»

«Nein», antwortete ich aufrichtig. Und um einem möglichen Angebot zuvorzukommen, fügte ich hinzu: «Ich muss Sie aber darauf aufmerksam machen, dass ich bereits einen Kredit der Caixa habe.»

«Ich weiß», sagte Señor Lin mit wohlwollendem Lächeln. «Der Leiter der großen Filiale, der ehrwürdige Señor Riera, dessen bescheidene Kunden wir sind, wie es seine ehrwürdige Gattin, die Señora Riera, von diesem bescheidenen Warenhaus ist, wo sie uns damit ehrt, sich mit großen Höschen und anderen ehrwürdigen Kleidungsstücken auszustatten, der ehrwürdige Señor Riera, wie ich sagte, hat mir oft, immer in indirektesten, indisk…, ich meine, diskretesten Worten, die finanzielle Lage Ihres ehrwürdigen Unternehmens kommentiert, wobei er unter großer Blutstauung im ehrwürdigen Antlitz jeweils beigefügt hat, wenn sie noch nicht zum Vollstreckungsverfahren geschritten sind, dann, weil sie nicht wissen, was sie mit den, gemäß ihrer eigenen Begutachtung, großen Schweinereien machen sollen, Gegenstand einer möglichen Pfändung.»

«Die Experten haben noch keine abschließende Meinung abgegeben», sagte ich.

«Bald werden sie es tun», erwiderte Señor Lin düster. Dann ließ er seine Stimme um eine oder zwei Oktaven ansteigen, um seinen Worten eine positivere Note zu verleihen, und fügte sogleich hinzu: «Aber das spielt keine Rolle. In Wirklichkeit stelle ich diese Betrachtungen nicht an, um Sie in Verwirrung zu stürzen, sondern als Präambel oder Einleitung zu dem Vorschlag, den ich Ihnen unterbreiten will und mit dem wir ganz sicher die Situation zu jedermanns Befriedigung lösen werden. Glauben Sie mir, dass mich zu diesem Schritt nur der Wunsch bewegt, Ihnen zu helfen, sowie die ganz natürliche Aversion eines ehrwürdigen Geschäftsmanns, dem Untergang eines großen Unternehmens beizuwohnen, das sämtliche Voraussetzungen auf sich vereinigte, ein blühendes zu sein. Sie sollen ebenfalls wissen, dass ich, bevor ich diesen Entschluss gefasst habe, meine ehrwürdige Gattin, meinen Sohn, obwohl er ein wenig unterbelichtet ist, und natürlich meinen ehrwürdigen Vater zu Rate gezogen habe, wie es mit den Vorfahren immer zu geschehen hat, auch wenn sie sich schon in einer vegetabilen Etappe befinden. Tee?»

«Wie belieben?»

«Ob Sie ein wenig Tee mögen?»

«Nein, danke. Ich möchte ohne weiteren Aufschub erfahren, welcher Natur Ihr Vorschlag ist.»

«Ach, jawohl. Verzeihen Sie meine bescheidene Art, große Geschäfte anzugehen. Östliche Rhetorik, zu subtil, ich gebe es zu. Oft weiß man nicht, wovon gesprochen wird, und schon ist man übers Ohr gehauen worden, wie Sun Tsu sagte. Mein ehrwürdiger Vorschlag birgt jedoch kein Geheimnis. Es geht, in wenigen Worten gesagt, darum, dass Sie uns Ihr großes Lokal übergeben. Sie könnten weiter wie bis jetzt darin arbeiten, aber das Geschäft müsste einer Veränderung unterzogen werden: Wir würden Ihren großen Damensalon schließen und ein bescheidenes Restaurant eröffnen. Meine ehrwürdige Gattin würde kochen, und Sie würden den vornehmen Teil übernehmen: die ehrwürdigen Gäste und die Tische bedienen, die Teller spülen und andere mit der ehrwürdigen Kunst der Gastronomie zusammenhängende Tätigkeiten ausüben. Sie würden einen bescheidenen Lohn bekommen, dazu die großen Trinkgelder, und Mittag- und Abendessen wären umsonst. Wir würden uns um die Umbauarbeiten, das Mobiliar, das Geschirr, das Besteck, die Gläser und die Vorräte kümmern. Und natürlich um die neue Inneneinrichtung. Dafür würden wir ohne Kosten für Sie die von Ihrem großen Unternehmen und Ihnen selbst bis zum Datum der Vertragsunterschrift gemachten ehrwürdigen Schulden tilgen.»

Er legte wieder eine Pause ein, fasste mein Schweigen

offensichtlich als Zeichen der Zustimmung und nicht der Verdutztheit auf und fuhr fort:

«Wir wissen, dass das Lokal und das Unternehmen nicht auf Ihren, sondern auf den Namen Ihres ehrwürdigen Schwagers lauten. Dieser juristische Aspekt darf Sie nicht beunruhigen. Wir werden mit ihm sprechen und zu einer befriedigenden Einigung kommen. Erste Schritte in diesem Sinn haben wir bereits unternommen. Auch um den Papierkram werden wir uns kümmern. Leider werden wir das neue Unternehmen nicht auf Ihren ehrwürdigen Namen eintragen lassen können wegen Ihrer nicht weniger ehrwürdigen Vorstrafen. Aber Sie werden weiterhin die Seele des Geschäfts sein beziehungsweise, nach unserer Physiognomie, die Füße. Wir haben über den Namen des Restaurants nachgedacht. Mein ehrwürdiger Vater hat im Gedenken an die Ursprünge des Lokals den Namen *Der haarige Pavillon* vorgeschlagen, aber für die übrigen Familienmitglieder klang das nicht sehr gut. Mit größtem Vergnügen werden wir uns Ihre Vorschläge anhören. Die ehrwürdige Arbeitsuniform werden wir ebenfalls gemeinsam entwerfen. Wie lautet Ihre Antwort?»

Irgendetwas musste ich sagen, aber sosehr ich mir auch das Gehirn zermarterte, ich fand keine Worte und konnte daher nur gutturale Laute artikulieren. Mehrmals öffnete ich den Mund, und mehrmals klappte ich ihn wieder zu, außer beim letzten Mal. Da sie meine Verwirrung bemerkte, legte mir Señora Lin wieder die Hand auf den Unterarm und sagte sanft:

«Es ist ja ganz logisch, dass Sie auf einen so interessanten Vorschlag nicht antworten können, ohne in Ruhe darüber nachgedacht und sich die enorme Tragweite seines Inhalts bewusstgemacht zu haben. Das wissen wir ganz genau, und Vorsicht ist die Mutter der Porzellanvase und für uns die erste der Tugenden.»

«Und die zweite, Eier zu haben», sagte der kleine Quim.

Er steckte die entsprechende Dosis Kopfnüsse ein, ich nutzte dieses ergötzliche Zwischenspiel, murmelte eine Entschuldigung und stürzte aus dem Laden.

Verwirrt und in Gedanken vertieft, bemerkte ich auf dem kurzen Weg vom Warenhaus zum Salon nicht, dass sich der Himmel, seit Wochen makellos blau, unversehens mit schwarzen, bedrohlich aufgeplusterten Wolken überzogen hatte, so dass ich die dicken Tropfen zuerst auf der Stirn und danach auf der Schulter wenige Meter vor meinem Ziel für eine Gabe der Tauben hielt, die in mir eine lustige Zielscheibe für ihre ungeformten Bedürfnisse sahen. Doch kaum hatte sich mein Geist diese Vorstellung zurechtgelegt, als ein Donner erdröhnte und ein so dichter, so heftiger Regenguss niederging, dass ich noch vor dem Erreichen des Unterschlupfs in zwei großen Schritten von Kopf bis Fuß durchnässt war, die Unterwäsche eingeschlossen. Hätte sich nicht dieses für die Jahreszeit typische atmosphärische Phänomen ereignet, ich wäre womöglich einfach am Salon vorbeigegangen und weitergelaufen, immer schneller, immer weiter und ohne zurückzublicken, ja ohne den Salon und all das, was er für mich bis einige Minuten zuvor bedeutet hatte, auch nur noch einmal anzuschielen. Doch der Selbsterhaltungstrieb des Körpers schwemmte mich sozusagen in den Raum hinein, und der Selbsterhaltungstrieb der Kleider ließ mich diese ausziehen, um sie vor dem Einlaufen zu bewahren. Insbesondere die Schuhe sahen übel aus und verhießen eine reiche Schimmelernte, so dass ich sie, so gut es ging, in der Trockenhaube unterbrachte, die ich in Gang setzte, bis mir

sprühende Funken und ein starker Gestank nach ver-
schmorten Kabeln nahelegten, die Operation wieder abzu-
blasen. Inzwischen füllte sich der Raum immer mehr mit
Wasser, teils wegen des Regens, der das Niveau des Bürger-
steigs überstieg und in sprudelnden Wellen durch die Tür
drang, teils wegen der Stauung in einem Gemeinschafts-
fallrohr, an das ich vor langer Zeit das Becken angeschlossen hatte, in welchem ich den Kundinnen die Haare wusch,
was ich so ungeschickt gemacht hatte, dass von da an,
manchmal mit und manchmal ohne Grund, das Fäkalwas-
ser heraussprudelte – zur großen Verärgerung der Kundin,
die gerade den Kopf in Befeuchtung hatte. Ohne eine Sekunde zu verlieren, platzierte ich Kleider und Schuhe auf
einer Konsole und begann, Wasser zu schöpfen. Da der
Eimer am Boden und in den Wänden mehrere Spalten und
Löcher aufwies, musste ich mich mit der Maniküreschüs-
sel behelfen, um die dünnen Strahlen des Eimers aufzu-
fangen, und so jonglierte ich die beiden Gefäße mehrmals
zur Tür und goss das wenige in ihnen Verbliebene ins aus-
wärtige Wildwasser. Woraus sich schließen lässt, dass ich
mich nicht von der Überschwemmung befreit hätte, wenn
das Gewitter nicht ebenso schnell geendet hätte, wie es
begonnen hatte.

Noch blitzte es draußen, und das Innere war eine vollendete Kloake, als Großvater Lin sein Ledergesicht herein-
streckte und trotz meinem abwehrenden Fuchteln eintreten wollte. In der einen Hand trug er einen offenen und
einen zusammengeklappten Schirm und in der anderen
eine Tasche.

«Da Wetter wechselhaft ist», rief er von außen, «habe
ich gedacht, ich bringe Ihnen Schirm, falls Sie Lokal verlassen müssen, und frische Wäsche, was unerlässlich ist,

wie ich sehe, denn Sie sind so, wie Sie auf Welt gekommen sind. Ziehen Sie das an: Konkubinenkleid geblümt, hundertprozentig Nylon, vorher 29,95 Euro, jetzt nur 7,95 Euro.»

Ich wandte Blick und Aufmerksamkeit vom Alten ab und setzte meine in jeder Hinsicht titanische Arbeit fort. Da er nicht verschwand, sagte ich nach einer Weile:

«Wenn Sie gekommen sind, um das Lokal zu inspizieren, können Sie wieder umkehren und Ihren Verwandten erzählen, was Sie sehen. Vielleicht ändern sie dann ihre Meinung.»

Ohne seinen unerforschlichen Ausdruck aufzugeben oder das Rückgrat aufzurichten, klappte der sanfte Greis den Schirm zu, trat über die Schwelle und versank mit den Füßen im Morast, nicht ohne mir vorher zu meiner Beruhigung gezeigt zu haben, dass er hohe grüne Gummistiefel mit Kätzchenbesatz trug.

«Ich bin auf solche Eventualitäten vorbereitet» – er meinte die Überschwemmung – «und auch auf Ihre Stinklaune. Schirm und Kleid waren nur Vorwand für Besuch, aber meiner bescheidenen Kriegslist ist durch Ihre große Intelligenz Strich durch Rechnung gemacht worden. Darf ich auf Stuhl klettern? Feuchtigkeit ist fatal für Gelenke. Und Akupunktur taugt nichts: Dreißig Jahre Hintern zerstochen, und sehen Sie nur, wie gebeugt ich bin.»

Angesichts meiner frostigen Zustimmung erklomm er den Stuhl und schlug die Beine übereinander. Nachdem ich mir höflich- und schicklichkeitshalber und auch, weil der Regenguss, wenigstens vorübergehend, die Luft gereinigt und die Temperatur hatte sinken lassen, das Kleid übergeworfen hatte, arbeitete ich weiter. Er schaute mir eine Weile schweigend zu und sagte dann:

«Ich sehe, dass das lange dauern wird, und so lege Ihnen ohne Umschweife meine Meinung zu aktueller Lage dar. Ich meine nicht Regen, sondern Zukunft Ihres großen Damensalons und Zukunft von Ihnen. Ich habe Ihre Reaktion gesehen, als Ihnen mein ehrwürdiger Sohn seinen ebenfalls ehrwürdigen Vorschlag gemacht hat. Denken Sie vor allem daran, dass letzte Entscheidung bei Ihnen liegt: Sie können ja sagen, Sie können nein sagen, und Sie können Antwort auch schuldig bleiben. Wir werden jede Option verstehen, und keine wird an unserem großen Respekt und an unserer Zuneigung für Sie etwas ändern. Meiner bescheidenen Meinung nach ist Entscheidung nicht schwierig, aber schmerzhaft. Zeiten verändern sich und wir nicht. Da liegt Hase in Pfeffer.»

Da bei der Beschwörung dieser heiter-tiefsinnigen Betrachtungen der Fäkalsprudel etwas nachgelassen hatte, floss das Wasser auf die Straße zurück, und parallel dazu verflogen meine Konsternation und meine Wut, und in meinem Gemüt verblieb ein morastiges Substrat von Müdigkeit. Als er meine Ermattung bemerkte, setzte Großvater Lin seine Tirade fort:

«Seit erstem Tag unseres gegenseitigen Kennenlernens in Laden habe ich gemerkt, dass Sie und meine bescheidene Person Zwillingsgeister sind wie Konstellation Fix und Foxi an unserem Firmament. Mein ehrenwerter Sohn sowie meine ehrenwerte Schwiegertochter gehören einer anderen Generation an. Und zwischen ihnen und kleinem Quim ist Unterschied abgrundtief. Sind wir anders? Nein. Menschliche Natur neigt zu Dickwerden, verändert sich aber nicht. Mehr Kohlenhydrate, gleiche Gene. Gleicher Ehrgeiz, gleiche Ängste, gleiche Träume. Was ist Unterschied? Nur Erziehung. Als ich auf Landschule ging, lernten wir Liste ruhmreicher Dynastien auswendig. Ich habe fast alles vergessen, aber Liste kann ich immer noch herunterbeten: Xia, Shang, Zhou, Qin, Han, Jin, Sui, Tang, Song, Yuan, Ming, Qing, um nicht auf die Varianten einzutreten. Was bleibt von diesem Unterricht? Fast nichts. Und von diesen ruhmreichen Dynastien? Noch weniger. Alles hat seine Zeit, alles geht vorüber. Auf Sommer folgt Winter. In Barcelona nicht, aber auch Ausnahmen haben ihre Regel.»

Er seufzte, machte eine tiefe Pause und fuhr dann fort, den Blick im Leeren verloren, als führte er ein Gespräch mit seinen Vorfahren:

«Man hat uns gesagt: Nichts ist größer als Kaiser, denn Kaiser ist Sohn von Himmel. Da sie Leier so oft hörten, dachten einige: Es wird wohl stimmen. Andere dachten: Es wird eine Lüge sein. Wegen dieser Schlussfolgerungen kam Krieg. Dann langer Marsch und Rotes Buch. Sie sehen ja, wo uns das hingeführt hat. Dass wir uns den modernen Zeiten angepasst haben. Jahrhundertelang hatten wir Fremdherrschaft und hungerten uns Arsch ab. Jetzt haben wir Lektion gelernt, haben Chance genutzt und sind Herren von halber Welt geworden. War Sieg von Realismus über Phantasien, von Bescheidenheit über Arroganz. Westen ist in Krise, und Grund von Krise ist kein anderer als Arroganz. Schauen Sie Europa an. Aus Arroganz wollte es nicht mehr Einheit von miteinander in Krieg liegenden Provinzen sein, sondern großes Reich werden. Wechselte nationale Währungen in Euro, und da haben Dekadenz und Niedergang begonnen. Westler sind schlechte Mathematiker. Gute Juristen, gute Philosophen, logische Mentalität. Aber Zahlen sind nicht logisch. Logik ist moralischen Kriterien unterworfen: gut, schlecht, mittelmäßig. Zahlen dagegen sind nur Zahlen. Jetzt wissen Europäer nicht, wie viel Geld sie auf Bank haben oder wie viel Sachen kosten. Geben einfach aus, kommen in Schwierigkeiten und verlangen Kredit bei Caixa. Wir dagegen sind nicht logisch. Unsere Philosophie und unsere Gesetze haben weder Kopf noch Fuß. Nur Mandarine haben Gesetze verstanden, und es gibt keine Mandarine mehr. Und doch sind Zahlen unsere Spezialität, vielleicht weil wir so zahlreich sind.»

Ich nutzte eine kleine Atemschwäche des sentenziösen Alten, um eine Frage zur Sache zu stellen.

«Heißt das alles, dass ich Ihrer Meinung nach den Vorschlag Ihres Sohnes annehmen soll?»

Er wandte seine Schlitzaugen von der Decke ab, richtete sie auf mich und hob zweifelnd seine sehnigen Hände.

«Wenn ich Antwort hätte, hätte ich nicht diesen Sermon gehalten. Sie und ich sind, wie ich vorhin sagte, aus gleichem Holz geschnitzt. Wir sind große Philosophen, schlechte Geschäftsleute. Zu viele Fragen. Im Gegensatz zu meinem Sohn, großer Geschäftsmann. Auch großer Idiot. Vielleicht blendet mich Vaterliebe. An seinem Vorschlag ist alles ehrwürdig und unter kaufmännischem Gesichtspunkt richtig. Aber Problem ist anderes.»

Es war sinnlos weiterzuschrubben. Bald würde die Hitze den flüssigen Teil vom Boden wegdampfen, und dann wäre es leichter, den festen Teil zu beseitigen. Also ließ ich Eimer und Schüssel stehen und schickte mich an, geduldig den Ausführungen Großvater Lins zu folgen, der, erfreut über meine Bereitschaft, einen langen Fingernagel auf mich richtete und sagte:

«Antworten Sie mir mit Ihrer großen Intelligenz: Was ist der Unterschied zwischen einer echten, auf zwei Millionen Euro veranschlagten Porzellanvase aus Ming-Dynastie und perfekter Plastikimitation in Sonderangebot für 11,49 Euro? Haargenau keiner. Von weitem gesehen, sind beide gleich, und aus Nähe besehen, dient weder eine noch andere zu irgendwas. Einziger Unterschied ist der: Plastik-Ming-Vase hat nur Sinn, weil es echte Porzellan-Ming-Vase gibt. Im 15. Jahrhundert Ihrer Zeitrechnung war Porzellanvase Privileg von Ming-Kaiser und Abglanz seines Ruhms, so wie Kaiser Abglanz von Ruhm von Himmel war. Aber heute ist Himmel nur Materie und Antimaterie, gelenkt von Chaostheorie. Aber da Leute niemals Liste von Dynastien lernten und nicht einmal wissen, dass es bis vor kurzem Kaiser gab, glaubt einer, der Vase für 11,49 Euro kauft, er kauft Teil von Himmel, den er vorher nie für seinen halten konnte. Er weiß nicht, dass er Imitation von Imitation von Himmel kauft, den es nicht gibt. Oder er weiß, dass er Imitation kauft, aber es ist ihm egal, und er kauft Vase so oder so, weil sie billig ist. Sie verstehen mich, nicht wahr?»

Er ließ mir keine Zeit für eine Antwort, und ich hätte auch keine gewusst. Er sammelte sich einen Sekundenbruchteil lang und fügte dann hinzu:

«Aus eben dargelegtem Grund gehen einige Leute zu Swami in Yogazentrum. Ja, ich konnte nicht vermeiden, Gespräch von Ihnen mit klasse Puppe mit anzuhören. Und ich konnte es nicht vermeiden, weil ich ganze Zeit in Verborgenem zugehört habe. Uns Alte und Dummköpfe interessiert Leben von anderen. Mehr als eigenes, ist ganz natürlich. Ich kenne Geschichte, die Sie am Laufen haben. Vorher haben Sie mich gefragt, ob Sie Vorschlag meines ehrenwerten Sohnes annehmen sollen oder nicht. Jetzt antworte ich Ihnen: Geben Sie großen Damensalon auf, vergessen Sie Fall. Und behalten Sie Frau. Sie hat recht: Lassen Sie bescheidenen

Swami in Frieden, und hören Sie sich ihren Vorschlag an. Auch sie hat nämlich Vorschlag für Sie, obwohl Sie es nicht merken und sie vielleicht auch nicht. Darum ist sie mehrmals gekommen. Sie wären glücklich, und mit Puppe wie dieser wäre Restaurant Bombenerfolg, und wir könnten sogar General Tat um Subvention bitten.»

Endlich schwieg er, und nach der ganzen Anstrengung und unter der Last seines Alters schlief er ein. Nach einer angemessenen Zeit weckte ich ihn. Er wusste nicht, wo er war, und vermutlich auch nicht mehr, was er zuvor gesagt hatte. Schrittchen um Schritt gingen wir zu zweit zum Eingang des Warenhauses, wo ich ihn sich selbst überließ, nachdem ich mich für den Schirm und das Kleid bedankt hatte, das ich zum Entzücken der Nachbarschaft noch immer trug, und ging zum Salon zurück, um endlich den Boden fertig zu säubern – falls eine Kundin käme, sollte sie sich nicht in diesem Saustall wiederfinden.

Es kam keine Kundin, aber den Salon wieder auf Vordermann zu bringen beschäftigte mich bis Ladenschluss. Als ich ging, verrammelte ich die Tür, so gut ich nur konnte, um erneutem Hochwasser vorzubeugen, und machte mich auf zum Restaurant *Hund zu verkaufen*. Der Himmel war weiterhin bedeckt und die Hitze mit einem Feuchtigkeitszusatz zurückgekehrt, der die Luft stickig und die Transpiration üppig machte. Das Straßenpflaster war glitschig, und das Licht der Laternen bahnte sich einen Weg durch einen gelblichen Schleier. Aus diesen Gründen und nach der Schufterei der vorangegangenen Stunden gelangte ich völlig erschöpft an meinem Ziel an, und die Kleider klebten mir am Leib oder umgekehrt. Im Restaurant waren schon alle versammelt, und sie sahen noch elender aus als ich. Der Wolkenbruch hatte den Dandy Morgan und den

Juli vollkommen durchnässt und ihre raffinierten Make-ups zerfließen lassen, so dass ihre Gesichter jetzt wie Archipele aussahen. Der leichter geschürzten Moski war es nicht besser ergangen. Als der Regenguss einsetzte, hatte sie das Kleid ausgezogen, um ihr Instrument einzuwickeln und so vor dem Wasser zu schützen, und im Unterrock im Eingang eines Mietshauses Zuflucht gesucht, wo sie der Pförtner barsch hinausgeworfen und ihr mit der Polizei gedroht hatte, falls es ihr in den Sinn komme, ihr Balg hier auszusetzen. Mit vergleichbarem Ergebnis war sie in mehrere Läden getreten, bis sie in einem überfüllten Internetcafé Unterschlupf gefunden hatte, wo Pakistaner ihren Landsleuten das Gewitter live übertrugen. Als Einziger heil davongekommen zu sein schien der dürre Bursche mit der dunklen Haut, dem wirren Haar, dem traurigen Blick und dem stets geöffneten Mund, den mir die Moski als den von ihr angeheuerten Pizzaboten vorstellte. Er hieß Mahnelik und kam aus einer Region des Subkontinents, deren Namen sich nicht aussprechen ließ.

«Freunde und Genossen», hob ich an, «am heutigen Tag sind Dinge vorgefallen, die zwar nicht direkt mit unserem Fall zu tun haben, jedoch für mich entscheidend sind und daher aufgrund dieser auch für jenen. Welches jene sind, tut nichts zur Sache. Jedoch sehr wohl, dass ich ihretwegen, das heißt, wegen dieser und jener, die Dinge durch ein neues Prisma sehe, so dass ich nach langem Nachdenken beschlossen habe, die Ermittlungen einzustellen.»

Es dauerte ein wenig, bis sie die Bedeutung, die Tragweite und vielleicht auch die Syntax meiner Ankündigung begriffen, und als es so weit war, waren sie verblüfft. Ich fühlte mich verpflichtet, ihnen zusätzliche Erklärungen zu geben, und tat es mit folgenden Worten:

«Seit mehreren Tagen investieren wir Zeit, Energie und, in meinem speziellen Fall, Geld, um ein Geheimnis aufzuklären, das uns letzten Endes wenig angeht. Das sind in der heutigen Zeit Flausen, die wir uns gar nicht leisten können. Wir haben nichts erreicht, und bei mir ist das Geld flöten, die Freude futsch und die Lust den Bach runter. Zum Glück stehe ich kurz vor Abschluss eines Handelsabkommens, ja, man könnte sagen eines Unternehmenszusammenschlusses, aus dem ich Gewinn in Form einer Kommission zu erzielen hoffe. Kurzum, wenn ihr Geduld habt, zahle ich euch bis auf den letzten Euro aus.»

Niemand sagte etwas. Die Mitteilung hatte sie überrumpelt, und die Ankündigung der Stundung hatte ihnen einen ordentlichen Dämpfer versetzt, wie ich ihren hin und her huschenden Blicken entnehmen konnte. Schließlich brach der Juli mit einem asthmatischen Hüsteln und einem zaghaften Protest das Schweigen.

«Aber ich …», stotterte er, «aber ich …»

Ermutigt durch die so bei seinen Kollegen geweckte Erwartung, strengte er sich an und sagte endlich in klagendem Ton:

«Aber ich habe den Swami wieder gesehen!»

«Mag ja sein», sagte ich, «aber was geht mich das an?»

«Du hast mich nicht verstanden», insistierte der Juli. «Ich meine den anderen Swami, den mit dem Bart, den habe ich wieder gesehen. Und ich sage mir, wenn wir jetzt die Ermittlungen aufgeben, werden wir nie erfahren, wer es ist und was er im Yogazentrum treibt.»

Letzteres war ebenso an mich gerichtet wie an die anderen, die seine Überlegung mit zustimmendem Gemurmel aufnahmen.

«Der Juli hat recht», sagte die Moski. «Da ist noch zu vieles unklar. Und was sagst du dem Typen mit den Fotos? Heute Morgen hast du gesagt, du hast ihn herbestellt, und er muss jeden Augenblick kommen.»

«Heute Morgen war heute Morgen, und jetzt ist jetzt», entgegnete ich. «Ich habe es euch schon gesagt: Es hat sich alles radikal und irreversibel geändert. Und wenn der mit den Fotos kommt, werde ich ihm sagen, er soll dahin gehen, wo der Pfeffer wächst, punctum.»

Der Dandy Morgan ließ seine ernste, müde Stimme hören.

«Und du?», fragte er. «Mit welcher Befugnis triffst du Entscheidungen, die uns alle angehen, ja, in die wir verwickelt sind?»

«Komische Frage!», sagte ich. «Ich habe euch angestellt. Ihr arbeitet für mich.»

«Aha! Aber wenn du nicht zahlst, befiehlst du auch nicht mehr», sagte der Dandy Morgan triumphierend.

Angezogen vom steigenden Lärmpegel der Diskussion, war Señor Armengol aus der Küche gekommen und fragte nach dem Grund für letztere. Um seine Neugier zu befriedigen, begannen alle durcheinanderzureden, sogar der Pizzatrottel. Schließlich rief die Moski:

«Ruhe! Bei diesem Geschrei versteht man ja sein eigenes Wort nicht mehr! Ich schlage vor, zur Organisation und Methodologie der alten Zellenversammlungen zurückzukehren. Wir werden der Reihe nach zu Wort kommen, und Señor Armengol wird alles protokollieren. Wenn niemand dagegen stimmt, hat nach dem Anciennitätsprinzip Genosse Bielski das Wort.»

Aller Blicke trafen sich auf dem Genannten, und ein respektvolles Schweigen trat ein, auf das dieser Blödmann mit Gebärden geheuchelter Bescheidenheit reagierte. Dann sagte er zu mir gewandt:

«Da siehst du, was der einhellige Wille ist, frei geäußert. Die Botschaft ist klar: Die Leute weigern sich aufzugeben. Nimm es ihnen nicht übel. Das hat nichts mit Disziplinlosigkeit zu tun. Und noch weniger mit Eigeninteresse. Aus alledem werden wir wenig Nutzen ziehen, und wenn wir dabeibleiben, bezahlt jemand die Hartnäckigkeit wahrscheinlich sogar mit einem gebrochenen Knochen. Unsere Abenteuer enden immer so.»

Das allgemeine Gemurmel bekräftigte diese Einleitung, und der Redner, dadurch ermutigt, setzte eitel seinen Vortrag fort.

«Wenn wir den Bettel nicht hinschmeißen mögen, dann aus einem anderen Grund. Teils aus Ehrgefühl. Teils aus intellektueller Neugier. Vor allem aber, weil wir keine Söldner sind, nicht einmal Profis. Wir sind Künstler. Unsere Tätigkeiten stehen am Rande von Konjunkturen und Tendenzen, und wir geben uns unserer Arbeit hin, ohne Opfer, Stunden und Mühen zu scheuen, ohne uns von Hitze, Kälte und Regen einschüchtern zu lassen, selbst wenn es die Sintflut ist wie heute Nachmittag, denn wenn wir nicht so handelten, würden wir nicht nur unsere Arbeit verraten, sondern würden uns auch unserer moralischen, sozialen und ethischen Verantwortung entziehen. Wir arbeiten, weil die Welt uns braucht. Was würde aus der Welt ohne Künstler? Was würde aus Barcelona ohne seine lebenden Statuen?»

«Gut gebrüllt, Löwe!», rief der Juli, der nicht mehr an sich halten konnte.

Die Moski rief zur Ordnung. Mit offensichtlicher Rührung kam der Pizzabote zu Wort:

«Ich bin neu in diesem Milieu, aber ich bitte Sie, mich nicht auszuschließen. Eine zerrüttete Familie, eine geringe oder gar keine Ausbildung und andere widrige Umstände haben mich dazu getrieben, einen ehrlichen Beruf zu ergreifen. Aber von meinem Denken und Wünschen her bin ich immer ein Windbeutel und ein Parasit wie Sie gewesen. Geben Sie mir eine Chance!»

Die Anwesenden brachen in Hochrufe aus, und der Juli tätschelte ihm liebevoll die Schulter.

«Nach all den Wortmeldungen», sagte der Dandy Morgan, «ist die Schlussfolgerung klar: Wir werden weitermachen wie bisher. Wenn du uns nicht bezahlen kannst, wirst du uns später bezahlen. An meinem neuen Standort wird man nicht reich, aber ab und zu fällt mal ein Euro ab. Und bei den anderen ebenso.»

«Und ich?», sagte Señor Armengol. «Ich muss den Rohstoff kaufen, die Miete fürs Lokal bezahlen, Gas und Strom, die Steuern …»

«Das wirst du weiterzahlen, ob wir kommen oder nicht», herrschte ihn der Dandy Morgan an.

«Und wegen dem Essen gibt's keinen Grund zur Sorge», sagte der Pizzabote euphorisch. «Jetzt zum Beispiel habe ich mehrere Pizzas auf dem Motorrad. Sie sind wahrscheinlich ein wenig kalt, aber man kann sie in der Mikrowelle aufwärmen. Und meinetwegen machen Sie sich keine Gedanken. Bei dem Durcheinander, das wir in der Zustellung haben, werden sie bis zum Ende des Monats nichts merken.»

Dem Wort ließ er die Tat folgen, stand auf und ging unter stürmischen Ovationen hinaus.

«Ich habe den Eindruck», sagte die Moski, offensichtlich gerührt von der Ansprache des vermeintlichen Genossen Bielski und der Reaktion ihres Schützlings, «es wird sehr bald etwas Wichtiges geschehen. Bis jetzt haben wir korrekt, aber routiniert gearbeitet, aber von heute Abend an werden wir alle Herzen ausspielen.»

Sie hatte noch nicht ausgeredet, als der Pizzabote mit zwei großen quadratischen, berauschend duftenden Schachteln zurückkam. Er deponierte sie auf dem Tisch und sagte zu mir:

«Vorm Eingang steht einer, der nach Ihnen fragt.»

«Ach ja, das muss der Kellner mit den Fotos sein. Dumm ist nur, dass ich ihm Geld für die Ware versprochen habe und keinen Cent habe.»

«Wen kümmert's», sagte der Dandy Morgan, «wir werden eine Kollekte machen. Und wenn wir's nicht zusammenkriegen, nehmen wir uns die Fotos mit Gewalt und geben ihm eine Tracht Prügel.»

«Okay», sagte ich. Und zum Pizzaboten: «Er soll reinkommen.»

11

MORD

Die durch die Ansprache des Dandy Morgan ausgelöste Begeisterung, um nicht zu sagen Ekstase, der selbstlose Beschluss der anderen, das Erscheinen einiger Pizzas von respektablem Durchmesser und das angekündigte Eintreffen der Person, die mir eine höchst wertvolle Information bringen sollte, das alles zerbröselte mir für einen Augenblick in Enttäuschung, als ich sah, dass nicht Juan Nepomuceno ins Restaurant gestürzt kam, sondern Quesito. Da niemand außer mir sie kannte und sie niemanden außer mir kannte, hatte ihr Auftauchen allgemeine Verwirrung zur Folge, zu der bei ihr noch die Überraschung und das Misstrauen kamen, als sie den schwer in einen Zusammenhang zu bringenden Haufen rund um den Tisch erblickte. Ich zerstreute die Konfusion der einen und der anderen mit den entsprechenden Vorstellungen und Erklärungen und fragte Quesito nach dem Grund ihres Kommens, zumal ich mich nicht erinnern konnte, ihr die Adresse des Restaurants gegeben zu haben.

«Vor einer Weile», antwortete sie, «hat mich ein Herr angerufen, der sich als Juan Nepomuceno ausgab. Er habe ein Foto bringen sollen, was ihm, mit seinen eigenen Worten, nicht möglich sei, da ihm in letzter Minute etwas dazwischengekommen sei. Dann sagte er mir, wo und wann das Treffen habe stattfinden sollen, und bat mich, die Botschaft zu überbringen, und darum bin ich gekommen.»

«Nanu», rief ich. «Und hat er nicht gesagt, dass er den Zwischenfall demnächst zu klären gedenkt? Hat er die Warenübergabe nicht für die unmittelbare Zukunft avisiert?»

«Nein. Er hat nur gesagt, was ich wortwörtlich wiederholt habe. Das da sind zwei Pizzas, nicht wahr?»

Ich bejahte und fragte sie, ob sie zu Abend gegessen habe. Sie hatte nicht zu Abend gegessen, und ihre Mutter war ins Kino gegangen, so dass sie mit Freuden bei uns blieb. Señor Armengol brachte einen Stuhl, einen Teller und eine Papierserviette, und sie fragte ihn ganz unverfroren, ob es auf der Speisekarte Eis gebe, was Señor Armengol, da er um unsere Finanzlage wusste, mit einem Schnauben beantwortete.

Das Essen verlief in freundlicher und entspannter Atmosphäre. Quesito hatte noch nie eine lebende Statue und auch keinen Straßenmusikanten persönlich kennengelernt und erkundigte sich nach sämtlichen Aspekten dieser verdienstvollen Betätigungen. Gern befriedigten alle ihre Neugier, und auch der Pizzabote erzählte zwischen anderen Berufsanekdoten, wie sein Motorrad einmal ins Schleudern geraten sei und er sich die Nase gebrochen habe, was keine weiteren praktischen Folgen nach sich gezogen habe, da das Blut dieselbe Farbe wie die Tomatensoße der Pizza gehabt habe, so dass er die ganze Ware habe zustellen können, ehe er ins Krankenhaus gegangen sei.

Doch ich, der ich mich beim Essen aus dem Gespräch herausgehalten und nur beobachtet und nachgedacht hatte, stellte fest, dass die anfängliche Euphorie der Resignation Platz gemacht hatte, als ob sie nach ihrer wichtigen Entscheidung nun begriffen, dass sie die Grenzen ihrer Möglichkeiten überschritten und einem flüchtigen, unbedeutenden Traum nachgehangen hatten. Angesichts dessen ergriff ich nach der Mahlzeit inklusive Eis, das Señor Armengol, nachdem er sich der Gruppe angeschlossen und mitgemampft hatte, freundlicherweise beigesteuert und mit den Worten begleitet hatte, das Eis der angesehenen Marke Räagen-Wurm sei besser als das bekannterer Marken, welche große Summen in Werbung und Glanzverpackungen steckten, ganz im Gegensatz zur Marke Räagen-Wurm, die das Eis in Zeitungspapier verpacke und niemals in einem Medium für sich geworben habe, unerwartet das Wort.

«Wir sollten uns in Grund und Boden schämen», begann ich, um die Anwesenden auf mich aufmerksam zu machen, da sie in verschiedene laute Gespräche vertieft waren. «Noch vor einer Weile waren wir ein Bataillon Marines, doch sobald zwei Pizzas und etwas Eis auftauchen, sind wir sogleich eine wahre Schweineherde. Wir denken nur ans Essen und Trinken und danach ans Schlafen. Was ist, so frage ich mich, aus diesen beherzten Vorsätzen geworden?»

Alle blickten zuerst mich und dann, sowie sie den Sinn des Vorwurfs erfasst hatten, den Dandy Morgan an, der, stillschweigend zum Gruppensprecher erkoren, sagte:

«Was sollen wir denn sonst tun? Der Typ mit den Fotos hat uns sitzenlassen. Wir können nur auf morgen warten, vielleicht kommt er ja dann.»

«Morgen ist es zu spät», antwortete ich. «Man tut etwas, oder man tut es nicht. Alles andere sind Ausreden. Am Anfang des Treffens hat uns der Juli mitgeteilt, er habe den Swami mit dem Bart wieder gesehen. Dann sind wir abgeschweift, sicherlich durch meine Schuld, aber jetzt müssen wir auf dieses Rätsel zurückkommen und es zu lösen versuchen. Dafür will ich noch heute Abend ins

Yogazentrum eindringen und herausfinden, was da vor sich geht.»

Während ich sprach, fragte ich mich, ob mein Vorschlag dem aufrichtigen Wunsch entsprang, die Identität des geheimnisvollen Mannes kennenzulernen, oder eher dem Wunsch, die seit dem verunglückten Beginn des Abends etwas angeschlagene Führungsrolle wieder zu übernehmen. Aber da ich in den Gesichtern meiner Zuhörer die von meinem Vorschlag hervorgerufene Bewunderung sah, hielt ich ihrem Blick und der Herausforderung stand.

«Zu dieser Zeit wird niemand im Zentrum sein», sagte der Juli, der sich für das Unterthema Swami zuständig fühlte. «Man wird die Tür aufbrechen müssen.»

«Oder mit einem kräftigen Tritt aus den Angeln sprengen», sagte die Moski, «wie zu Zeiten des Genossen Beria.»

«Und wenn doch jemand da ist?», meinte der Juli. «Zum Beispiel mein Swami.»

«Dann überwältigen wir ihn mit Karateschlägen», sagte der Pizzabote.

Der Dandy Morgan bat ums Wort.

«Ich in meinem Alter und in dieser Aufmachung fühle mich dazu nicht befähigt», sagte er mit hauchdünner Stimme. «Sollte ich über die Dächer fliehen müssen, verfolgt von ein paar Ninjas …»

«Und ich», fügte der Juli hinzu, «bin nicht sehr behände, und nachts sehe ich rein gar nichts. Außerdem, falls man uns schnappt, ich habe keine Aufenthaltserlaubnis.»

«Ich mache mit», sagte die Moski. «Ich habe eine Bewilligung für befristete Erwerbstätigkeit. Kann ich das Akkordeon im Restaurant lassen?»

Señor Armengol winkte ab: Das Haus übernehme keine Verantwortung für in der Garderobe deponierte Artikel, und überdies wolle er sich der Expedition anschließen. Am Ende sah ich mich genötigt, die Gemüter zu beruhigen.

«Dies ist kein Picknick», sagte ich. «Wie der Juli sehr richtig sagt, wissen wir nicht, wer oder was sich unter der scheinbar harmlosen Oberfläche des Zentrums verbirgt. Es wäre unklug und schädlich, wenn der ganze Haufen hinginge. Ich werde allein gehen mit einem Freiwilligen, der Wache steht, während ich meine Nachforschungen anstelle. Die Moski darf mich begleiten. Die anderen können schlafen gehen. Morgen werde ich euch berichten, was sich ergeben hat.»

Der Vorschlag wurde erleichtert aufgenommen. Die Moski stand auf, ergriff das Akkordeon, und wir gingen zur Tür. Vor dem Hinausgehen fragte ich, ob jemand eine Taschenlampe habe. Da das nicht der Fall war, bat ich Señor Armengol um eine Schachtel Streichhölzer, unerlässlich für nächtliche Nachforschungen, und wir brachen auf. Draußen gesellte sich Quesito zu uns.

«Lassen Sie mich mitgehen», sagte sie. «Ich bin gut im Schlösserknacken.»

Das stimmte, und die Umstände ließen es nicht ratsam erscheinen, eine Fähigkeit wie diese zu verschmähen. Nicht ohne Zaudern und Gewissensbisse erlaubte ich ihr, uns zu begleiten, aber nur bis zur Tür. Während wir uns darüber unterhielten, kam der Pizzabote heraus.

«Das lasse ich mir nicht entgehen», sagte er. «Ich habe ein Motorrad, und in der Kiste können wir die Beute transportieren.»

«Im Moment kannst du das Akkordeon mit dem Motorrad mitnehmen», sagte ich.

Zügigen Schrittes die Fußgänger und nach eigenem Gutdünken der Motorradfahrer, gelangten wir in die Nähe des Yogazentrums, als es zu tröpfeln begann. Geschützt unter einem Balkon stehend, bat Quesito die Moski um eine Haarnadel, bog sie gerade, krümmte eine Spitze und öffnete dann mit diesem Ding problemlos die Eingangstür – zur Verwunderung von Mahnelik und zum Stolz der Moski, die ich murmeln hörte: «Das ist mein Mädchen!»

Als wir ins Haus traten, setzte gerade ein neuer Regenguss ein. Das Wasser trommelte auf das Oberlicht und hallte im Treppenhaus wider. Ich hieß die Moski Wache stehen und uns benachrichtigen, wenn jemand Verdächtiges hereinkäme, und stieg mit den anderen in den dritten Stock hinauf, zuerst im Licht von der Straße, danach im Dunkeln. Bei der Tür des Zentrums klopfte ich sacht an: zwei etwas getrennte Pocher und dann drei kurz hintereinander. Sollte drinnen eine konspirative Zusammenkunft stattfinden, so würde auf diese fingierte Losung jemand reagieren, und sei es aus reiner Neugier. Wir warteten einige Sekunden auf dem entgegengesetzten Ende des Treppenabsatzes im Schutz der Dunkelheit, und da auf das Klopfen hin niemand erschien, ließ ich die Quesito wirken. Zum Öffnen der Wohnungstür brauchte sie etwas länger. Der Luftzug blies die Streichhölzer aus, und als sie endlich Erfolg hatte, blieb nur noch eines übrig.

Ich schob die Tür einen Spaltbreit auf und spähte hinein: Dunkelheit und Stille flößten relatives Vertrauen ein. Äußerst behutsam trat ich auf Zehenspitzen ein und schloss die Tür wieder, damit sie keinem Nachbarn oder Besucher auffiele, der gerade vorbeiginge, obwohl mich in dieser Hinsicht das Gewitter beruhigte – nur ein Idiot oder ein Notleidender würde in einer solchen Regennacht seine vier Wände verlassen.

Abgesehen von vereinzelten Blitzen herrschte im Yogazentrum Halbdunkel. Das Licht war energiebewusst ausgeknipst und die Jalousien heruntergelassen worden. Trotzdem sickerte die Lichtverschmutzung der Straßenbeleuchtung durch Ritzen und Spalten, so dass man die Einrichtung und die Lage der Gegenstände erkennen konnte. Mit dieser Hilfe und der Erinnerung an meinen ersten Besuch ging ich kurz durch die Wohnung und zog daraus den falschen Schluss, dass außer mir niemand hier war. Dadurch ermutigt, knipste ich nach und nach alle Lampen an und nahm eine systematischere Untersuchung der meiner Meinung nach interessanten Punkte vor.

Die Empfangsdame benutzte einen Computer. Ich schaltete ihn nicht ein, da ich nicht gewusst hätte, wie ich an die Informationen hätte gelangen sollen, in der unwahrscheinlichen Annahme, ich hätte gewusst, wie ich ihn einschalten sollte. Ich begnügte mich damit, einen Terminplan mit Notizen zur Kundschaft durchzublättern.

Señora García schuldet acht Sitzungen.

Señor Formigós ist ein Dummkopf.

Señora Mínguez färbt sich die Schamhaare.

Die Liste erstreckte sich über mehrere Seiten. Für den Fall, dass die Notizen einem Geheimcode entsprachen, steckte ich die Agenda in die Gesäßtasche und setzte dann die Durchsuchung fort. Ein Raum, der etwas größer war als die anderen, war unmöbliert. Auf dem braunen Teppichboden waren marineblaue Wachstuchmatten verteilt. Da wurde also anscheinend der Yogaunterricht erteilt, worauf auch der Sandelholz-Schweiß-Geruch schließen ließ. In einem anderen Raum waren die verschiedensten Dinge versammelt: ein Fotokopiergerät, ein defekter Bürostuhl, mehrere Rollen Toilettenpapier, eine Kaffeemaschine samt den dazugehörenden Plastikbechern, ein verrosteter

Hometrainer und eine Tüte mit ein paar glutenfreien Keksen, die ich ebenfalls einsteckte, um sie beim Rausgehen zu essen.

Das Büro des Swami hatte ich mir eigens für den Schluss aufgehoben. Die Tür war nicht abgeschlossen, und auf den ersten Blick sah es nicht anders aus als bei meinem ersten Besuch. Im Bemühen, nicht über die Stühle zu stolpern, ging ich um den Schreibtisch herum und knipste das Licht an. Das Porträt des Mannes oder der Frau mit dem Elefantenkopf war zusammen mit der Lampe der einzige Gegenstand auf dem Tisch. Ich setzte mich auf den Stuhl des Swami, legte die Füße auf ein hartgepolstertes Sitzkissen und zog die oberste Schublade auf. Sie enthielt Rechnungen und weitere Papiere von ähnlicher Bedeutung. Ein Scheckheft erlaubte mir, den Kontostand zum ersten August zu sehen: 2.645,26 Euro. Das war keine aussagekräftige Zahl und betraf sicherlich die regelmäßigen Ausgaben der Firma. Bankdokumente sowie Wasser- und Stromrechnungen lauteten auf den Namen Pandit Shvimimshaumbad s.a.

Auch die zweite Schublade bot keine Überraschungen, außer einigen Fotos von Lavinia Torrada zu verschiedenen Zeiten und in unterschiedlichen Umgebungen. Eines davon, am Strand aufgenommen, zeigte sie in einem diskreten Bikini; die anderen waren nicht besonders aufschlussreich. Das Bikinifoto verwahrte ich bei den Keksen, dann aber bereute ich es und legte es in die Schublade zurück. Ganz offensichtlich würde die Durchsuchung nichts hergeben. Trotzdem beschloss ich, methodisch weiterzuarbeiten, und darein war ich vertieft, als mich ein leichtes Geräusch auffahren ließ, und die unerwartete Erscheinung einer menschlichen Silhouette im Türrahmen warf mich beinahe vom Stuhl. Von meinem Schrecken erholt, sah ich empört, dass es Quesito war. Halblaut beschimpfte ich sie.

«Hab ich dir nicht gesagt, du sollst unten auf mich warten? Hier einzudringen ist nicht nur gefährlich, sondern illegal. Hausfriedensbruch. Dafür könnte man dir sechs Jahre in einer Besserungsanstalt aufbrummen.»

«Ich bitte um Verzeihung», sagte sie. «Aber da Sie so lange weggeblieben sind, dachte ich, es könnte Ihnen etwas zugestoßen sein, und so bin ich heraufgekommen, um zu sehen ...»

Bei diesem Solidaritäts- und Mutbeweis verflog meine Verärgerung. Das verbesserte aber nicht unsere Lage und die Schwere unserer strafbaren Handlung. Ich schob die Schublade zu und sagte:

«Gehen wir. Man soll das Schicksal nicht herausfordern, und hier gibt's nichts von Interesse.»

«Und das da unterm Tisch, was ist das?», fragte sie. Ich schaute hin und erblickte einen Körper in Fötalstellung. Abgelenkt von den Schubladen, hatte ich nicht bemerkt, dass meine Füße nicht auf einem gepolsterten harten Sitzkissen, sondern auf einer gepolsterten harten Leiche ruhten.

«Das ist ein Toter, nicht wahr?», fragte sie mit leicht zitternder Stimme.

«So unterm Tisch und in dieser Haltung lässt sich nicht leicht eine Diagnose stellen», sagte ich, während ich Sitz und Schemel räumte und auf die andere Seite des Schreibtischs ging. «Vorerst holen wir ihn einmal da raus. Ich fasse ihn am einen Schuh, du am anderen, und auf drei ziehen wir.»

Quesito war alles andere als zimperlich und erfüllte den makabren Auftrag effizient und kaltblütig. Mit vereinten

Kräften konnten wir ihn aus seinem Pferch befreien und auf den Rücken legen – nicht ganz mühelos, denn der Unglückliche war ziemlich schwer und zwischen den Tischbeinen und der Schubladenhalterung so präzise eingekeilt, dass wir beim Ziehen zuerst die Schuhe und danach, als wir ihn an den Knöcheln fassten, die Socken in den Händen hielten. Die Lampe beschien die schlaffen Züge des Swami. Er war weder kalt, noch schien ihn die Totenstarre im Griff zu haben, doch seine Haut war ungesund wachsfarben, er atmete nicht und gab auch sonst kein Lebenszeichen von sich.

«Wir sollten Mund-zu-Mund-Beatmung machen», schlug Quesito vor. «Einmal ist ein Polizeibeamter in die Schule gekommen und hat es mit uns allen gemacht, wegen der Hilfeleistung auf der Straße. Soll ich's mal versuchen?»

Schaden konnte die Behandlung keinem der beiden, und so stimmte ich zu. Sie kniete neben der Leiche nieder, näherte ihr Gesicht dem des Swami, und bevor sie ihre Lippen auf die seinen drückte, rief sie:

«Er hat was im Mund!»

Ich kauerte mich neben ihr nieder, fasste ihn an Nase und Kinn, so dass der Ermordete die Kiefer öffnen musste. Vorsichtig zog Quesito eine mittelgroße Papierkugel heraus, die sich in ihrer entfalteten Form als Doppelseite der *Vanguardia* entpuppte, ganz von einer Werbung für den Sommerschlussverkauf des Warenhauses Corte Inglés eingenommen. Daran schien er erstickt zu sein, doch da keine Anzeichen von Gewalt festzustellen waren, musste die Aktion vom Opfer selbst ausgegangen sein. Als läse sie meine Gedanken, sagte Quesito:

«Vielleicht ist es Selbstmord. Einmal hat sich in der Schule ein Lehrer aus Protest gegen das Erziehungsmodell selbst verbrannt. Der Schulleiter hat die Gelegenheit genutzt, um uns den Krieg von Vietnam gegen Katalonien nahezubringen.»

«Ich sehe keine andere Erklärung, aber es ist merkwürdig, sich mit einer Corte-Inglés-Werbung umzubringen. Vielleicht hat er ein perverses Ritual durchgeführt.»

Quesito hatte den Swami noch einmal untersucht und unterbrach meine Mutmaßungen:

«Ich würde sagen, er beginnt wieder zu atmen.» Tatsächlich entfuhr dem von der Verstopfung befreiten Hals des Swami ein gurgelndes Röcheln. «Wir müssen einen Krankenwagen rufen.»

«Nein. Die Sanitäter würden die Polizei benachrichtigen. Das ist nicht das, was wir brauchen. Und wenn wir anrufen und abhauen, bevor die Ambulanz kommt, werden wir nie erfahren, was geschehen ist. Natürlich können wir auch nicht unendlich warten, bis es ihm passt, wieder zu sich zu kommen. Vielleicht liegt er im Koma. Und er ist zu schwer, um ihn gemeinsam wegzutragen. Ich weiß nicht, was wir tun sollen.»

Während ich Überlegungen anstellte, erschien wie vom Schicksal gerufen Mahnelik mit einer Pizzaschachtel. Ebenfalls beunruhigt wegen unseres langen Ausbleibens, war er heraufgekommen, um nachzusehen, ob alles in Ordnung sei. Ich bedankte mich dafür, und er zuckte die Achseln.

«Sie sind mir scheißegal», sagte er, «aber das Mädchen ist klasse. Zudem bin ich mit der Pizzaschachtel vor jeder Eventualität geschützt – wenn sie mich schnappen, sage ich, ich mache eine Delivery. Und diese Leiche?»

«Niemand, den du kennst. Halt den Schnabel und hilf uns», sagte ich kurz angebunden.

Zu dritt packten wir den Swami. Mahnelik war nervös, weil er sich vorübergehend von seiner Schachtel hatte trennen müssen und sich ungeschützt fühlte. Bevor wir das Zentrum verließen, öffnete ich die Tür, spähte hinaus, und aus der Stille und der Dunkelheit schloss ich, dass die Luft rein war. Wir gingen auf den Treppenabsatz hinaus. Hinter uns warf der Luftzug die Tür zu. Wieder aufzumachen, um das Licht auszuknipsen, die Pizzaschachtel zu holen und überhaupt die Spuren unserer Anwesenheit zu tilgen, hätte zu lange gedauert und wäre riskant gewesen. Und unmöglich dazu, denn auf einmal machte jemand im Treppenhaus das Licht an. Wir blieben reglos stehen und hielten den Atem an. Nichts von unserer Anwesenheit ahnend, stieg müden Schrittes und schwer atmend der lange Schatten eines korpulenten Mannes mit langem Bart und langen Haaren herauf, in der Hand etwas, was wie eine schreckliche Waffe aussah, vielleicht ein tödlicher Kris, vielleicht auch nur ein Schirm.

«Verdammter Mist!», presste ich heraus. «Das ist ja ein regelrechtes Swamidefilee. Schnell, einen Stock höher!»

Wir stiegen so rasch hinauf, wie es uns die Leiche erlaubte. Auf dem Absatz des vierten Stocks blieben wir keuchend stehen. Dort hörten wir, wie sich die Tür des Yogazentrums öffnete und wieder schloss. Sofort stürzten wir treppab, schlichen an der Tür des Yogazentrums vorbei und setzten unsere Flucht fort, ohne auch nur einmal stehenzubleiben. Als wir im zweiten Stock angelangt waren, ging die Tür des Zentrums wieder auf, und eine Stentorstimme rief:

«Halt! Diebe! Entführer!»

Sosehr wir auch liefen, es war weder leicht noch effizient, die Bewegungen von vier Personen zu koordinieren, vor allem, wenn eine davon leblos war und von den anderen drei getragen werden musste: Bald stolperte einer, bald prallte der Kopf des Swami an die Stangen des Treppengeländers, bald blieben wir stecken, wenn wir in dem engen Treppenhaus die Wende zu nehmen versuchten. Die Verfolgung hätte bald ein böses Ende genommen, wenn nicht plötzlich das laute Akkordeon der Moski in die relative Stille der Nacht gedrungen wäre. Alarmiert durch die ersten Takte der vermeintlichen *Internationale*, traten mehrere Nachbarn in ihre Wohnungstür, samt und sonders nicht immer der Mode, Eleganz und Schicklichkeit entsprechend für die Nacht gewandet. Angesichts dieses Auflaufs wich unser Verfolger zurück, zweifellos weil er nicht gesehen werden wollte, und so konnten wir uns im Hauseingang zur Moski gesellen, die weiter den Balg betätigte, und traten dann selbviert mit unserer Trophäe auf den Schultern auf die Straße hinaus.

Aber es regnete.

Unter diesen Umständen war es doppelt mühselig, einen Menschen in der Blüte seiner Entwicklung zu tragen. Nur Mahnelik, Quesito und ich konnten uns diese Arbeit teilen, denn die Moski hatte schon das Akkordeon, das sie zudem vor dem Regen schützen musste. Wäre der Swami zur Besinnung gekommen, so hätte er uns zwar von seinem Gewicht befreit, doch da er in der Hitze des Gefechts Schuhe und Socken verloren hatte, war sehr zu bezweifeln, ob er die Füße auf eine zum Sturzbach gewordene Straße hätte setzen wollen. Also schleppten wir ihn weiter, obwohl der Anblick von drei Personen, die um Mitternacht im strömenden Regen und in Gesellschaft einer Akkordeonistin den leblosen Körper einer vierten trugen, der Polizei oder einem schlichten Bürger hätte auffallen können, der diese benachrichtigen konnte. Und unsere Kräfte verließen uns zusehends. Glücklicherweise war der einzige Zeuge der ganzen Widrigkeiten ein Buckliger, der, den Kopf vor dem Regen mit einem Karton schützend, die Straße überquerte, direkt auf uns zukam und keuchend seinem schlechten Gewissen Ausdruck gab, weil er uns auf dem, wie er mit oder ohne Grund fand, in seine Zuständigkeit fallenden Gebiet im Stich gelassen hatte. Wenig körperliche Hilfe hatte uns der Juli anzubieten, dafür aber bescherte er uns eine wertvolle Information und einen vernünftigen Vorschlag.

«Ich habe grade den Peugeot 206 der von euch geschleppten Leiche an der Ecke dort stehen sehen. Ihm wird es nichts ausmachen, ihn uns auszuleihen. Türen öffnen und ein Auto kurzschließen ist zwar nicht mein Ding, aber wahrscheinlich hat der Tote ja die Schlüssel in irgendeiner Tasche.»

Die Vermutung traf zu, und in weniger als einer Minute saßen wir alle im Auto, ziemlich dicht aufeinander, aber unbehelligt vom Gewitter.

Wieder zuversichtlich, fragte ich, ob jemand von den Anwesenden fahren könne. Mahnelik sagte, er habe eine Ahnung davon, wollte uns aber nicht als Fahrer dienen – er musste sein Motorrad holen und vor ein Uhr zur Pizzeria zurückbringen, denn er durfte es nur während der Öffnungszeiten benutzen und war für seinen Zustand und korrekten Gebrauch verantwortlich. Wir billigten seine Gründe, und er verabschiedete sich mit der Versicherung, er habe einen sehr lehrreichen Abend verbracht, und dem Versprechen, wieder mit neuen und erlesenen Produkten im Restaurant zu erscheinen, wenn man ihm nicht kündige, und widrigenfalls eben ohne sie. Danach stieg er aus, ging zum Motorrad, sprang auf, startete den Motor, fuhr los und prallte sogleich gegen einen Baum. Wir hatten keine Zeit zu verlieren, so dass wir ihn und das Motorrad, beide übel zugerichtet, sich selbst überließen und losfuhren.

Müßig zu sagen, dass weder der Juli noch die Moski, noch ich in unserem ganzen Leben je ein Lenkrad in den Händen gehalten hatten, so dass wir das Fahren an Quesito delegieren mussten, die zwar bei weitem noch nicht im fahrtüchtigen Alter war, jedoch von Romulus dem Schönen Unterricht bekommen hatte. Entweder war dieser ungenügend oder sie keine fleißige Schülerin gewesen, denn mehrmals würgte sie den Motor ab, und wir verließen den Parkplatz erst, nachdem wir die Scheinwerfer zersplittert und die Stoßstangen des Wagens hinter und die des Wagens vor uns verbeult hatten, von unseren eigenen ganz zu schweigen. Doch das Beharren zeitigte Früchte, und schließlich fuhren wir mit hoher Geschwindigkeit im Zickzack durch eine glücklicherweise menschenleere Stadt. Der Juli, die Moski und ich schützten uns mit Händen und Füßen vor den plötzlichen Schwenkern, Vollbremsungen und Beschleunigungen, was uns nicht vor gelegentlichen Aufprallern bewahrte; doch der arme Swami, seinen nicht existierenden Kräften überlassen, wurde so sehr hin und her geworfen, steckte so viele Schläge ein, dass er, wäre er wieder bei Bewusstsein gewesen, es auf der Stelle von neuem verloren hätte.

Trotz allem gelangten wir wohlbehalten vor den Eingang des Damensalons. Mit gutem Grund hatte die Moski zunächst vorgeschlagen, den Swami zu mir nach Hause zu bringen, wo am besten für ihn hätte gesorgt werden können, doch dem widersetzte ich mich, zum einen, um den

Körper nicht wieder mehrere Treppen hinaufschleppen zu müssen, zum anderen, weil ich, auch wenn Existenz und Lage des Salons durchaus bekannt sein durften, ja ich sogar mit sämtlichen mir zur Verfügung stehenden Mitteln Werbung dafür betrieb, in allem, was mein Zuhause betraf, wie jeder berühmte Mensch mir immer die Intimität bewahren wollte, die nur die Anonymität gewährt.

* * *

Noch schweifte das Karma des Swami karmaspezifisch, als wir seine körperliche Hülle auf dem schmutzigen Boden des Salons deponierten. Es kostete mich einige Mühe, Quesito davon zu überzeugen, dass sie am besten nach Hause ging. Sie wollte sich den Ausgang des Abenteuers nicht entgehen lassen und auch nicht, was uns der Swami erzählen würde, sowie er zu sich käme, und die Vorstellung, ihre Mutter mit so langem Ausbleiben zu ängstigen, schien sie nicht zu beeindrucken. Zum Glück erschien ihr der Gedanke, hinsichtlich ihrer nächtlichen Streifzüge keinen Verdacht zu erwecken, romantischer, so dass sie einwilligte und ging, nicht ohne mir vorher als Vorsichtsmaßnahme die Schlüssel des Peugeot 206 übergeben zu haben. Inzwischen hatte der Regen nachgelassen, und nachdem ich sie zur Bushaltestelle begleitet und mit ihr auf den Nachtbus gewartet hatte, kam ich gerade rechtzeitig beim Körper des Swami an, um zu verhindern, dass ihm die Moski das Gesicht mit einem hochgiftigen Spray besprühte, der sich in großen Lettern als potenter Revitalisierer ankündigte. Als wir ihn frottierten und mit Leitungswasser besprengten, stellte sich die gewünschte Wirkung ein, und von der Pfarrkirche her schlug es zwei Uhr, als er die Augen öffnete, einige Schnarcher von sich gab und fragte, wo er sei, wie es in solchen Fällen zu geschehen pflegt. Bevor er eine Antwort erhielt, bemerkte er die Einrichtung und das Friseurwerkzeug um sich herum und stellte fest, dass er sich in einem Damensalon befand. Da er sich für gestorben hielt und die Schwelle zur Ewigkeit überschritten zu haben glaubte, musste ihm dieser Anblick des Jenseits, nachdem er sein Leben der Meditation über esoterische Geheimnisse gewidmet hatte, ziemlich enttäuschend erscheinen. Wir klärten ihn über seinen körperlichen Zustand auf, versicherten ihm, dass er sich in Sicherheit befinde, wenigstens für den Moment, erklärten ihm, wo und wie wir ihn gefunden hatten, und baten ihn, uns zu berichten, was passiert war. Während ich mit ihm sprach, sah uns der Swami an, bald die einen, bald die andere, und meine Worte zerstreuten sein Misstrauen nicht. Schließlich heftete er den Blick auf mein Gesicht, studierte es ausführlich im von der Straße hereindringenden Licht – wir hatten es für unklug gehalten, eine Lampe anzuknipsen, um nicht unsere Anwesenheit um diese Zeit zu verraten – und rief:

«Dieses Gesicht kenne ich! Sie sind der Inspektor, der vor einigen Tagen ins Zentrum gekommen ist. Und eben gestern habe ich Lavinia zum Friseur begleitet. Sie hat gesagt, sie wolle waschen und legen lassen. Ich musste eine ganze Weile warten, und dann kam sie genau so wieder heraus, wie sie hineingegangen war. Hum. Ich glaube, ich beginne klar zu sehen. Sagen Sie mir die Wahrheit, bin ich in eine Verschwörung verwickelt? Vielleicht in zwei? Täuschen Sie mich nicht, ich bin geistig darauf vorbereitet, die Wahrheit zu verkraften.»

Ich bestätigte seine Folgerungen, beruhigte ihn aber mit der Versicherung, von den beiden Verschwörungen sei die unsere die gute. Wir seien Freunde von Lavinia und damit auch Freunde ihrer Freunde, unter denen der Swami eine herausragende Stellung einnehme. Mit wiedererlangtem Vertrauen und ermuntert durch diese Schmeichelei, begann er uns zu erzählen, was in den vorangegangenen Stunden und noch zuvor geschehen war.

Seit einigen Tagen hatte er im Yogazentrum etwas Seltsames wahrzunehmen begonnen: kleine Veränderungen in der Anordnung der Gegenstände, Schwinden oder Verschwinden des einen oder anderen unbedeutenden, billigen Artikels, kurzum, Nichtigkeiten für jemanden, dessen Geist auf Dinge ausgerichtet ist, die weit entfernt sind von dem, was er selbst verächtlich Lappalien nannte. Dennoch achtete ein Teil seiner Sinne auf weltliche Details, deren Vernachlässigung den Untergang des Unternehmens bedeuten konnte. In einer anderen Jahreszeit wären solche Anomalien nicht bemerkt worden, denn da war ein ständiges Kommen und Gehen von Yoga- und Meditationsschülern, aber just im August fand kein Unterricht statt, es gab wenig Privatkonsultationen, und tatsächlich hatten in den letzten Wochen, abgesehen von meinem unangebrachten Besuch, nur die Sekretärin und der Swami selbst ihren Fuß ins Zentrum gesetzt; die beiden nutzten die freien Tage, um die Rechnungen à jour zu bringen und die nächste Meditations- und Yogasaison zu planen. Aus diesem Grund, sagte er, seien ihm die Anomalien aufgefallen. Auf die Bitte, ein Beispiel für die von ihm so genannten Anomalien zu bieten, erwähnte er den ungewöhnlichen Verschleiß von Toilettenpapier. Gewiss, im Sommer seien Darmstörungen nicht selten, aber weder er noch seine von ihm dazu befragte Sekretärin hätten in letzter Zeit unter solcherart Unpässlichkeiten gelitten. Ein ähnlicher Fall sei der übertriebene Verbrauch von Mineralwasser, das das Zentrum für die trockenen Kehlen der Kundschaft brauche. Über diese Ausgaben führte der Swami gewissenhaft Buch, so dass er sehr bald die Gewissheit erlangte, dass jemand von den Vorräten zehrte, wenn er und die Sekretärin nicht anwesend waren.

«Könnten Sie präzisieren, an welchem Tag Sie die Anomalien zum ersten Mal festgestellt haben?», fragte ich.

«Nicht exakt. Wie ich eben erklärt habe, waren es Kleinigkeiten, die ich erst nach und nach wahrgenommen habe. Ich würde aber sagen, dass das Phänomen, wenn wir es denn so nennen wollen, etwa eine Woche alt ist.»

«Um den 18. August herum?»

«Mehr oder weniger. Ich erinnere mich, dass es nach dem 15. war. Ist das von Bedeutung?»

«Ja. Kennen Sie einen Mann namens Romulus der Schöne?»

«Aber natürlich. Das ist Lavinias Mann. Persönlich habe ich ihn nie gesehen, da es ihr lieber ist, wenn er nichts von der engen, aber über jeden Verdacht erhabenen Beziehung weiß, die uns seit Jahren verbindet. Das ist ganz natürlich: Ein Verbrecher, der in einem Sanatorium untergebracht war und mit dem Abschaum der Gesellschaft verkehrte, könnte schwerlich glauben, dass es zwischen einer so gut aussehenden Frau und einem Mann wie mir, der, ohne prahlen zu wollen, attraktiv ist, ein blühendes Geschäft und einen Superschlitten hat, keinen körperlichen Kontakt gegeben hat. Aber worauf zielt die Frage ab?»

«Um den 15. August herum haben sich Romulus der Schöne und eine geheimnisvolle Begleiterin in einem Hotel an der Costa Brava mit einem gewissen Alí Aarón Pilila unterhalten. Sagt Ihnen der Name etwas?»

«Nein.»

«Von jetzt an wird er Ihnen etwas sagen. Alí Aarón Pilila ist ein gefährlicher Terrorist, und aufgrund dessen, was Sie uns erzählen und was wir selbst gesehen und gehört haben, muss man davon ausgehen, dass er ein Attentat in Barcelona plant und überdies das Yogazentrum als Unterschlupf und Ihre Persönlichkeit als Tarnung benutzt.»

Als er diese unheilvollen Sätze hörte, hielt der Swami die Daumen- und Zeigefingerkuppen aneinander, atmete tief ein, verdrehte die Augen und murmelte:

«Verflixt noch mal!», worauf die Pupillen in ihre normale Stellung zurückkehrten und er hinzufügte: «Keine Sorge. Ich habe mich beim Anhören der Nachricht entspannt. Könnte ich, so würde ich über dem Boden schweben, teils, um der Beklemmung zu entkommen, teils, weil der Stuhl nass ist und ich in der Unterhose etwas Unangenehmes spüre. Aber ich habe noch nicht den nötigen Zustand der Lauterkeit erreicht. Hätte ich ihn erreicht, brauchte ich natürlich keine Unterhosen. Wovon sprachen wir?»

«Von den kleinen Anomalien, die Sie im Yogazentrum entdeckt hatten. Fahren Sie fort.»

Alarmiert durch die genannten Anomalien und die Ausgaben, die diese mit sich brachten, beschloss der Swami, Ursprung und Urheberschaft der ersteren persönlich zu ermitteln, ohne die Sekretärin oder sonst jemanden über seine Absichten zu informieren. Aus diesem Grund kehrte er am Tatabend gegen zehn Uhr ins Zentrum zurück und fand es leer und ordentlich vor. Eine eingehendere Untersuchung zeigte ihm eine aufgeschlagene Zeitung auf dem Schreibtisch. Die Entdeckung belebte seinen Verdacht, denn er, der Gegenwart entrückt, las keine Zeitungen, außer den Sportnachrichten, und nur während der Liga. In den Verdacht mischte sich Beunruhigung bei der Feststellung, dass die Zeitung auf einer Seite aufgeschlagen war, auf der ein Porträt über eine Deutsche namens Angela Merkel zu lesen war. Der Text hätte den Swami nicht weiter interessiert, wäre er nicht von dicken roten Buchstaben überschrieben gewesen, welche besagten: MURDER. Oder vielleicht, auf Deutsch, MORD. Dem erstaunten Swami standen die Haare zu Berge angesichts der unleugbaren Bedeutung dieser Worte. Da plante jemand den gewaltsamen Tod einer Touristin, dachte er, und sogleich ging er mit der Zeitung in der Hand zur Empfangstheke, von wo aus er die Polizei anrufen und seine Entdeckung mitteilen wollte, als ihn, kaum hatte er den Hörer abgehoben, ein Geräusch an der Eingangstür zurückhielt – jemand brach das Schloss auf. Er legte den Hörer wieder auf die Gabel, ging auf Zehenspitzen in sein Büro zurück, löschte im Vorbeigehen das Licht und verkroch sich unter den Tisch. Er zitterte beim Gedanken, es erwarte ihn unvermeidlich ein schreckliches Ende, wenn er mit der Zeitung ertappt würde, die ihn zum Mitwisser des mörderischen Plans machte. Da ihm nichts Besseres einfiel, begann er die *Vanguardia* zu verspeisen, um den Beweis zu beseitigen. Nach einer Weile hatte er eine solche Kugel in der Speiseröhre, dass er Erstickungssymptome spürte und ohnmächtig wurde. Als nächstes erwachte er in einem Damensalon, umgeben von Unbekannten und voller Prellungen.

Nachdem er seinen Bericht beendet hatte, erklärte ich ihm dessen dunkle Punkte: dass den beabsichtigten Anruf bei der Polizei kurz zuvor nicht der Mörder gestört hatte, sondern wir; dass ihn unser Eindringen, obwohl es genau umgekehrt aussah, davor bewahrt hatte, dem wirklichen

Mörder in die Hände zu fallen, der wenige Minuten nachdem wir den Swami unter dem Tisch gefunden hatten, aufkreuzte, und dass die blauen Flecken auf eine etwas brüske Fahrweise zurückzuführen waren.

«Letztlich ist alles wunschgemäß verlaufen. Sie befinden sich an einem sicheren Ort, und nun wissen wir auch, welches die Pläne unseres Terroristen sind: Angela Merkel umzubringen, die keine schlichte Touristin ist, sondern die deutsche Bundeskanzlerin. Würde das Attentat in Barcelona begangen, so würde der teuflische Plan die europäische Wirtschaft in ein Chaos verwandeln und nebenbei Schimpf und Schande über unsere Stadt und ihre Behörden bringen.»

«Ich würde meinen Ohren nicht trauen», sagte der Swami, «wenn ich nicht selbst ein Glied der von Ihnen beschriebenen Kausalkette wäre. Was ich nicht verstehe, ist, warum wir hier so lange herumreden, anstatt die Polizei zu benachrichtigen, wie ich es zu tun versuchte, als Sie den Anruf unterbrachen und um ein Haar auch den Lauf meines nichtigen Lebens unterbrochen hätten.»

«Na, na, Genosse Swami», sagte die Moski, «wäre es so nichtig gewesen, hättest du nicht vor lauter Schiss eine ganze Zeitung verschlungen.»

«Und was die Polizei angeht», sagte ich, «so wäre es unnütz, sie zu benachrichtigen. Wer würde schon die unbegründeten Verdächtigungen eines Bonsaiswami, eines kurz vor dem Ruin stehenden Friseurs und einer Handvoll Straßenkünstler ernst nehmen?»

Ich verschwieg die Möglichkeit, die Unterinspektorin Arrozales zu kontaktieren, die unsere Abenteuer vielleicht interessiert hätten. Davon hielt mich aber, wenigstens vorerst, die Überzeugung ab, dass Romulus der Schöne in das

Mordprojekt involviert war oder involviert gewesen war, und dann war es meine Freundespflicht, ihn noch am Rande des Abgrunds zu retten, in den ihn seine Verantwortungslosigkeit zu stürzen drohte. Das in der Annahme, dass er noch lebte.

«Stimmt», waren sich der Swami, die Moski und der Juli einig. «Aber wir können nicht mit den Händen im Schoß hier sitzenbleiben.»

«Das werden wir auch nicht tun», sagte ich. «Etwas wird mir schon einfallen.»

VORBEREITUNGEN

An mehreren Stellen waren die schwarzen Gewitterwolken aufgerissen, so dass man zwischen ihren Fetzen Sterne, Kometen, Galaxien, schwarze Löcher und weitere interessante Phänomene erkennen konnte; auf der Straße waren weder Fahrzeuge noch Fußgänger unterwegs; aus den Fenstern drangen nicht wie üblich die penetranten Stimmen von Radios, Fernsehern und Familienkrächen; die Geschäfte waren geschlossen und ihre Schaufenster und Leuchtreklamen erloschen, außer dem Neonlicht des chinesischen Warenhauses, das in der halbdunklen Stille der friedlichen Barceloneser Nacht flackerte und funkelte. Ich lehnte mich an den Türrahmen des Salons und begann die Situation abzuwägen, die Probleme zu fokussieren, wie man heute sagt, und einen realistischen Plan zu ihrer Lösung zu entwerfen. Aber ich hatte noch nicht einmal einen Anfang gemacht, als mich die Stimme des Swami unterbrach, der, in einem Frisierkittel steckend und die Füße jeweils in ein Tuch gewickelt, offenbar schon eine ganze Weile dastand, ohne dass ich ihn wahrgenommen hatte, und mich jetzt an seiner Anwesenheit teilhaben lassen wollte.

«Störe ich?», fragte er sehr leise, als hätte die Lautstärke einen Einfluss auf das Ausmaß der Störung; und als ich nicht verneinte, aber auch kein ärgerliches Gesicht schnitt, fügte er hinzu: «Können Sie auch nicht schlafen?»

«Ich kann», antwortete ich, «aber ich darf nicht.»

«Mir geht es genau umgekehrt. Und es macht mir Angst, allein zu sein. Darum bin ich herausgekommen.»

Er hatte recht, was das Alleinsein betraf: Schon vor ungefähr einer Stunde waren der Juli und die Moski abgezogen. Ohne weitere Gesellschaft als die gegenseitige hatten der Swami und ich uns in den am wenigsten verschlammten Ecken des Salons hingelegt und uns eine gute Nacht und glückliche Träume gewünscht. Ich wäre liebend gern eingeschlafen, hätten mich nicht die genannten Sorgen und Verantwortlichkeiten umgetrieben. Nach einigen Minuten glaubte ich, mein Gast sei eingeschlafen, stand auf und ging auf Zehenspitzen ins Freie. Jetzt hatte ich Gesellschaft.

«Halten Sie mich nicht für einen Feigling», fuhr der Swami fort. «Grundsätzlich bin ich kaltblütig und tapfer. Aber gegen Schrecken dieses Ausmaßes bin ich nicht gewappnet. Meine Nerven sind im Eimer. Um sie zu beruhigen, habe ich Entspannungsübungen gemacht – beinahe hätte ich in die Hosen geschissen, aber von Schlafen keine Spur. Gewalt, Gefahr, Geheimnis, Gefühl ohne Zahl. Suche oder verdiene ich das etwa? Keineswegs. Ein Leben lang habe ich mich dafür aufgeopfert, dem qualvollen Leben anderer die Ruhe zurückzugeben. Gegen Bezahlung, versteht sich. Das Leben ist nicht für Filigranes geschaffen. Als sehr junger Mensch habe ich in einer Kühlschrankfabrik zu arbeiten begonnen, bis sie in der Krise der Achtziger schloss. Ich weiß nicht, wo es Sie erwischt haben mag. Ich stand auf der Scheißstraße. Da man mich in meinem Alter nirgendwo mehr einstellen würde, beschloss ich, mich selbständig zu machen. Ich absolvierte einen Ayurveda-Schnellkurs, lernte die sieben Chakras oder unmessbaren Hauptenergiezentren, und damit und mit noch unmessbarerer Dreistigkeit habe ich das Yogazentrum eröffnet. Ein Scharlatan bin ich nicht: Ich predige Regeln für den gesunden Menschenverstand. Sie wissen schon – Versuch den Dingen ihre positive Seite abzugewinnen, nimm das Unvermeidliche mit Geduld, und vor allem: Vergiss nicht zu atmen. Das sind Binsenweisheiten, die niemandem schaden. Die auch nichts nützen, aber sie helfen, wenn man daran glaubt und sie praktiziert, und das geschieht dann, wenn sie jemand mit moralischer Autorität ausspricht. Darum bin ich Swami geworden. Zunächst einmal habe ich meinen Namen geändert. In Wirklichkeit heiße ich Lilo Moña. Dann habe ich mich in Pandit Shvimimshaumbad umgetauft, weil es besser klingt. Das habe ich selbst erfunden, ohne ein Buch zu konsultieren. In Indien gibt es so viele Menschen, dass ganz bestimmt jemand so heißt. Aus diesem oder einem anderen Grund, warum auch immer, ist das Geschäft bis jetzt gut gelaufen, und ob Sie es glauben oder nicht, ich habe ziemlich viele Leute glücklich gemacht, vor allem ziemlich viele Frauen. Frauen sind sensibler und gewinnen meiner Methodologie mehr ab. Männer sind stumpfsinniger: Geld und Fußball blockieren ihren Hypothalamus, so dass die Lebenssäfte nicht fließen können. Die Frauen dagegen brauchen nur das Handy auszuschalten, und schon setzen sie ihre Geisteskräfte frei, und hast du nicht gesehn, haben sie die außersinnliche Wahrnehmung erreicht. In Ihrem Gesichtsausdruck lese ich eine gewisse ungläubige Einstellung. Das überrascht und verärgert mich nicht: Viele Menschen zweifeln den Segen der spirituellen Gymnastik an, doch sie irren sich. Die Menschen brauchen Führung und sind nicht schwer zu führen – genaugenommen gehen sie nirgends hin. Philosophie und Religion sind okay, klar, aber sie sind für die Reichen, und wenn man reich ist, wozu braucht man dann Philosophie und Religion? Die Armen dagegen haben keine Zeit für die Metaphysik, und die Religion hat schon lange den Anschluss verloren. Nun, irgendjemand muss die Grundsatzfragen der Existenz beantworten. Denken Sie an das, was ich eben gesagt habe, und beantworten Sie meine Frage: Halten Sie mich immer noch für einen Narren?»

«Ja», sagte ich.

Er seufzte, schaute zum Himmel empor, als suchte er im Kosmos Hilfe bei der Bekämpfung meiner Borniertheit, und fuhr dann fort, ohne mich anzuschauen oder seinen bekümmerten Ton zu ändern:

«Vielleicht bin ich es ja. Ich selbst beurteile mich allerdings nicht gar so streng. Auf persönlicher Ebene habe ich möglicherweise den einen oder anderen Fehler gemacht, das will ich nicht bestreiten … Schauen Sie, zwar kenne ich Sie nicht, und ich weiß auch nicht, was für eine Schuhgröße Sie haben, aber da es der Zufall gewollt hat, dass wir gemeinsam die Nacht verbringen, werde ich Ihnen etwas anvertrauen. Obwohl ich bei all dem Getue mit Weihrauch und Lotussitz wie eine Tunte wirken mag, stehe ich auf Frauen. Sie sind, wenn Sie mir einen Mythologiewechsel zugestehen, meine Achillesferse. In meinem früheren Leben war ich verheiratet. Ich meine keine frühere Reinkarnation, sondern die Kühlschrankfabrikzeit. Ich war ziemlich glücklich und glaubte dasselbe von meiner Frau, bis sie mich eines Tages sitzenließ. Als ich sie nach dem Grund fragte, bezeichnete sie mich als kalt. Da ich den ganzen Tag zwischen Kühlschränken verbrachte, hielt ich das für einen Scherz, doch sie hatte die Koffer schon gepackt. Die meinen – sie warf mich hochkant raus. Später erfuhr ich, dass sie seit geraumer Zeit ein Verhältnis mit einer anderen Frau hatte. Das war in jenen Jahren, können Sie sich noch erinnern? Zuerst war ich wie steifgefroren. Dann erholte ich mich allmählich, und als Swami hatte ich mehrere flüchtige Abenteuer mit Schülerinnen. Bis ich Lavinia Torrada kennenlernte. Sie ahnt es nicht einmal, aber ich bin total in sie verknallt … Sagen Sie es ihr bitte nicht: Würde es öffentlich, so würde es uns beiden schaden und niemandem nützen. Lavinia hat viel gelitten und braucht Gesellschaft, Trost und Verständnis. Ich biete ihr die drei Dinge und darf dafür mit ihr zusammen sein. Das ist nicht zu viel verlangt.»

«Das müssen *Sie* wissen», sagte ich. Ich hatte keine Lust, diesem Schleimer weiter zuzuhören, und wenn ich mich schon nicht auf meine Angelegenheiten konzentrieren konnte, dann wollte ich wenigstens die restlichen Nachtstunden nutzen, um wieder zu Kräften zu kommen.

Da es als erstes Gewissheit zu erlangen galt, ob Angela Merkel in den nächsten Tagen nach Barcelona kommen würde, rief ich am folgenden Morgen bei der *Vanguardia* an. Am Anfang versuchte man mir ein Abonnement anzudrehen, aber nach einer Weile wurde ich mit dem Lokalteil verbunden. Dort teilte man mir sehr höflich mit, man habe keine Nachricht, dass Frau Merkel in naher Zukunft nach Barcelona komme. Hingegen finde am Montag der folgenden Woche in Barcelona ein wichtiges internationales Wirtschafts- und Unternehmertreffen statt, und es sei nicht auszuschließen, dass die Kanzlerin der Bundesrepublik Deutschland in einer Blitzreise der Veranstaltung mit ihrer Gegenwart Gewicht verleihen, bei der Beschlussfassung Einfluss nehmen und unsere Behörden um Rat bitten wolle, wie die Weltkrise am besten zu bewältigen sei.

Da dieses Gespräch am Sonntag stattfand, hatten wir wenig Zeit, zu verhindern, dass am Montag, also am darauffolgenden Tag, ein Attentat auf Frau Merkel verübt würde, sollte diese denn beschließen, in Barcelona zu erscheinen. Ich suchte den Dandy Morgan auf, unterrichtete ihn über alles, was seit seinem Abgang am Vorabend geschehen war, und sagte, da wir die Pläne geändert hätten, sei es nicht mehr nötig, Lavinias Haus zu überwachen, hingegen sei an einem anderen strategischen Punkt ein Mann von seinen Erfahrungen vonnöten. Bald werde ihn ein Auto abholen, um ihn an seinen neuen Bestimmungsort zu fahren. Den Juli schickte ich wieder an seinen Beobachtungsposten vor dem Yogazentrum, obwohl ich es für ausgemacht hielt, dass sich der falsche Swami nach den nächtlichen Vorkommnissen nun ein anderes Versteck gesucht hatte.

Als ich wieder in den Damensalon kam, schlief der Swami den Schlaf des Gerechten. Ich weckte ihn. Zunächst wusste er nicht genau, wo er sich befand und von welchen Ereignissen er hierhergespült worden war, aber als es in seinem Hirn Tag wurde, brach er in Tränen aus, weil er Gelassenheit, Sicherheit und Geschäft verloren hatte. Ich überließ ihn der Suche nach einem Mittel, um über seine Trostlosigkeit hinwegzukommen. Sowie es ihm wieder besser ging, fragte er, ob es etwas zu frühstücken gebe. Ich schickte ihn in das Lokal an der Ecke und legte ihm nahe, unterwegs seine Sekretärin anzurufen und ihr zu empfehlen, am nächsten Tag nicht ins Yogazentrum zu gehen, falls sich der Eindringling doch noch dort befinde.

«Wenn Sie vom Frühstück zurück sind, sprechen wir über die Zukunft. Bleiben Sie nicht zu lange weg.»

Während seiner Abwesenheit rief ich von der Telefonzelle aus das Restaurant *Hund zu verkaufen* an. Señor Armengol sagte, Juan Nepomuceno, der Filmfreak aus den Anden, sei nicht erschienen. Ich sagte ihm, wenn er komme, solle er ihn unverzüglich in den Salon schicken. Quesito, die ich danach anrief, hatte keinen den Fall betreffenden Anruf bekommen. Ich beschwor sie, die Leitung frei zu halten und das Handy griffbereit. Sie antwortete unkonzentriert – zwar überstürzten sich die Ereignisse, doch sie, launenhaft wie alle Jugendlichen, schien das anfängliche Interesse verloren zu haben. Als der Swami zurückkam, ein wenig belebter, gab ich ihm seine Wagenschlüssel, sagte, er solle den Dandy Morgan abholen, den er ohne Schwierigkeiten erkennen würde, und ihn dann zum Flughafen fahren. Anschließend solle er sogleich wieder herkommen. Er verschwand, und ich machte mich daran, den heikelsten Teil meines Plans auszuführen. Nach dem Regen hatte die Hitze ein wenig nachgelassen, und das dauernde Hin und Her war nicht mehr so erschöpfend.

Meine Schwester war dabei, ihren häuslichen Obliegenheiten nachzukommen: Die Waschmaschine röhrte, der Topf brodelte, unter dem Bügeleisen vergessen brannte eine Hose, und im Radio intonierte eine Gesprächsrunde den gewohnten Chor unzimperlicher Schmähungen, während sie mit einem schmutzigen Lappen über die Möbel fuhr und dazu lauthals ein altes Lied verhunzte. Diplomatisch sah ich davon ab, diese Entfaltung von Glamour zu stören, da ich wusste, dass bald ein Kollaps den ganzen Fleiß unterbräche, wenn es nicht schon vorher einen Kurzschluss wegen Überlastung des Netzes gäbe. Als beides gleichzeitig eintraf, drehte ich den Gashahn zu, öffnete das Fenster, damit Rauch und sonstige Ausdünstungen verschwänden, und sagte:

«Cándida, ich bin gekommen, um dir ein höchst vorteilhaftes Angebot zu machen.»

Wie zu erwarten war, weigerte sie sich rundweg, noch bevor sie sich überhaupt angehört hatte, was ich ihr vorzuschlagen hatte. Aufgeschreckt durch meine Stimme, kam mein Schwager aus dem Schlafzimmer. Mit einem Rülpser verscheuchte er die Wolke Fliegen, die seine angenehmen Züge verbargen, und verlangte mit einem Fausthieb aufs Büfett das Abendessen. Cándida, auf beiden Flanken angegriffen, verlor die Fassung.

«Es ist Morgen, mein Täubchen.»

«In meinem Haus befehle ich!», dröhnte Viriato. Und an mich gewandt: «Da ich bis jetzt noch nicht von der gestrigen Siesta aufgewacht bin, ist es für mich Abend, aber diese unnütze Person verdammt mich zur Unterernährung. Und du, was suchst du hier?»

«Tag, Viriato», sagte ich. «Ich bin gekommen, um Cándida einen Vorschlag zu machen, aber sie zeigt sich unnachgiebig.»

«Unnachgiebig? Na, du wirst sehen, wie ich sie im Handumdrehen gefügig mache. Weil, solange man mich gut behandelt, bin ich sehr gutmütig, aber wehe dem, der mir in den Weg kommt!»

Nach einer halben Stunde ging ich wieder mit Cándidas formalem Versprechen, bei meinem Plan mitzuwirken.

Im Salon traf ich den Swami, der von seiner Mission zurück war und jetzt angeregt mit Großvater Lin plauderte. Ersterer pries die Lehren des Konfuzius, und der naseweise Greis widersprach ihm.

«Lassen Sie sich eines Besseren belehren, ehrwürdiger Swami, da, wo es einen Ortega y Gasset gibt, weg mit diesem gelben Gecken! Um Erfolg von chinesischen Warenhäusern zu verstehen, muss man *Aufstand von Massen* lesen.»

Da sie mich nicht zur Kenntnis nahmen, gebot ich rücksichtslos Schweigen und fragte den Swami, wie es dem Dandy Morgan am Flughafen ergangen sei. Gut, sagte er. Anfänglich habe die Guardia Civil gegen die Anwesenheit einer lebenden Statue mitten im Terminal 1 Einwände vorgebracht, doch der Dandy Morgan habe eine Genehmigung des Kulturministeriums vorgewiesen, dank der er seine Passivität an jedem beliebigen Ort in Katalonien ausüben durfte, öffentliche Einrichtungen und Grünzonen eingeschlossen, sowie die Fotokopie eines Unesco-Diploms, in welchem Barcelonas lebende Statuen zum Weltkulturerbe erklärt wurden. Sowohl die Genehmigung wie das Diplom seien plumpe Fälschungen, aber sie hätten Wirkung gezeitigt, und in ebendiesem Moment stehe der Dandy Morgan am Ausgang des Terminals mit seiner imposanten Erscheinung den Reisenden im Wege.

Nach beendeter Berichterstattung verriet Großvater Lin den wirklichen Grund für sein Kommen: Als die Familie Lin feststellte, dass der Swami ein Auto besaß, hatte sie beschlossen, den freien Tag zu nutzen und mit uns oder doch wenigstens mit dem Besitzer des Wagens an den Strand zu fahren. Als Gegenleistung für den Transport würden sie Badehosen, Tücher, Schirm, Rettungsringe, Mützen, Sonnenbrillen, Ball, Eimer, Schaufel und Förmchen, einen aufblasbaren Hai, Bräunungscreme, Sonnenschutz und zwei tragbare Kühlschränke stellen, der eine von Lebensmitteln und der andere von Getränken überquellend. Und ein Lösungsmittel, um die Überreste des Teers aus Haut und Haaren zu entfernen. Der Swami war begeistert von dem Vorschlag. Das war genau die Zerstreuung, die ein sorgenbelasteter Mensch brauchte.

Ich lehnte die Einladung ab und schützte Psoriasis und Wundrose vor, eine Folge meines Ausflugs an die Costa Brava von neulich, ermunterte sie aber, unverzüglich loszufahren und den wohlverdienten freien Tag zu genießen. Ehrlich gesagt kam es mir gerade recht, die Nervensäge von Swami und meine plappernden Nachbarn für einige Stunden los zu sein. Dem Swami nahm ich das Versprechen ab, um sieben Uhr wieder da zu sein, was er mir zusagte, und nach einer Weile sah ich den Peugeot 206 vor dem Warenhaus stehen und die Familie Lin sich damit abmühen, zunächst ihre Siebensachen und dann sich selbst ins Auto zu pferchen. Als es so weit war, setzte sich der muntere Trupp in Bewegung. Beim Vorbeifahren hupte der Swami mehrmals, und die anderen Insassen winkten mit bunten Fähnchen aus den Fenstern. Ich hielt am Himmel nach einer baldigen Störung Ausschau, die ihnen den Tag verdürbe, aber da das Wetter einmal mehr nicht meinen Wünschen zu entsprechen verhieß, trat ich wieder in den Salon hinein, um in Ruhe Mutmaßungen anzustellen.

Die Stille hielt nicht lange an, denn nach kurzer Zeit stürmte hoheitsvoll und streitsüchtig Unterinspektorin Victoria Arrozales in den Salon. Das war ärgerlich und konnte meine Pläne aufs schwerste behindern, bestätigte mir aber auch die Richtigkeit meiner Prognose, wie sich die Dinge entwickeln würden. Wie bei ihren vorangegangenen Besuchen deponierte sie die Pistole als Beglaubigungsschreiben auf der Ablage und machte sich auf dem Stuhl breit, die Beine von sich gestreckt und die Arme seitlich hinabhängend, und inszenierte so die Lässigkeit und Nachlässigkeit von jemandem, der sich Herr der Lage weiß.

So verharrte sie eine Weile, während sie verächtlich den Blick durch den Raum schweifen ließ.

«Kennst du», sagte sie schließlich, «einen Typen namens Juan Nepomuceno, derzeit Angestellter in einem Hotel an der Costa Brava, obwohl er sich der Identität eines Landsmanns namens Jesusero bedient?»

Ich tat, als würde ich mein immenses Adressenverzeichnis geistig Revue passieren lassen, und sagte dann:

«Also so im Moment, mit so wenig Angaben, da kann ich nicht …»

«Das habe ich vermutet, vor allem, weil ich weiß, dass du dich vorgestern mit ihm unterhalten hast.»

«Kann, wer das behauptet, die Behauptung auf schlüssige Beweise stützen?»

«Das ist unwichtig. Ich bin aus einem anderen Grund gekommen. Sag mir, was du ausheckst, und wenn mir die Story gefällt, kommst du vielleicht mit einem blauen Auge davon.»

«Ich hecke gar nichts aus. Und jeder Angeklagte hat das Recht, die Straftat zu kennen, deren er beschuldigt wird. Das steht so in der Verfassung.»

«Es steht nicht in der Verfassung, aber ich lasse es dich wissen: Juan Nepomuceno ist verschwunden.»

«Ich beharre darauf, die Tatsachen nicht zu kennen, aber ich weiß mit Sicherheit, dass der Betreffende gestern seinen freien Tag hatte. Vielleicht hat er sich verspätet.»

«Seine ganzen Habseligkeiten sind mit ihm verschwunden, ebenso die Kassette mit den Trinkgeldern der Hotelkellner. Wenn sie ihn erwischen, reißen sie ihn in Stücke. Man vermutet, er sei geflohen, weil er jemandes Vertrauen missbraucht und ein Geheimnis verraten habe. Luxushotels sind sehr auf die Privatsphäre ihrer Gäste bedacht.

Und noch mehr, wenn ein wichtiger Filmproduzent aus Hollywood sie aufsucht wie der, der vorgestern dort war und Stunk gemacht hat.»

Sie legte eine lange Pause ein, als habe sie unversehens den Grund ihres Besuches vergessen und denke an etwas anderes; dann stand sie brüsk auf und verwahrte die Waffe an ihrem gewohnten Ort.

«Wenn man dich noch nicht verhaftet hat», sagte sie, «dann nicht aus Nachlässigkeit oder Lustlosigkeit, sondern weil ich Aufschub verlangt habe. Du nützt mir mehr, wenn du dich frei bewegst, als wenn du hinter Gittern sitzt. Natürlich kann ich jederzeit meine Meinung ändern, und dann wird man dich für immer ins Kittchen stecken, niemand wird das bedauern, niemand wird dich besuchen, du wirst verfaulen und sterben, und man wird dich kopfüber in ein Massengrab werfen. Du hast Zeit bis morgen Vormittag. Wenn du dich an etwas erinnerst, was deinen Freund Juan Nepomuceno betrifft, dann ruf mich an, und wir unterhalten uns.»

Mit dieser Warnung ging sie. Einmal mehr war ich versucht, ihr nachzulaufen und zu erzählen, was ich wusste. Einmal mehr beherrschte ich mich, da ich wusste, dass die Zeit ablief und dass, wenn sich mein Plan in der Praxis nicht als so gut erwies, wie er mir gegenwärtig, so in der Luft hängend, zu sein schien, Romulus der Schöne durch nichts davor bewahrt würde, ins Gefängnis zu gehen, noch ich, denselben Ort mit ihm zu teilen. Mit diesen Gedanken ließ ich die Unterinspektorin ziehen und konzentrierte mich wieder auf die Vorbereitungen für die Operation des folgenden Tages. Es fehlte mir ein wichtiges Element, für das ich Geld brauchte. Einmal mehr ging es mir gegen den Strich, Señor Lin darum zu bitten, aber unter diesen Umständen durfte ich mich nicht zieren und beschloss, ihn anzusprechen, sobald er vom Strand zurückkäme.

Die Sonne ging unter, als das Auto des Swami vor dem Salon hielt, er sehr ärgerlich ausstieg und einen Bericht vom Stapel ließ, der umso wirrer war, als er ihn mit Flüchen gegen Götter würzte, deren Namen ich noch nie gehört hatte. Endlich gelang es ihm, etwas Verständliches zu erzählen, dem ich Folgendes entnahm: Die vollzählige Familie Lin und der Swami befanden sich seit zwei Stunden am Strand, tummelten sich im Wasser und genossen die übrigen Anreize des Ortes, als sie bemerkten, dass Großvater Lin, den sie mit einem Calippo-Eis in einen Liegestuhl gesetzt hatten, damit er sich beim Betrachten der Badenden unterhalte und sie selbst in Frieden lasse, Symptome von Dehydration zeigte. Um ihr entgegenzuwirken, warfen sie ihn schwungvoll ins Wasser. Er versank, und als er unter einer Quallenschicht wieder an die Oberfläche kam, wies er alle Symptome eines Ertrunkenen auf. Nach einer kräftigen Brustmassage spuckte er zwar das geschluckte Wasser wieder aus, bekam aber eine Verdauungsstörung. Unterwegs zum Häuschen des Roten Kreuzes fiel er hin und brach sich den Oberschenkelknochen. Umgeben von der Fürsorge der Seinen, rang er jetzt im Klinikum mit dem Tod.

«In seinem Delirium hat sich der Ärmste nach Ihnen erkundigt», sagte der Swami. «Ich glaube, Sie sollten hingehen und sich seine letzten Idiotien anhören. Aus humanitären Gründen fahre ich Sie umsonst in meinem Wagen.»

Ich willigte ein unter der Bedingung, dass er mich vor dem Eingang der Klinik absetze und dann schnurstracks den Dandy Morgan vom Flughafen abhole. Dann sollten beide ins Restaurant *Hund zu verkaufen* gehen, dessen

Adresse der andere kannte, und dort mit dem Rest der Gruppe auf mich warten. Nach meiner guten Tat würde ich zu ihnen stoßen.

* * *

Der Tourist, der Barcelona im Sommer besucht, tut gut daran, auf seinen Spaziergängen die Notfallstation des Klinikums weiträumig zu umgehen, wenn er sie nicht unbedingt selbst braucht. Im August war nicht nur der größte Teil des Pflegepersonals im Urlaub, sondern im Urlaub waren ebenso die Patienten der Mittelklasse und Oberschicht, die sonst das Jahr über das ästhetische Niveau des Krankenhauses durch eine gekonntere Art im Umgang mit Schicksalsschlägen hoben. Jetzt aber drängten und drängelten sich in Wartezimmern, auf Korridoren und Treppen Personen so niedriger Herkunft, dass sie schon als Gesunde krank und gelähmt schienen, von Leiden oder Missgeschick ereilt, jedoch vollends wie Ruinen wirkten.

In einer düsteren, verlorenen Krümmung des Labyrinths von Gängen, in denen sich Patienten teils ganz, teils in Stücken bewegten, fand ich die Familie Lin um eine leere Pritsche herum versammelt. Ich nahm an, Großvater Lin sei ohne weitere Formalitäten eingeäschert worden, aber sie sagten mir, er sei in den Operationssaal gebracht worden, wo er in ebendiesem Moment ohne allzu große Hoffnungen auf Erfolg operiert werde.

«Papi liegt in den letzten Zügen», sagte Señor Lin, während er mir die Hand gab.

«In diesem Fall», sagte ich, «wird es Ihnen nichts ausmachen, mir nochmals etwas Geld für den Trupp zu leihen.»

Señor Lin runzelte die Stirn, schüttelte den Kopf und sagte:

«Hum. Der Laden ist geschlossen, und der Geldschrank hat eine Diebstahlsicherung, die nur ich deaktivieren kann. Wenn Sie einen draufmachen wollen, werden Sie bis morgen warten müssen.»

«Darum geht es nicht, Señor Lin, sondern um etwas Wichtigeres.»

«Hum», wiederholte er. Und nach einer weiteren Denkpause fügte er hinzu: «Sehen Sie, ich weiß nicht genau, was Sie vorhaben, aber trotz meiner ethnischen Herkunft lasse ich mich nicht so leicht täuschen. Sie sind in irgendwas verstrickt. In etwas Ernsthaftes. Und wenn wir in einer fernen Zukunft Partner sein wollen, aus freien Stücken oder gezwungenermaßen, wäre es vielleicht ganz gut, wenn Sie mich über die Situation aufklären würden, über die Ihre und die Ihres Lokals, heute bescheidener Friseursalon, bald großes Restaurant. Das sage ich nicht mit der Überheblichkeit dessen, der die Mehrheitsanteile eines Unternehmens hat, sondern geleitet von einem gesunden Sinn für Kollegialität. Ganz offensichtlich sind Sie ein armer Schlucker, der nach Höherem strebt, aber ich, obwohl ich es besser tarne, stamme ebenfalls nicht von Mandarinen ab. Wir sind beide in sehr ähnlichen Straßen groß geworden, wenn auch auf verschiedenen Kontinenten, und es wäre absurd, wenn uns jetzt noch eine Große Mauer trennte.»

Er hatte recht, und als uns eine Stunde später ein offensichtlich unerfahrener Chirurg mitteilte, man habe Großvater Lin unnötigerweise die Gallenblase entfernt, wodurch sich der Allgemeinzustand des Patienten sehr verschlechtert habe, und in Erwartung eines bitteren Endes seien die Vitalfunktionen stabil, waren Señor Lin und ich bereits zu einem Kooperationsabkommen gelangt. Ich verabschiedete mich von der bekümmerten Familie mit der Bitte, Quesito auf dem Handy anzurufen, wenn sich am Gesundheitszustand des Kranken etwas ändere, stieg in den Bus und traf genau um zehn Uhr im Restaurant *Hund zu verkaufen* ein, wo der Swami, der Dandy Morgan, der Juli, die Moski, Quesito und Señor Armengol auf mich warteten, letzterer sehr zufrieden, sein Lokal so gut besetzt zu sehen, obwohl er wusste, dass keiner der Anwesenden Geld ausgeben würde. Ohne erst mit Essen und Trinken Zeit zu verlieren, berichtete der Dandy Morgan, was er auf dem Flughafen herausgefunden hatte.

Im Laufe des Tages, sagte er, habe man im Terminal eine allmähliche Zunahme der Überwachungstätigkeit feststellen können, im Grunde vollkommen ungerechtfertigt in einer Zeit großen Zustroms von Billigflügen und konsumunwilligen Touristen. Unsichtbar, wie man in stundenlanger Reglosigkeit am selben Ort eben sei, habe der Dandy Morgan Gesprächs-, Befehls- und Losungsfetzen sowie im Laufschritt oder bei flüchtigen Begegnungen geäußerte Kommentare zwischen Geheimpolizisten aufgeschnappt, deren diskrete Zivilkleider sie unter der Bettelkluft der echten Reisenden leicht erkennbar mache. Diesen vereinzelten Sätzen habe er mit Gewissheit entnommen, dass man um neun Uhr des folgenden Tages das Eintreffen einer hochstehenden Persönlichkeit erwarte und dass diese Persönlichkeit und ihr Gefolge das Terminal aus Sicherheitsgründen durch einen besonderen Ausgang verlassen und unter Umgehung von Passkontrolle und Gepäckausgabebändern, von Luxusgeschäften und eleganten Flughafenrestaurants direkt zu den vor dem Gebäude geparkten

Wagen gelangen würden, welche sie in einer Kolonne zur Plaza Sant Jaume fahren würden, wo unsere oberste städtische Behörde sie zur offiziellen Begrüßung erwarte.

Mit Befriedigung stellte ich fest, dass alles in den vorgesehenen Bahnen verlief, und nachdem ich mich versichert hatte, dass uns niemand zuhörte – nichts Besonderes in einem von der Indiskretion weiterer Gäste unbehelligten Lokal –, unterrichtete ich alle über die letzten Neuigkeiten, wiederholte minutiös die Phasen unseres Aktionsplans, wies besonders auf die jedem Einzelnen anvertraute Aufgabe hin und ließ alle Anwesenden Treue und Stillschweigen schwören.

Instruiert, zuversichtlich und begeistert gingen alle zu sich nach Hause und ich zu mir. Ich legte mich zu Bett und versuchte einzuschlafen, um am nächsten Tag einen klaren Kopf zu haben und auf den vorgesehenen Wirbel eingestimmt zu sein, doch als ich so zwischen klebrigen Laken steckte, auf einem schmalen, wackligen Klappbett, in der düsteren, schäbigen Umgebung von Schlaf- und Wohnzimmer, Küche und Diele in einem, befielen mich Zweifel und Ängste. In der Einsamkeit der Nacht, Abbild meiner eigenen, erschien mir mein Plan schon nicht mehr so gut, und die offenen Fragen wuchsen sich immer mehr zu wahrhaften Girlanden, um nicht zu sagen Fetzen aus. Mehrmals verspürte ich die Versuchung, aus dem Bett zu springen, auf dem Boden den verstreuten Kleidungsstücken nachzurobben, denn wer bei sich selbst wohnt, pflegt keinerlei Rücksicht zu nehmen, mich anzuziehen, auf die Straße hinunterzugehen, eine Fernsprechzelle zu suchen und die Unterinspektorin Arrozales anzurufen. Ihr alles zu erzählen hätte mein Gewissen erleichtert, mich vor ihrem Zorn in Sicherheit gebracht und mich davor bewahrt, das ganze

Gewicht des Gesetzes auf die Birne zu kriegen; damit hätte ich auch meine Mitarbeiter von jeglicher Verantwortung entlastet, und es hätte ebenso bedeutet, ein schmähliches Attentat zu vereiteln und einen gefährlichen Terroristen zu schnappen. Doch mit dieser Handlungsweise hätte ich auch Romulus den Schönen ans Messer geliefert. Genau besehen ging es mich ja nichts an; allenfalls würde es beträchtliche Vorteile mit sich bringen – vielleicht würde Lavinia Torrada, erneut verlassen, und zwar für immer, beschließen, ihren wankelmütigen Gatten ein für alle Mal zu verstoßen und ein neues Liebesleben zu beginnen. Sie war noch immer eine klasse Frau, durfte aber auch nicht ungestraft die Jahre verschwenden; und in solcher Stimmungslage konnte die Wahl eines neuen Partners durchaus auf jemand Nahestehendes fallen, einen richtigen, verständnisvollen Mann, rechtschaffen und verantwortungsvoll; zum Beispiel auf den frischgebackenen Oberkellner eines renommierten Chinarestaurants, Eröffnung demnächst. Und dann war da Quesito. Ganz offensichtlich war Romulus' des Schönen Vaterfigur in Quesitos formbarer Liebesfähigkeit immer weniger präsent und wurde von einer strahlenderen, beständigeren überschattet. In meinem Alter macht man sich nicht mehr viel Illusionen, verzichtet aber auch nicht auf die schönen Dinge des Lebens, vor allem wenn man sie nie gehabt hat.

In diese verzwackte existentielle Alternative versunken, schlief ich tief ein.

13

ABENTEUER IN DER LUFT

Der Tagesanbruch beleuchtete mich auf dem Bürgersteig vor meinem Haus. Erleichtert betrachtete ich den heiteren Himmel und nahm den mäßigen Wind wahr – offensichtlich keine Hindernisse für den Luftverkehr. Nach einer Weile fuhr der Swami in seinem Auto vor. Er kam vom Flughafen und entschuldigte sich für die leichte Verspätung mit dem Hinweis, er habe noch vollgetankt, und an der Tankstelle sei er auf die Idee gekommen, den Wagen durch die Waschstraße zu schicken, damit er auch schön glänze, wo es die Umstände doch so erforderten. Zuvor hatte er den Juli und Quesito am Flughafen abgesetzt, den Juli als lebende Statue, damit er von seinem Podest aus die Vorgänge im Terminal im Blick behalte, und die Quesito strategisch in einem Café platziert, wo sie beim Durchblättern einer Zeitschrift zu frühstücken vorgab, in Wirklichkeit aber bereit war, jederzeit Bericht zu erstatten, wenn der Juli es ihr mit einem vorher vereinbarten Zeichencode zu verstehen gäbe.

Wir holten den Dandy Morgan ab, der schon in Zivilkleidung am vereinbarten Ort stand und ein dickes Bündel bei sich hatte, das er in den Kofferraum des Peugeot 206 stopfte. Hingegen musste man mehrmals klingeln, bis Cándida herunterkam, und als sie endlich erschien, war sie sehr verstört. Um ihrer Nervosität Herrin zu werden, hatte sie mehrere Liter Pfefferminztee getrunken und musste jetzt, wie sie sich bescheiden ausdrückte, ununterbrochen ihr kleines Geschäft verrichten. Im Auto auf der Rückbank neben dem Dandy Morgan sitzend, gab sie ihrer Angst Ausdruck, im heikelsten Moment ihres Auftritts wieder dieses unaufschiebbare Bedürfnis zu verspüren.

«Mach dir deswegen keine Sorgen», sagte ich und versuchte, um ihren bereits verwirrten Zustand nicht noch zu verschlimmern, die Gereiztheit zu verbergen, die ihre angeborene Dämlichkeit in mir auslöste. «Denk daran, dass du eine hochbedeutende Frau zu ersetzen hast, deren Anordnungen keinen Widerspruch dulden. Wo du auch bist, wenn du den Drang verspürst, dein kleines Geschäft zu verrichten oder sogar dein großes, gehst du in eine Ecke und erledigst in aller Gelassenheit, was du zu erledigen hast. Vergiss nicht, dir nachher die Hände zu waschen. Die Person, die du ersetzt, besitzt Autorität, aber auch Klasse.»

Diese Differenzierung beleidigte Cándida. Anstatt mir zu antworten, sagte sie zu ihrem Sitznachbarn:

«Hören Sie nicht auf ihn. Wenn ich von etwas mehr als genug habe, abgesehen von den Jahren und den Kilos, dann ist es Klasse. Ich bin zwar nicht auf eine dieser piekfeinen Schulen gegangen, aber bei der Arbeit auf der Straße habe ich mit der Creme der Gesellschaft verkehrt. Ich brauche bloß zu erwähnen, dass ich einmal die Ehre hatte, dem Erzbischof von Tudela einen runterzuholen! Er war in Zivil, logo, aber beim Abschied hat er mir seine Identität verraten und mich statt schnöde in bar mit einem Skapulier bezahlt, das ich immer an den Unterrock geheftet habe. Das erzähle ich Ihnen nicht, um mich wichtig zu machen, sondern damit Sie eine Vorstellung haben, Señor Morgan.»

«Du darfst mich Dandy nennen, meine Hübsche», sagte dieser, den weder seine Altersbeschwerden noch die Schicksalsschläge seine alten Berufsbetrügertricks hatten vergessen lassen.

In solche Gespräche versunken, trafen wir bei flüssigem Verkehr zur vorgesehenen Zeit und etwas ruhiger geworden auf dem Flughafen ein.

Vor einer der großen Drehtüren des Terminals stiegen der Dandy Morgan, Cándida und ich aus und zogen das Bündel aus dem Kofferraum, und der Swami fuhr zum Parkhaus weiter. Als wir die Halle des Terminals betraten, zeigten die Uhren 08:04 Uhr. Der Juli stand noch auf seinem Sockel, und sowie Quesito uns kommen sah, hielt sie sich die rechte Hand ans linke Ohr, um uns mit dieser Geste zu verstehen zu geben, dass bisher nichts Ungewöhnliches oder dem Plan Zuwiderlaufendes geschehen sei. Ruhigen Schrittes gingen wir auf die Toiletten zu, die sich am nächsten beim Passagierausgang befanden, und wählten für unser Vorhaben das Behinderten-WC, größer und weniger frequentiert als die anderen. Ich riegelte ab, und der Dandy Morgan schlug das Bündel auseinander, um seine königlichen Gewänder auszubreiten. Als Cándida sie erblickte, stieß sie einen lauten und bewundernden, von reichlicher Speichelbeigabe begleiteten Pfiff aus. Mit einer strengen Ermahnung unterband ich frivole Äußerungen.

«Lass diese Dummheiten, und zieh dich an. Die Deutschen sind Pünktlichkeitsfanatiker. Wenn Frau Merkel gesagt hat, sie kommt um neun, kommt sie auch um neun, selbst wenn die Welt untergeht. Und bis dahin müssen wir bereit sein.»

Direkt über den Trainingsanzug, den sie nie wieder zurückzubekommen fürchtete, wenn sie ihn meiner Obhut anvertraute, schlüpfte sie in ihre Prachtgewandung. Dann setzte ihr der Dandy Morgan die Korkenzieherlockenperücke mit der Kartonkrone auf und behängte sie mit den spektakulären Klunkern.

«Wird man Fotos von mir machen?», fragte sie, nachdem sie im Spiegel ihre Galionsfigur betrachtet hatte.

«Fotos?», sagte ich. «Du wirst in sämtlichen Medien erscheinen, Cándida! Nach dem heutigen Tag wirst du dir die Hand brechen vor lauter Autogrammen, die du auf der Straße geben musst. Aber denk genau an das, was ich dir gesagt habe: Diskretion und Zurückhaltung.»

«Du kannst dich auf mich verlassen – ich bin als Künstlerin geboren. Wie soll die Señora heißen, die ich jetzt bin?»

«Angela Merkel.»

«Ist ja toll – könnte es nicht die Kaiserin Sisi sein? Die ist bekannter.»

«Okay. Du denkst also, du bist Sisi, aber sag es keinem. Bloß lächeln und winken, keine Faxen und Getue. Und mach den Mund nicht auf. Frostigkeit gehört zur königlichen Würde.»

«Und wenn ich eine Ansprache halten soll?»

«Dann erzählst du ihnen die Geschichte mit dem Erzbischof von Tudela. So, genug geschwätzt. Ich schau mal, wie's da draußen aussieht.»

Ehrlich gesagt war es mir ziemlich egal, was Cándida sagte oder nicht sagte, die Täuschung musste ja nur kurze Zeit vorhalten. Ich wollte, um Angela Merkel zu retten, einfach die Zeit gewinnen, die verstreichen mochte, bis der Betrug entdeckt und Cándida verhaftet und mit der Strafe belegt würde, mit der das Gesetz den Austausch ausländischer Würdenträger sanktioniert. Schwerer wog das Delikt, das ich selbst zu begehen mich anschickte, nämlich eine so herausragende Persönlichkeit zu entführen, wenn auch nur vorübergehend und ohne Lösegeldforderung, aber ich vertraute darauf, Gnade zu erfahren unter Berücksichtigung meiner aufrichtigen Absichten und des enormen Nutzens, der sich aus meiner Tat für die Welt im Allgemeinen und das Prestige unserer Stadt im Besonderen ergäbe. Das Einzige, was mir im Augenblick Sorgen bereitete, war weniger die Schwierigkeit, den Austausch vorzunehmen, ohne dass es die Begleiter der illustren Frau Merkel merkten, sondern wie ich sie von den Vorteilen, bei der Entführung mitzuwirken, überzeugen sollte, teils weil ich über keine triftigen Argumente verfügte, teils weil ich diese, selbst wenn ich über sie verfügt hätte, schwerlich rasch und verständlich in einer mir unbekannten Sprache darlegen konnte. Diese Beunruhigung versuchte ich mit dem Gedanken zu verscheuchen, dass auch die bestentworfenen Pläne irgendwelcher Details entbehren, bei denen man gegebenenfalls improvisieren muss.

Ich spähte vorsichtig aus der Behindertentoilette hinaus und glaubte Indizien zu erkennen, dass der große Moment näher rückte, obwohl für jemanden, der nichts von unseren Absichten wusste, in der Ankunftshalle das übliche Treiben ohne sichtbare Störungen seinen Gang zu nehmen schien. Der Juli hatte sich auf seinem Sockel kaum wahrnehmbar gedreht, bis er eine in der linken Ecke der Halle gelegene Seitentür im Visier hatte, zwischen einem Sportbekleidungsgeschäft und einem Zeitungs- und Zeitschriftenkiosk; auf der Tür stand zu lesen: KEIN ZUTRITT FÜR UNBEFUGTE. In ihrer Umgebung tummelten sich, denkbar schlecht getarnt, mehrere Beamte in Zivil und einige junge Leute, welche die tadelnden Blicke der ersteren geflissentlich übersahen. Vermutlich waren es Journalisten, die, von einem Mittelsmann oder einer indirekten Quelle über den Ort informiert, wo das Gefolge demnächst hereinkommen würde, herumlungerten, um vielleicht ein Exklusivinterview oder wenigstens einen Schnappschuss zu ergattern. Quesito hatte ihren Tisch im Café verlassen und kam auf mich zu. Ohne stehenzubleiben, flüsterte sie im Vorbeigehen etwas von einer Nachricht auf ihrem Handy und ließ ein zusammengefaltetes Blatt in meine Hand gleiten. Ich ging damit ins Behinderten-WC zurück. Der Dandy Morgan und Cándida schauten mich ängstlich an.

«Jetzt?»

«Nein.»

Ich entfaltete das Blatt und las die von Quesito abgeschriebene Nachricht: «PAPA LEBT STOPP STATT 500 KONNTE ICH NUR 116 AUFTREIBEN STOPP VIEL GLÜCK STOPP LIN.» Wieder erforschte ich die Halle. Die Geschäftigkeit vor der Seitentür nahm zu. Die Beamten beugten den Nacken, bedeckten sich den Mund mit der Hand und sprachen mit leiser Stimme in ihre Revers, während sie mit der anderen Hand zwischen den Anzugsfalten den Pistolenschaft streichelten. Einer der Journalisten zückte eine Fotokamera. Sogleich wurde er gepackt, ins Sportbekleidungsgeschäft gezerrt und gefoltert und sonstigen demütigenden Handlungen unterzogen. Die Uhr zeigte 08:58. Zum letzten Mal ging ich in die Behindertentoilette hinein und gab ein Zeichen. Der Dandy Morgan hatte sich eine Gardenie ins Knopfloch gesteckt, ein Monokel ins rechte Auge gedrückt und eine Melone aufgesetzt. Ich nahm Cándida am Arm, und sie setzten sich in Bewegung. Die beiden waren bleich, doch dieses Detail verriet sie nicht nur nicht, sondern verlieh ihnen einen sehr überzeugenden nördlichen Anstrich.

Wir verließen unser Refugium und gingen auf die Seitentür zu im Bestreben, im großen Personenaufkommen der Halle und dem Durcheinander von Journalisten und Beamten nicht aufzufallen. Die Rechnung ging auf: Als wir wenige Meter vom Ziel entfernt waren, öffnete sich die Tür, und das Gefolge betrat die Halle. Zunächst kamen vier sehr gut gekleidete Beamte mit weißem Hemd, Krawatte und dunkler Brille. Wahrscheinlich gehörten sie zu Frau Merkels Leibwache und waren sehr gefährlich. Zum Glück neutralisierte sie eine Wolke von Sekretären, Schreibern und V-Männern, die nicht weiter ins Gewicht fielen, wenn es darum ging, mit Händen und Füßen Widerstand zu leisten. Dann erschien ein Mann, der der protokollarischen Abteilung des Flughafens angehören musste – er hatte den Rücken vornübergekrümmt, den Hals nach oben gebogen, die Augen auf den Boden gerichtet und den Mund in ein dem Gelächter nahes Lächeln geteilt. Und wenige Zentimeter von diesem Tugendwächter entfernt mündete festen Schrittes und mürrischen Blicks Angela Merkel in die Halle, in diskretem beigefarbenem Hosenanzug und mit einer Frisur, die offen gestanden nicht auf der Höhe ihres Amtes war. Mit pochendem Herzen schaute ich in die Gegenrichtung und atmete tief durch. In geschlossener Formation bewegte sich durch die Halle mit lautem Gebrüll und Gesang ein Demonstrationszug, an dessen Spitze auf einem Transparent zu lesen war:

WILLKOMMEN

DEUTSCHE KOLONIE KATALONIENS

HOCH ANGELA MERKEL! HOCH GENERAL TAT!

Das waren die hundertsechzehn von Señor Lin rekrutier-
ten, instruierten und herdelegierten Chinesen. Da er nicht
viel Zeit gehabt hatte, seine Leute zu organisieren, waren
nur die in den ersten Reihen als Tiroler gekleidet. Die anderen trugen die Masken, die sie in ihren jeweiligen Läden
gerade hatten auftreiben können: Batman, Ferran Adrià,
Magneto und andere Idole. Trotzdem hatte ihr gemeinsa-
mer Auftritt große Wirkung und sorgte schließlich für das
nötige Durcheinander, um den heikelsten Teil des Plans
mit Erfolg zu krönen. Natürlich versuchten die Sicher-
heitskräfte das Vorrücken der Demo mit strikten Befehlen
und Drohungen zu verhindern, aber da die Chinesen nicht
verstanden, was man ihnen sagte, und die Beamten sich
nicht getrauten, gewalttätig zu werden oder gar gegen die
deutsche Kolonie zur Waffe zu greifen, sahen sie sich bald
von der Masse überrannt, und es herrschte Chaos. Dieses
nutzend, gelangten Cándida, der Dandy Morgan und der
Erzähler dieses einmaligen Vorfalls vor Angela Merkel.
Cándida und der Dandy Morgan stellten sich an ihren
Platz, und ich nahm sie mangels einer besseren Idee bei der
Hand und zog sie mit, während ich ihr bedeutete, mir zu
folgen. Sie schaute mich fest an, blinzelte verwirrt, zögerte
einen Sekundenbruchteil und folgte mir dann unerwartet
gehorsam.

Noch bevor die Polizei die Lage mit Hilfe des übrigen
Flughafenpersonals und einiger Reisender, die, angezogen
vom Aufruhr, ebenfalls zu Hilfe geeilt waren, halbwegs in
den Griff bekam, waren Angela Merkel und ich schon im
Parkhaus angelangt, wo uns der Swami mit laufendem
Motor erwartete. Wir setzten uns auf die Rückbank des
Peugeot 206 und fuhren mit Vollgas davon. Nachdem der
Swami bei der Schranke das Ticket in den Schlitz gesteckt

hatte, entfernten wir uns ohne weitere Zwischenfälle. Nach kurzer Zeit befanden wir uns bereits auf der Autobahn von Castelldefels. Insgesamt hatte die Operation schöngerechnete anderthalb Minuten gedauert. Gemäß meiner Prognose musste sich in diesem Moment die Demonstration bereits aufgelöst haben, und die Polizei, die Leibwache der Kanzlerin und das Flughafenpersonal bedachten die arme Candida mit Stockhieben.

Im fließenden Verkehr verschanzt, drosselte der Swami bei der Einfahrt in die Ronda die Geschwindigkeit und nutzte die relative Ruhe, um der illustren Wageninsassin höflich die interessantesten Punkte des Strecke zu erläutern.

«Voilà Pronovias. Voilà der Corte Inglés von Cornellà. Und dort in der Ferne das neue Stadion des Espanyol. Hier alles Barça-Barça, aber ich zeitlebens Espanyolanhänger.»

Seine Bemühungen blieben ohne Echo. Angela Merkel starrte weiterhin mein plebejisches Profil an, ohne Überraschung, Angst oder Empörung zu bekunden.

So gelangten wir vor den Eingang des Restaurants *Hund zu verkaufen.*

14
DER PLAN SCHEITERT

Señor Armengol erwartete uns in einer schmutzigen Schürze voller Flicken im Restauranteingang und winkte uns mit einem Fähnchen des FC Bayern München zu. Angela und ich stiegen aus, und der Swami fuhr den Peugeot 206 ins Parkhaus. Das war eine außergewöhnliche Vorsichtsmaßnahme – vielleicht war das Auto fotografiert oder das Nummernschild registriert worden, und wenn wir auf offener Straße parkten, konnte die Polizei es aufgrund dieser Angaben finden, sei es von einem Helikopter, sei es von einem Satelliten aus. Wenn die Behörden es allerdings darauf abgesehen hatten, uns aufzuspüren, war natürlich jede Sicherheitsvorkehrung lang-, mittel- und sogar kurzfristig unnütz; aber es ging wie gesagt nur darum, die nötige Zeit verstreichen zu lassen, um das Attentat zu verhindern und Alí Aarón Pilila davon zu überzeugen, möglichst schnell das Weite zu suchen und nicht länger zu nerven. Dann könnten wir Angela dahin zurückbringen, wo sie erwartet wurde, erzählen, was geschehen war, und, je nach der unvorhersehbaren Beurteilung von denen da oben, die Belohnung oder Strafe entgegennehmen, die unsere Handlungsweise verdiente.

Wir traten also ins Restaurant, und Señor Armengol verfügte sich eiligst in die Küche, aus der eine stinkende Rauchwolke ins Lokal quoll. Zur Bewirtung eines so außergewöhnlichen Gastes hatte er Würste zu braten begonnen; dann hatte er in der Tür auf unser Kommen gewartet, aber die Herdflamme zu löschen vergessen, und so waren die Würste eine nach der anderen zuerst angeschwollen und dann explodiert und hatten dabei Gase und eine mutmaßliche Fleischfüllung verspritzt, die sich mühelos der Schicht aus Rückständen, Fett und Ruß an Wänden und Decke der Küche und des Speiseraums einfügte.

«Ach!», rief Angela, als wir allein waren und uns an einen Tisch gesetzt hatten und nachdem sie einen tiefen Seufzer ausgestoßen hatte, und fuhr in gebrochenem Spanisch fort: «Du großer Spinner, Manolito. Ich dir schon gesagt, dass Beziehung zwischen uns nicht möglich. Aber du stur wie ein Esel, Manolito.»

Ganz offensichtlich verwechselte sie mich mit jemandem, und wegen dieser Verwechslung war sie auf dem Flughafen auch so gutwillig mit mir geflohen. Jetzt hingegen war es sinnlos, sie in ihrem Irrglauben zu belassen, und ich wollte sie eben aufklären, als Señor Armengol mit verrußtem Gesicht erneut erschien.

«Der Juli hat vom Flughafen angerufen. Anscheinend ist was schiefgelaufen. Mehr wollte er nicht sagen, ohne vorher mit dir gesprochen zu haben. Du sollst ihn in der Apotheke des Terminals anrufen. Er hat mir die Nummer gegeben.»

Ich stand auf und ging in die Küche.

«Bin gleich wieder da, Angelinchen», sagte ich und zog damit die Täuschung in die Länge, gegen meinen Willen, aber von den Umständen dazu gezwungen.

Ich schloss die Tür, um nicht gehört zu werden, und ertastete im Dunkeln ein Wandtelefon. Der Hörer war so schmierig, dass er mir mehrmals entglitt, bis ich auf die Idee kam, ihn in eine Serviette zu wickeln. Ich wählte die Nummer, und auf mein inständiges Bitten, mir den Juli zu geben, antwortete eine zitternde Frauenstimme, den habe eben eine Zweierstreife der Guardia Civil in Handschellen abgeführt. Den Grund für die Festnahme konnte sie mir nicht nennen – man hatte es ihr weder gesagt, noch hatte sie nachfragen wollen. Ihrer Meinung nach hatte der Verhaftete ohne die vorgeschriebene Genehmigung als lebende Statue in einer Hochsicherheitszone gestanden. Ich hängte auf und ging in den Speiseraum zurück, wo Señor Armengol mit seiner gastronomischen Ethik prahlte.

«Hier kein Geflenne und kein Geschwuchtel. In meinem Restaurant nur harte Typen, Teufel noch mal.»

«Du Dr. Schwuchtel? Jawohl!»

Da keiner der beiden verstand, was der andere sagte, kümmerte sich jeder nur um sich selbst, und so festigte sich eine schöne Freundschaft, die jedoch nicht über die Embryonalphase hinauskam, da in diesem Augenblick ganz aufgeregt der Swami hereinstürzte.

«Habt ihr Radio gehört?», fragte er atemlos.

«Nein, was ist denn?», sagten alle Anwesenden zugleich.

«Etwas Schreckliches. Schrecklich und wirr. Das Autoradio hat keinen guten Empfang. Ich glaube, es kommt in TV3.»

Im Restaurant gab es einen alten Apparat, der vor sechs Jahren nach einer Sportsendung den Geist aufgegeben hatte, als wegen einer Schiedsrichterentscheidung ein Streit ausgebrochen war und einer der beiden gerade anwesenden Gäste mit dem Kopf des anderen auf den Bildschirm eingedroschen hatte. Und das Radio hatte keine Batterien. Angela Merkel war begeistert. Die Wiederbegegnung mit dem vermeintlichen Manolito und der DDR-Technologie versetzten sie in ihre Jugend zurück. Sie habe immer ein iPhone, ein iPad und ein Blackberry bei sich, sagte sie, doch all diese Geräte seien bei ihren Begleitern geblieben, als sie sich auf dem Flughafen entschlossen habe, mit mir zu fliehen. Angesichts all dessen suchten wir eine Kneipe in der Nähe auf, wo wir die Live-Reportage der Sonderberichterstatterin vom Tatort sehen konnten.

Schmerz und Empörung hatte in der ganzen Stadt das grauenhafte Attentat ausgelöst, das ein international gesuchter Terrorist begangen hatte, welcher im Moment seiner Festnahme Alí Aarón Pilila zu heißen angab, sich als Urheber des Kanzlerinnenmordes bekannte und gegen den Kapitalismus und Mohammed vom Leder zog. Die Tat war kurz zuvor geschehen, als sich Angela Merkel in Begleitung des Hochwohllöblichen Herrn Bürgermeisters von Barcelona anschickte, auf dem Balkon des Rathauses eine Rede zu halten vor einer reichbeschickten Delegation der deutschen Kolonie in Katalonien, die zuvor zu ihrem Empfang auf den Flughafen gekommen war und sie dann in mehreren Bussen vor den Eingang des Rathauses begleitet hatte, wobei sie unaufhörlich gesungen und die ehrwürdige Kanzlerin und große Steuerfrau der Bundesrepublik Deutschland hatte hochleben lassen. Genau in diesem Augenblick schoss von der hoch gelegenen Terrasse eines nahe gelegenen Hotels aus ein Verbrecher, ungeachtet der Empörung, die seine Tat auslösen würde, mit einer Bazooka auf den erwähnten Balkon, so dass sich dieser vom Gebäude löste und mit allen, die sich darauf befanden, auf den Platz herunterkrachte, zum Entsetzen und der Empörung der genannten hier versammelten Menge, die sich sogleich auflöste. Im Moment des Attentats erwähnte Frau Merkel eben ihre starke gefühlsmäßige Bindung an Barcelona und ihre persönliche Freundschaft mit dem Erzbischof von Tudela. Die Leichen waren ins Klinikum gebracht worden, wohin in ebendiesem Augenblick ein zweiter Übertragungswagen von TV3 unterwegs war, um live über die weitere Entwicklung der Ereignisse berichten zu können.

Dann kam eine Werbepause, und ich war am Boden zerstört. Die Niederlage hätte verheerender nicht sein können. Und auch wenn man mir unter rein moralischem Gesichtspunkt keine Schuld zuschieben konnte, da ich ja schwerlich hatte voraussehen können, dass unsere sonst so scharfsinnigen obersten Behörden meine prahlerische Schwester für jene illustre Dame halten würden, die, nebenbei gesagt, unversehrt neben mir an der Theke stand, nichts ahnend eine Blätterteigschnecke futternd, so hatte mein Plan doch in der Praxis Cándida ein trauriges, vorzeitiges Ende beschert und Romulus den Schönen nicht von seinen Verantwortlichkeiten entlastet.

Doch es war zu spät zum Wehklagen. Ich bat den Swami, den Wagen zu holen, damit wir unverzüglich ins Klinikum fahren könnten, was er angesichts meines jämmerlichen Zustands hurtig und ohne zu murren tat. Wir bezahlten Señor Armengol die Zeche und machten uns auf. Unterwegs zum Krankenhaus ließ ich den Swami vor einem Blumenladen halten, lieh mir sechs Euro von ihm und kaufte einen Blumenstrauß, den ich dann auf Cándidas sterbliche Überreste oder den Behälter mit ihnen legen wollte. Doch als ich wieder einstieg, entriss ihn mir Angela Merkel und rief:

«Manolito, du sehr romantisch!»

Auch jetzt mochte ich sie nicht enttäuschen, und während der restlichen Fahrt dachte ich, Cándida verlasse diese Welt in demselben Durcheinander, in dem sie auf sie gekommen und durch sie gegangen sei.

* * *

Wir mussten weit weg vom Krankenhaus parken, denn dort hatte die Polizei alle Hände voll zu tun, um eine Lawine von Fernsehteams, Journalisten, besorgten Bürgern und müßigen Touristen im Zaum zu halten – und die hartnäckigen Demonstranten, die vor dem Klinikum Willkommenssätze skandierten hinter einem neuen Transparent mit der Aufschrift:

HOCH DAS GESUNDHEITSWESEN
VON GENERAL TAT

Mit Schubsen und Rippenstößen kämpften wir uns zur Haupttreppe des erhabenen Gebäudes vor, wo abgehärtete Polizisten Wache standen. Gefolgt von meinen Begleitern, wandte ich mich an den, der nach der neuen Nomenklatur das – meiner Ansicht nach etwas hochtrabende – Amt des Petit Caporal bekleidete, und bat ihn um die Erlaubnis, einzutreten und die Opfer des Attentats zu besuchen.

«Wir sind Angehörige», erklärte ich, um das Ansinnen zu rechtfertigen. «Genaugenommen bin ich der Bruder der Ermordeten.»

Als er das hörte, zog er die Mütze. Nicht zum Zeichen des Respekts und des Beileids, wie ich zuerst dachte, sondern um sich am Schädel zu kratzen. Dann sagte er, er müsse seinen Vorgesetzten fragen, und ging ihn suchen. Nach kurzer Zeit kam er mit einem Offizier zurück, der den Titel des Imperators innehatte.

«Du bist der Bruder der Señora Merkel?», fragte er mich in wenig mitfühlendem Ton.

«Jawohl», sagte die Genannte, die die Frage teilweise verstanden hatte. «Ich bin Frau Merkel. Er ist Manolito. Viel romantisch. Ich Merkel. Ich kann mich nicht ausweisen, weil ich meine Tasche mit den Papieren liegengelassen habe.»

«Aha. Und dieser Gestörte da, wer ist das?» Der Offizier deutete auf den Swami, der die Augen verdreht hatte und aus der Nase schnaubte wie ein Auspuffrohr. Er antwortete, er sei ein Schüler von Ramakrishna und müsse um diese Zeit eine Reinigungsübung machen. Zum Glück befanden wir uns am Fuß der Treppe und nicht oben.

An diesem Punkt wurde der Wortwechsel durch einen plötzlichen Aufruhr unter den Journalisten unterbrochen, da im Eingang des Krankenhauses ein Herr mit breiter Stirn, gebräunter Haut und Silberschläfen erschien, den ein makellos weißer Kittel zum Erzengel stilisierte. Man flüsterte, das sei Dr. Sugrañes jr. von der berühmten Medizinerdynastie desselben Namens, derzeit Krankenhaussprecher. Auf ihn richteten sich nun Kameras und Mikrophone und die Aufmerksamkeit der Anwesenden. Mit einer Handbewegung gebot er Schweigen, dann setzte er sich die Brille auf, zog ein Blatt aus der Tasche und las folgenden Text:

«Im Namen der Krankenhausleitung und des Personals muss ich Ihnen mitteilen, dass der Hochwohllöbliche Herr Bürgermeister, der mit den verschiedensten Verletzungen eingeliefert worden war, nach Durchführung der vorgeschriebenen Tests physisch eine bemerkenswerte Besserung erfahren hat, so dass er entlassen werden kann. Zur Bestätigung dieser Aussage – da kommt er, das Thermometer noch im Mund – und schreitet rückwärts! Ein deutliches Symptom von Genesung. Herr Bürgermeister, treten Sie bitte an die Mikrophone. Wir sind auf Sendung. Nein, das hat nichts mit der Post zu tun, Herr Bürgermeister. Wir kommen im Fernsehen. Einem Lokalsender, Sie brauchen sich also nicht anzustrengen. Aber vielleicht sollten Sie sich an unsere Einschaltquote wenden, um die Bürger zu beruhigen, die sich wegen der Vorkommnisse Sorgen machen. Nein, nicht wegen einer Postsendung, Herr Bürgermeister. Wegen des Attentats, Sie wissen schon, was ich meine.»

Mit einer bestimmten Handbewegung schob der Bürgermeister den Krankenhaussprecher beiseite und wandte sich an die Massenmedien:

«Liebe Mitbürgerinnen und Mitbürger, kennt ihr den Witz vom Scheißhaufen und der Giraffe? Also, da geht eine Giraffe und stolpert … So ein Mist, jetzt hab ich mit dem Ende angefangen, da ist die ganze Pointe im Eimer. Na gut, reden wir von was anderem. Heute ist etwas höchst Bedenkliches geschehen, das als bedenklich, ja sogar höchst bedenklich zu bezeichnen ich nicht zögere. Aufgrund eines noch nie dagewesenen Attentats, außer der Bombe im Liceo-Theater, derjenigen von Fronleichnam und vielen anderen, die geworfen wurden, als Barcelona noch eine echte Stadt war und nicht diese Lachnummer, die es jetzt ist … Ein, wie ich sagte, scheußliches Attentat, begangen von einem Menschen, den ich als Spitzbuben zu bezeichnen wage, aufgrund dessen, ich meine des Attentats, und verzeiht, wenn ich manchmal stocke … das ist diese verdammte Aphasie … aufgrund dessen also ist unserer Stadt ein schrecklicher Schlag versetzt worden: Der Balkon des Rathauses ist ernstlich beschädigt worden. Und die Frage, die ich mir stelle, ist folgende: Wo kann ich jetzt hinaustreten, um zu sehen, ob es regnet? Denn der Mann von der Wettervorhersage gibt keine … Doch ich verfalle nicht in Alarm- oder Panikstimmung. Und schon gar nicht in Schweigen. Ich habe nämlich bereits die nötigen Maßnahmen ergriffen. Und ich werde euch noch mehr sagen: Während ich mich vor einigen Minuten noch in Ärztehand befand, was sage ich, während man eine Rektalaustastung an mir vornahm, habe ich mit Madrid telefoniert, um eine Subvention zu verlangen. Natürlich hat man mir die rote Karte gezeigt, aber man hat mir erlaubt, Obligationen auszugeben. Wenn also alles gut geht, werden wir in einem Jahr oder zwei wieder einen Balkon haben, wie wir ihn gehabt haben. Bis dahin und in Anbetracht des Ernstes der Lage werden die Gemeindewahlen aufgeschoben und die Ergebnisse der Meinungsumfragen annulliert. Das ist im Moment alles. Wenn ihr irgendeinen Zweifel oder eine Anfrage oder Anregung habt, dann wisst ihr ja: wewewe tschingderassabum Punkt cat. Danke für eure Unterstützung und fröhliche Weihnachten.»

Da wir nur wenige Meter von ihm entfernt standen, hüpfte ich während der ganzen Rede auf und ab und winkte, um zu sehen, ob er mich erkenne, denn einige Jahre zuvor hatten der Herr Bürgermeister und ich an einem bewegten Abenteuer teilgenommen, das wir unversehrt, wenn auch nicht unbedingt als Freunde überstanden hatten. Doch er sah mich nicht oder erinnerte sich nicht an mein Gesicht oder beides kumulativ. Aber es musste dringend etwas geschehen, damit wir ins Krankenhaus hineingelangen und als kleineres Übel Cándida lebend oder tot herausschaffen und an ihrer Stelle Angela Merkel zurücklassen konnten. Nach diesem zweiten Austausch könnte Angela Merkel eine plötzliche oder sogar wundersame Genesung ins Feld führen, das Krankenhaus auf eigenen Füßen verlassen und ihre Bemühungen dem widmen, was zu tun sie nach Barcelona gekommen war.

Wir umrundeten mehrmals das Gebäude, kamen aber

bloß ins Schwitzen und wurden müde, ohne eine einzige
Bresche im unüberwindlichen Polizeikordon zu finden. Bei
einer unserer Runden öffnete dieser sich für einen Augenblick, um einen Leichenwagen durchzulassen. Obwohl ich
wusste, dass ein Krankenhaus Kranke beherbergt und viele
von ihnen nicht mit Freudensprüngen wieder herauskommen, machte mich die Vorahnung, den Exequien der armen
Cándida beizuwohnen, so traurig, dass ich mich nicht
mehr zusammennahm, mich auf den Randstein setzte und
hemmungslos zu heulen begann. Vergeblich versuchten
mich meine beiden Begleiter zu trösten, einer mit Zitaten
aus den *Upanishaden* und die andere mit Zitaten aus der
Vierfachen Wurzel des Satzes vom zureichenden Grunde,
ohne mit dieser gemeinschaftlichen Anstrengung die er-
wünschte euphorisierende Wirkung zu erzielen. So verging
ungefähr eine Viertelstunde, bis sich eine dritte Person dem
Kolloquium anschloss, wenn auch mit ganz anderen Absichten, denn sie sprach mich mit folgenden Worten an:

«Du räudiges Schwein, wenn ich mit dir fertig bin,
kommt das Schlimmste erst!»

Die empört wogende Mähne der Unterinspektorin Victoria Arrozales im Gegenlicht hätte jeden eingeschüchtert
außer Angela Merkel, die die Arme in die Seiten stemmte
und sagte:

«Mit meinem Manolito legt sich keiner an, du alte
Hexe! Und schon gar nicht in diesem kummervollen Augenblick. Bist du vielleicht seine Frau?»

Mit dem Hemdsaum die unaufhaltsam fließenden Kro-
kodilstränen trocknend, stand ich auf, stellte mich zwischen die beiden Kontrahentinnen und sagte den Satz, den
ich im Laufe meines bewegten Lebens am häufigsten gesagt habe, immer mit verhängnisvollem Ergebnis:

«Ich kann alles erklären.»

Ich machte eine kurze Pause und begann, da ich bei ihr staunend eine gewisse Bereitschaft erkannte, sich anzuhören, was meinem Mund entspränge, der Unterinspektorin unverzüglich zu berichten, was der Leser schon weiß, und überging nur die wahrscheinliche Beteiligung von Romulus dem Schönen am Attentat, was jedoch ziemlich unnütz war, denn wenn man den verruchten Terroristen Alí Aarón Pilila festgenommen hatte, wie im Fernsehen gesagt worden war, würde er seinen Komplizen sehr bald verraten. Mehr aber konnte ich nicht tun.

Die Unterinspektorin hörte sich meine Schilderung an, ohne mich zu unterbrechen oder mit Wort oder Tat zu reagieren, und danach fragte sie, ob die Frau in meiner Begleitung tatsächlich sei, wer sie zu sein angebe. Ich bejahte, die Genannte bestätigte es, und die Unterinspektorin dachte eine Weile nach und sagte dann:

«Ah.»

Sie dachte von neuem nach und fügte, den Gesprächsfaden wiederaufnehmend, hinzu:

«Was du mir da erzählst, ist glaubhaft und möglich. Das Einzige, was ich nicht verstehe, ist, warum dich diese Schlaubergerin immer Manolito nennt.»

«Bitte schön», sagte Angela Merkel, «lassen Sie diesen Punkt mich erklären. Manolito und ich haben uns vor vielen Jahren kennengelernt, in Lloret del Mar. Wir waren beide jung, impulsiv und naiv. Wir verkehrten in einer schäbigen Disko, wo wir die ganze Nacht zum Sound von Dr. Arcusa und Dr. de la Calva getanzt haben. Das Dynamische Duo. Danach sind wir an den Strand gegangen, haben uns in den Sand gesetzt und dem Sonnenaufgang zugesehen, Hand in Hand, und Süßstengel geraffelt, wie

Sie hier sagen. Die Geschichte war bald zu Ende: Ich musste auf den Rückweg zu mein Land. Auf Wiedersehen, Manolito. Aber Manolito wollte mit mir gehen, in Deutschland Arbeit suchen und viele Knete verdienen. War schwer, ihm ausreden. Ich habe in Deutschland gelebt, aber in Demokratische Republik. Die Idee war nicht gut: Manolito sehr verrückt, und Stasi keinen Spaß. Ich ihm habe mehrere Briefe geschrieben, keine Antwort; ich gedacht: vielleicht die Franco-Zensur, oder vielleicht er mich vergessen. Jetzt ich ganz glücklich, zu sehen, dass er nicht mich hat vergessen, dass er diesen ganzen Tumult nur veranstaltet hat für mich, aber jetzt unsere Beziehung nicht möglich», sagte sie zum Schluss mit einem liebevoll-melancholischen Blick auf mich. «Wir sind nicht mehr jung, Manolito. Ich verheiratet, bin Kanzler von Deutschland und muss die Eurokrise lösen.»

Am Ende dieser zwar falschen, aber deswegen nicht weniger rührenden Geschichte seufzte die Unterinspektorin und sagte:

«Jetzt ist mir alles klar. Ihr alle habt unzählige Delikte begangen, eingeschlossen Señora Merkel, aber ihr habt auch den Mord an einer höchst wichtigen Person verhindert und dazu beigetragen, die Freundschaftsbande zwischen unseren beiden Ländern enger zu knüpfen. Ich für mein Teil lege die Angelegenheit ad acta. Andere Gerichtsbarkeiten werden nach ihren Kriterien handeln. Bis dahin wollen wir das Angefangene zu Ende bringen. Kommt mit, so dass wir Señora Merkel gegen die Überbleibsel deiner Schwester austauschen können.»

Mit uns im Schlepptau ging sie auf einen Polizeioffizier zu, zeigte ihm ihre Erkennungsmarke und verlangte Durchlass. So gelangten wir alle vier durch eine Seitentür ins Krankenhaus hinein, ohne von den Journalisten gesehen zu werden, und nach vielen Korridoren, Treppen, Höfen, Hör- und Leichensälen sowie anderen Räumlichkeiten kamen wir in die Vorhalle, wo wir vom angesehenen Dr. Sugrañes jr. empfangen wurden, den wir eine Weile zuvor als Supporting Act des Herrn Bürgermeisters zu hören Gelegenheit gehabt hatten. Er war ein jovialer Herr mit erlesenen Manieren. Schon als Kind, vertraute er uns an, habe er den Ruf der Medizin verspürt. Da er aber nicht auf dem Gebiet der Psychologie in die Fußstapfen seines berühmten Vaters habe treten mögen, habe er sich auf Chirurgie spezialisiert, doch die Praxis liege ihm nicht allzu sehr, und so habe ihm die Krankenhausleitung die heikle Aufgabe anvertraut, vor den Massenmedien den Kopf hinzuhalten, sei es, wenn eine Berühmtheit eingeliefert werde, sei es gegenüber den Angehörigen der Kranken, wenn sich im Verlauf eines Eingriffs oder einer Behandlung etwas Unvorhergesehenes oder ein Kunstfehler ereignet habe. Bei der Ausübung dieses Fachgebiets, erklärte er unter lautem Gelächter, habe er mehr als eine Ohrfeige eingesteckt.

Nach dieser vergnüglichen Posse führte uns der joviale Mediziner in den Aufbahrungsraum mit einem Sarg. Bei seinem Anblick brach ich erneut in Tränen aus. Unverändert jovial reichte mir der joviale Mediziner ein Papiertaschentuch und sagte:

«Mein herzliches Beileid. Ich weiß, dass Sie durch starke Bande miteinander verbunden waren.»

Diese innigen Sätze vertieften meinen Kummer noch und verdoppelten die Lautstärke meines Geplärrs, das so lange andauerte, bis mich eine Person, deren Anwesenheit ich noch nicht bemerkt hatte, mit Zuneigung am Arm fasste und murmelte:

«Ich danke Ihnen herzlich für Ihr Kommen und Ihre Schmerzensbekundungen, die ich für ein wenig übertrieben halte. Doch er wäre entzückt gewesen zu sehen, wie sehr Sie ihn geschätzt haben.»

Im herrschenden Halbdunkel und bei meiner tränenverschleierten Sicht erkannte ich nur schwer Señor Lin und in einiger Entfernung und in stiller Einkehr Señora Lin und den kleinen Quim. Da wurde mir klar, dass die Aufbahrung, der wir beiwohnten, nicht die Cándidas war, sondern die von Großvater Lin, der an diesem Vormittag vom Zustand eines unnützen Trödelstücks in den des ehrwürdigen Vorfahren übergetreten war, und ich weinte gleich noch etwas mehr, um die Familie des Dahingeschiedenen nicht zu enttäuschen, und fragte dann, ob Cándida noch am Leben sei.

«Ich weiß nicht, wer Cándida ist», antwortete Sugrañes jr. «Heute Morgen ist uns bloß dieser alte Knacker weggestorben. Und eingeliefert wurden nur der Herr Bürgermeister, von dessen Genesung wir Zeugen gewesen sind, sowie Señora Merkel, ihr Begleiter und der Protokollchef der Stadtverwaltung. Glücklicherweise hat sich niemand mehr auf dem Balkon befunden, als das Attentat verübt wurde. Frau Merkel wurde von der Druckwelle des Schusses erfasst, so dass sie mitten auf dem Platz auf die Schnauze fiel, doch ihr aufwändiges Festkleid und der Trainingsanzug, den sie darunter trug, haben den Aufprall gedämpft. Sie hat Brüche an Knochen, deren Namen ich mir nie habe merken können, und vermutlich Hirnverletzungen, denn bei ihrer Einlieferung hat sie geschworen, ihrem Bruder die Zähne auszuschlagen. Sie wird bald wieder auf dem Damm sein. Und ihr Begleiter noch eher: er hat nur leichte Quetschungen erlitten. Während der Erste-Hilfe-Maßnahmen beklagte er den Verlust des Kleides der Königin von Portugal. Auf traumatische Ereignisse reagieren die Menschen merkwürdig, wie Dr. Marañón sagen würde. Nehmen wir ein Beispiel aus jüngster Zeit: Vorgestern wurde hier ein junger Mann eingeliefert, der einen Motorradunfall gehabt hatte und unbedingt eine Pizzaschachtel in den OP mitnehmen wollte. Ich musste sie ihm mit Gewalt entreißen. Und dann habe ich die Pizzareste gegessen, die sich noch in der Schachtel befanden – ich bringe es nicht übers Herz, Speisen in den Müll zu werfen.»

Wir freuten uns sehr, Cándida, den Dandy Morgan und Mahnelik lebend und fast unversehrt zu wissen, eine unerwartete Wendung der Ereignisse, die einen Schlusspunkt unter den Hauptteil unseres Unterfangens setzte. Es war also der Moment gekommen, uns von Angela Merkel zu verabschieden. Sie begriff die Notwendigkeit der Trennung und stellte ihre Charakterfestigkeit unter Beweis, die ihr auch erlaubte, den Bundestag zur Vernunft zu bringen.

«Noch einmal auf Wiedersehen, Manolito», sagte sie und konnte ein wehmütiges Tremolo nicht unterdrücken, weil nicht sein durfte, was hätte sein können. «Entführ mich nicht wieder. Dein Platz ist hier, und das ist gut so.»

Ohne meine Reaktion abzuwarten, ergriff sie die Hand des Swami, der weinerlich das Gesicht verzog, drückte der Familie Lin ihr Beileid aus, hakte den jovialen Mediziner unter, und die beiden traten durch die Tür des Aufbahrungsraums ab. Es wäre scheinheilig, wenn ich verschwiege, dass mich ihr Gehen eher erleichterte als bekümmerte.

Es blieb uns nichts Weiteres zu tun, als so diskret aus dem Krankenhaus zu verschwinden, wie wir eingetreten waren, und dazu bot uns die bevorstehende Bestattung von Großvater Lin eine ideale Gelegenheit. Wir fassten den Sarg bei den Griffen und legten in betrübter Prozession wieder den ganzen Weg zurück, bis wir in die Vorhalle und von dort auf die Straße gelangten, wo uns die Demonstranten mit einer Standarte hochleben ließen, auf der stand:

HOCH DER BESTATTUNGSDIENST

Nachdem wir den Sarg im Auto deponiert hatten, verabschiedete ich mich von der Familie des Verstorbenen und sagte Señor Lin, es wäre nun angezeigt, die Demonstration aufzulösen, da es dafür keine Notwendigkeit mehr gebe, worauf er antwortete, er habe sie für vierundzwanzig Stunden angeheuert, und wenn jemand nicht bis zur letzten Minute arbeite, gedenke er ihm den vertraglich zugesagten Napf Reis nicht zu zahlen.

15
DIE WEGE TREFFEN SICH

Es war erst Mittagessenszeit, als ich endlich im Damensalon war, doch die vorangegangenen Stunden waren so
gedrängt voll und intensiv gewesen, dass ich mich müde
fühlte wie nach einem mühseligen langen Arbeitstag. Da
es immer noch sehr heiß war, zog ich mich aus und setzte
mich auf den Stuhl, um ein erholsames Nickerchen zu machen. Nach einigen Sekunden stand ich wieder auf und
schlüpfte in den Kittel – ganz sicher würde ich sehr bald
Besuch bekommen, also sah ich besser einigermaßen prä-
sentabel aus. Ich setzte mich wieder hin und lehnte den
Kopf zurück, konnte aber nicht einschlafen. Teils, weil
mich der Tod von Großvater Lin betrübte, an dessen immer unerwartete kecke Besuche ich mich allmählich gewöhnt hatte und dessen Ableben mir erst jetzt, nachdem
der ganze Wirbel vorüber war, so richtig zu Bewusstsein
kam. Und teils wegen eines anderen, weniger fassbaren be-
unruhigenden Gefühls.

Als es Abend wurde, kam die Moski, stellte das Akkordeon auf den Boden und schnaubte eine Weile, bis sich ihr
heftiger Atem beruhigte.

«Verdammt», sagte sie einleitend, «das Wachestehen
liegt mir nicht. Weil es langweilig ist, meine ich. Nachspio-
nieren schon: In meinem Land habe ich Krethi und Plethi
denunziert und mich königlich dabei amüsiert. Aber hinter einem Baum versteckt, die Stunden vorüberziehen zu
sehen, das mag ich nicht. Ich habe einen ungezähmten

Charakter, wie man so sagt. Straßenkünstlerin. Als ich in Kuba war, hat Fidel zu mir gesagt: Meine Liebe, du platzt ja vor Neugier!»

Aus ihrem Wortschwall schloss ich, dass sie mir unangenehme Nachrichten brachte. Wir unterhielten uns eine Weile, ich bedankte mich bei ihr und sagte, sie könne nun wieder gehen.

«Soll ich dich nicht begleiten?», fragte sie, während sie das Akkordeon wieder hochhob.

«Das ist wirklich nicht nötig. Du hast schon eine ganze Menge für mich getan. Ihr alle habt eine Menge für mich getan, und ich werde euch nie bezahlen können, was ich euch schulde. Ich werde euch nicht einmal eine Erklärung für das, was geschehen ist, geben und das Ende der Geschichte erzählen können.»

Wir verabschiedeten uns knapp, um keine Sentimentalität aufkommen zu lassen, die Moski ging, und nach einer Weile verließ ich den Salon, um persönlich die letzten Kontrollen durchzuführen.

* * *

Es liegt in der Natur der plötzlichen, Ende August in Barcelona überaus häufigen Gewittergüsse, dass sie den Fußgänger unvorbereitet erwischen und bis auf die Haut durchnässen. So geschah es mir an jenem Abend, und um den an sich schon jämmerlichen Zustand meiner Kleider und Schuhe nicht noch zu verschlimmern, rannte ich zum *Dicken Rindviech* ins Trockene. Ich bestellte ein Glas Leitungswasser und setzte mich auf einen Hocker an der Theke, von wo aus ich auf die Straße hinaussehen konnte, während ich so tat, als studierte ich das spärliche Angebot der Karte. Das Gesicht des Kellners war schwarz, da er sich andauernd mit dem Gläsertuch den Schweiß trocknete. Er schien vom Fernseher hypnotisiert zu sein.

«Wetten, dass Sie nicht wissen, wie ich das Fernsehen nenne», sagte er unversehens. Und ohne mir Zeit zu lassen, das Rätsel zu lösen oder eine klärende Frage zu stellen, fügte er hinzu: «Die Glotze.»

«Donnerwetter, so viel Witz ist schwer zu überbieten», antwortete ich.

«Tatsächlich. Die Bezeichnung habe ich selbst erfunden, ohne Hilfe von niemandem. Ich lasse sie aber nicht patentieren, weil ich finde, das Denken soll ungehindert zirkulieren, wie im Internet. Und was das Fernsehen betrifft, passen Sie auf, was ich Ihnen sage: darauf könnte man verzichten, ohne die universelle Kultur zu schmälern. Wissen Sie, wie ich es nenne, das Fernsehen?»

«Die Glotze.»

«Wer hat Ihnen das gesagt?»

«Sie.»

«Da schau her, Sie haben vielleicht ein gutes Gedächtnis. Und sehr recht haben Sie auch. Ich will Ihnen ein Beispiel nennen, als Beispiel. Vor einer Stunde ist im Fernsehen in der Tagesschau Señora Merkel gekommen. Der Bürgermeister hat sie zum zweiten Mal im Rathaus empfangen, jetzt hinter verschlossenen Türen, damit sie nicht noch mal erschossen werden. Merkwürdige Meldung. Und während ich den Bericht sah, dachte ich und sagte wie zu mir selbst: Das ist doch der Hammer! Und als ich das sagte, ohne es zu sagen, nur im Hirn gedacht, Sie verstehen schon, merke ich, dass der Protokollchef, der den Bürgermeister begleitet, genau gleich aussieht, aber gleich, haargenau gleich wie dieser Trottel, der da genau vor dem Lokal die lebende

Statue gespielt hat, auf dem Platz da. Und ich sage mir: Das ist doch der Hammer!»

«Ja», sagte ich, «das ist ein ungewöhnliches Phänomen. Und beweist unwiderlegbar Ihre Theorie.»

«Das nenne ich Parapsychologie in Reinkultur», fügte er hinzu und deutete mit dem Zeigefinger auf den kleinen Platz hinaus. «Schauen Sie, da gegenüber hat der Typ gestanden, tagtäglich, und hat mit keiner Wimper gezuckt. Und weil ich ihn andauernd gesehen habe, hat sich mir seine Gestalt eingeprägt, und jetzt habe ich schon Visionen und sehe ihn im Fernsehen. Das ist doch der Hammer!»

Ich nickte nur und schaute an den entsprechenden Ort. Da es immer noch in Strömen regnete, erkannte ich dort, wo der Dandy Morgan seinen Beobachtungsposten eingerichtet hatte, nur undeutlich eine vom strömenden Regen verwaschene Gestalt mit eingezogenen Schultern.

Sie tat mir leid. Da die Decken der paar fürs Abendessen vorbereiteten Tische aus Wachstuch waren, nahm ich eine, bedeckte mich damit und ging mit den Worten hinaus:

«Ich geb sie Ihnen gleich zurück! Und dazu noch sauber!»

Zwischen Pfützen und Sturzbächen hüpfend, gelangte ich auf den Platz und rief:

«Du willst dir wohl eine Lungenentzündung holen? Komm hier drunter, und wir gehen in die Kneipe!»

Sie gehorchte wortlos, und ein paar Sekunden später waren wir unter dem schützenden Dach. Quesito zitterte. Ich legte ihr nahe, sich auf der Toilette abzutrocknen. Für den Fall, dass es dort nichts gab, womit sie das tun konnte, bat ich den Kellner um einen Lappen. Er war ein guter Mensch und lieh uns ein Handtuch. Ich wartete an der Theke. Als Quesito zurückkam, fragte ich sie, ob sie gegessen habe, und sie schüttelte den Kopf. Ich sagte, wenn sie wolle, könne sie ein Magnum bestellen, und wieder verneinte sie. Nach einer Weile fragte sie:

«Wie haben Sie gewusst, dass ich da sein würde?»

«Ich habe es nicht gewusst. Eigentlich bin ich dasselbe suchen gekommen wie du. Darum haben wir uns getroffen. Aber ich habe schon vermutet, du würdest hier herumstreichen. Bevor wir alle zum Flughafen gefahren sind, habe ich die Moski zum Wachestehen geschickt. Ich wollte wissen, was geschähe, wenn nicht mehr der Dandy Morgan da wäre. Vor einer Weile ist sie gekommen und hat mir Bericht erstattet.»

Es trat Schweigen ein, und Quesito schaute in alle Richtungen außer in meine. Dann sagte sie:

«Alles ist meine Schuld, nicht wahr?»

«Das ist nicht der Moment, um über diese Dinge zu reden. Du bist klatschnass und kannst dich erkälten. Geh nach Hause, dann nimmst du eine Dusche, schlüpfst in den Pyjama und legst dich ins Bett. Und morgen gegen ein Uhr mittags kommst du im Salon vorbei, und wir werden uns aussprechen. Bis dahin erzähl niemandem etwas, und ich werde es auch nicht tun.»

Ich schaute hinaus – zum Glück hatte es aufgehört zu regnen, wir hatten uns nichts mehr zu sagen. Ich erbot mich, sie zu begleiten, was sie kategorisch, fast gereizt ausschlug. Wortlos nahm sie ihre kleine Tasche und ging.

Ich blieb noch zwei Stunden im Lokal, nicht weil irgendetwas geschehen würde, sondern weil ich nicht so früh nach Hause gehen mochte. Zwar konsumierte ich nichts, aber da sonst niemand da war, ließ mich der Kellner bleiben, um jemanden zu haben, vor dem er seine Gedanken zum Fernsehen, zur Politik, zum Motorrad-Grand-Prix, zu den Frauen und ähnlichen Themen darlegen konnte. Da es ihm nicht einfiel, während seines Selbstgesprächs die Glotze auszuschalten, lenkte ich mich damit ab, dass ich mir bis zur letzten Nachrichtensendung alles anschaute, was eben so kam. Wieder wurden die Bilder von Angela Merkel im Rathaus gezeigt, und erfreut stellte ich fest, dass der Dandy Morgan, wie der Kellner gesagt hatte, den Protokollchef ersetzt hatte, der vermutlich beim Attentat an diesem Vormittag ums Leben gekommen war. Ich nahm an, der Dandy habe in einem unbewachten Augenblick im Krankenhaus die Papiere und die Kleider des Verstorbenen an sich genommen. Bei seiner unbrauchbar gewordenen Statuentracht war es nur logisch, dass er sich ein neues Tätigkeitsfeld gesucht hatte, und dieses passte wegen seiner Geduld und seiner Einseifungserfahrung zu ihm wie die Faust aufs Auge.

16

ÜBERRASCHUNG

Früh am nächsten Morgen ging ich ins Klinikum, um mich nach Cándidas Befinden zu erkundigen. Nach Anerkennung der Verwandtschaftsbeziehung sagte mir ein Arzt, die fragliche Patientin befinde sich ab und zu außer Lebensgefahr, die an ihr vorgenommenen Eingriffe gäben zu keiner Klage Anlass und die daraus resultierenden sowohl physiologischen als auch physiognomischen Störungen und Veränderungen könne man nicht als Folgeerscheinungen, sondern als echte Umgestaltungen bezeichnen. Man ließ mich zu ihr, und ich traf sie sehr munter an, ess- und redelustig, obwohl ihr beides verboten war. Die Krankenschwestern sagten mir, am Abend zuvor sei der Ehemann der Patientin gekommen und habe anfänglich großes Interesse daran bekundet, ihren Körper der Wissenschaft zu überlassen, sei es für Transplantationen, sei es zu pädagogischen Zwecken, habe das Interesse jedoch wieder verloren, nachdem ihm gesagt worden sei, hier würden Körper nur nach dem Tod des Spenders angenommen und die Spende ziehe keine finanzielle Entschädigung nach sich.

Beruhigt, meine Schwester in guten Händen zu wissen, verließ ich das Klinikum mit dem Versprechen, bald wiederzukommen, und begab mich zur Leichenhalle, wo laut den Anwohnerinnen des Viertels die Trauerfeier von Großvater Lin stattfinden sollte. Die Nüchternheit der Zeremonie und die wenigen Teilnehmer enttäuschten mich, wo ich doch großes Gedränge und einen Aufmarsch mit Drachen,

Feuerwerkskörpern und Sonnenschirmen erwartet hatte. Nach der Verabschiedung des Trauergefolges mit einem Übermaß an Verneigungen meinerseits zeigte die Uhr der Leichenhalle einige Minuten nach Mittag.

Ein Bus, eine U-Bahn und ein Fußmarsch brachten mich zur Nr. 12 der Calle del Flabiol. Der elende Zustand des Hauses bezeugte, dass es erst vor kurzem erbaut worden war. Auf den Balkonen dieses und der angrenzenden Häuser standen Männer im Unterhemd und rauchten blöde vor sich hin. Aus den offenen Fenstern war Kindergeschrei und Tellergeklapper zu hören. Ich drückte auf einen Knopf der Gegensprechanlage, und eine Frau fragte, was ich wolle.

«Ich bin ein Schulkamerad Ihrer Tochter, Señora», sagte ich mit der schlaffen Flötenstimme eines Jugendlichen. «Ich bringe ihr einige Bücher zurück.»

«Und diese lächerliche Stimme?»

«Die Hormone, Señora.»

Die Tür ging auf, und ich trat in den Hausflur. Als ich mit dem Aufzug nach oben fuhr und mich im Spiegel betrachtete, stellte ich fest, dass meine Kleider nach den gestrigen Regengüssen um dreißig bis fünfzig Prozent eingelaufen waren. Wäre ich dick gewesen, hätte ich sie gar nicht erst zuknöpfen können, vor allem die Hose nicht, doch da ich von Haus aus mickrig bin, hatte ich die Druckstellen und Spannungen an gewissen Stellen des Körpers dem Alter und anderen Störungen zugeschrieben. Jetzt nahm mir der wenig schmeichelhafte Anblick meiner Erscheinung noch den letzten Rest Mut, den ich aufgebracht hatte, um ans Ende dieser Geschichte zu kommen.

Der Treppenabsatz lag im Halbdunkeln, und im Gegenlicht konnte ich von der Frau, die mir die Tür öffnete, nur die Umrisse erkennen. Als sie mich erblickte und merkte, dass sie einer List zum Opfer gefallen war, seufzte sie eher resigniert als ärgerlich und sagte ruhig:

«Ich wusste, dass du mich über kurz oder lang finden würdest. Komm rein.»

In der winzigen Diele sah ich im Licht der Wandleuchte ihr Gesicht. In weniger als einer Sekunde erkannte ich sie wieder.

«Emilia?», stammelte ich ebenso ungläubig wie gerührt. Doch sogleich fügte ich heftig hinzu: «Du hast dich überhaupt nicht verändert!»

«Du dich in gewisser Hinsicht auch nicht», sagte sie mit einem Blick auf meine Kleider ironisch. «Wie hast du unsere Adresse rausgefunden?»

«Gestern, in einem Lokal und wegen des Regens. Quesito ist auf die Toilette gegangen und hat den Fehler gemacht, die Tasche bei mir liegenzulassen. Auf dem Personalausweis habe ich ihren richtigen Namen gesehen sowie Adresse und Geburtsdatum. Den Namen der Mutter habe ich nicht beachtet.»

«Du hast sie Quesito genannt?»

«Sie hat mir gesagt, so nenne man sie in der Familie. Stimmt das nicht?»

«Um Gottes willen ...» Emilia reagierte beleidigt auf die Frage. Dann deutete sie ein Lächeln an und sagte: «Sie erfindet gern Namen; sie ist eine Schwindlerin und gerät andauernd in Schwierigkeiten, ohne zu wissen, wie und warum. Ich weiß nicht, von wem sie das hat.»

«Was willst du damit andeuten, Emilia?»

Während dieses hastigen Gesprächs waren wir von der winzigen Diele in ein kleines rechteckiges Wohnzimmer gegangen, in dem eine abgenutzte Sitzgruppe, ein Bücherregal und ein Fernseher standen. Durch einen Balkon kam heiße Luft herein, um nachher vom Ventilator gemächlich verteilt zu werden. Wir setzten uns, und ich sehe mich gezwungen, die geordnete Darstellung der Ereignisse zum Wohle des Lesers mit einer kleinen Abschweifung zu unterbrechen.

Im Laufe meines bewegten Lebens habe ich, weniger mit Intelligenz als mit Wagemut, Hartnäckigkeit und – ohne mich rühmen zu wollen – einem selten anzutreffenden Geschick, mich zu verstellen und eine ganz andere gesellschaftliche Stellung als die meine vorzugeben, Geheimnisse ergründet, Fälle gelöst und mir aus Patschen geholfen. Doch die Natur, die mir dieses Talent geschenkt hat, hat mir ein anderes, zweifellos wichtigeres vorenthalten, und so habe ich mich auf dem Gebiet der Liebe nie wirklich zu entfalten vermocht. Nicht einmal schlecht, wie es die übrigen Vertreter des Menschengeschlechts tun. Im Ödland, das mein Leben in dieser Hinsicht gewesen ist, hat nur selten ein Aufblitzen die monotone Dunkelheit aufgebrochen, in deren Schutz, ich gestehe es, ich mir triste Surrogate verschafft habe. Von diesen seltenen Blitzen hat keiner ein solches Licht auf meinen Geist geworfen oder mich so, gemäß der Definition dieses Wortes durch die Königliche Akademie, aufgegeilt wie meine Beziehung mit Emilia Corrales, die ich nun nach so langer Zeit wiedergefunden hatte.

Für diejenigen, die den Roman nicht gelesen haben, den ich seinerzeit über diese Episode schrieb, füge ich an, dass Emilia und ich uns in Madrid kennenlernten, wohin mich eine Geheimmission geführt hatte und wo sie mich auszurauben versuchte und auszurauben schaffte. Wie zu erwarten war, überstanden wir das Abenteuer, das die Folge dieser Begegnung war, beide übel zugerichtet, doch im Verlauf jener Geschehnisse gab es ein Ereignis, das mir trotz des unerbittlichen Laufs der Zeit in lebhafter Erinnerung geblieben ist.

«Nichts», antwortete sie. Und mit echt besorgter Miene fügte sie hinzu: «Die Kleine kommt gleich. Bei der ersten unangebrachten Bemerkung bring ich dich um.»

«Ich werde vorsichtig sein, aber sie wird erst in einer Stunde oder noch später kommen. Ich habe sie für heute in den Salon bestellt, und da wird sie auf mich warten. Ich wollte sie fernhalten während meiner Ermittlungen, wer die Fäden in der ganzen Geschichte bewegt hat. Natürlich, wenn ich gewusst hätte, dass du es warst ...»

«Wie hättest du das wissen können? Meiner Tochter hab ich nie von dir erzählt, und sie konnte nicht erraten, dass wir uns schon vor ihrer Geburt kannten. Romulus der Schöne hat ihr mit deinen Abenteuern die Ohren vollgequasselt. Er hat dich aufrichtig geachtet.»

«Und ich habe ihn bewundert.»

«Das ist nicht dasselbe», erwiderte Emilia rau. «Weil er schön und unbesonnen ist, hat Romulus immer oberflächliche Gefühle geweckt bei Menschen, die ihn dann in der Stunde der Wahrheit im Stich gelassen haben.»

«Und was ist die Stunde der Wahrheit in der Geschichte, mit der wir es jetzt zu tun haben?»

«Ich dachte, du hast das Rätsel schon gelöst.»

Ich hatte mir mehrere Strategien ausgedacht, eine geschickter als die andere, aber vor Emilia war ich entwaffnet, und so entschloss ich mich, die Wahrheit zu sagen.

«Nur halb. Mit deiner Hilfe könnte ich es ganz lösen. Aber im Grunde kümmert mich das nicht – nur Quesito macht mir Sorgen. Ich möchte wissen, bis zu welchem

Punkt sie aus eigener Initiative gehandelt und wie weit du sie für deine Machenschaften instrumentalisiert hast.»

Sie zeigte einen Anflug von Gereiztheit.

«Du wirst die Frauen nie verstehen», rief sie. «So kompliziert sind wir doch gar nicht.»

Sie lehnte sich auf dem Sofa zurück, faltete die Hände, schloss die Augen und schwieg. Ich schaute sie an und schwieg ebenfalls, in Erinnerungen verloren. Auch jetzt noch eine sehr ansehnliche Person, war Emilia Corrales ein hübsches, heiteres, gutgewachsenes, sympathisches, lebhaftes und intelligentes junges Mädchen gewesen. Sie hatte weder zu wenig Ehrgeiz noch zu viel Skrupel. Als junge Frau kam sie nach Barcelona, angezogen vom abgedroschenen Traum, im Film groß herauszukommen. Und vielleicht hätte sie es mit den genannten Eigenschaften tatsächlich weit gebracht, wenn sie ihre Laufbahn ein Jahrzehnt früher begonnen hätte, als das kulturelle Phänomen namens Striptease das matte Panorama des spanischen Films belebte. Aber als Emilia ihr hübsches Gesicht, ihr Talent und ihre Bereitwilligkeit gewinnbringend einsetzen wollte, hatte uns sogar der Nuntius Seiner Heiligkeit schon den Po gezeigt und die Übersättigung die einheimische Filmindustrie wieder an ihren Ausgangspunkt zurückgeführt. Die für die Jugend typische Leichtfertigkeit, die freizügigen Gewohnheiten der Epoche und eine unserer zyklischen Wirtschaftskrisen brachten sie dazu, sich in der trüben Peripherie von Geld und Ruhm ein Auskommen zu suchen. Sie tat sich mit einem gescheiterten Schauspieler und viertklassigen Ganoven zusammen, der bald umgelegt wurde, nicht ohne sie vorher als Komplizin und Lockvogel für seine Intrigen missbraucht zu haben. Natürlich geriet sie in arge Schwierigkeiten, was unserer Begegnung förderlich war, denn wenn sie etwas förmlicher gewesen wäre, hätten sich unsere Wege nie gekreuzt. So erlebten wir gemeinsam gefährliche und aufwühlende Momente und ließen, mitgerissen von der Leidenschaft, wie spannungsgeladene Situationen sie zu erzeugen pflegen, einmütig die Sprungfedern eines klapprigen Betts erzittern. Dann trennte uns der Zufall wieder, so wie er uns zusammengeführt hatte, und ich hörte nichts mehr von ihr bis zu dem Augenblick, da ich dank der Wiederbegegnung ins Bild gesetzt wurde, obwohl es wenig zu erzählen gab. Emilias Mitwirkung bei einem undurchsichtigen Betrug brachte die Schauspielkarriere endgültig zum Scheitern. Sie hatte winzige Rollen in schändlichen Fernsehproduktionen, und als sie schwanger wurde, musste sie auch das aufgeben. Ohne fremde Hilfe überlebte sie mehr schlecht als recht.

«Meiner Tochter hat es an nichts gemangelt, mir an allem», sagte sie mit einem melodramatischen Anflug.

Als sie bei der Gebäudereinigungsfirma Arbeit fand, stabilisierte sich ihre wirtschaftliche Lage. Und bei ebendieser Arbeit lernte sie Romulus den Schönen kennen, damals Portier des Hauses, dessen Reinigung ihr anvertraut worden war. Emilia war nie wählerisch gewesen, wie bereits erraten haben wird, wer weiß, dass wir einmal zusammen gewesen waren, aber jetzt brachten sie nicht einmal Romulus' gefälliges Aussehen und sein Witz um den Verstand. Die Anziehungskraft, die er zweifellos auf sie ausübte, vernebelte ihr weder den Verstand, noch brach sie ihren Willen. Die beiden schienen für den Erfolg prädestiniert und hatten doch bloß Misserfolge vorzuweisen. Ein identisches Schicksal durchlebt zu haben schuf zwischen ihnen ein stärkeres Band, als die erratischen Zuckungen der Unkeuschheit es zustande gebracht hätten.

«Zudem waren wir für so was zu alt», fügte sie ein wenig bitter hinzu.

Gern hätte ich diese Diagnose dementiert, aber ich wollte lieber auf das Thema zurückkommen, das mich hergeführt hatte.

«Hast du den Brief gelesen, den Romulus der Schöne Quesito geschickt hat?»

«Ich habe ihn gelesen, aber zu spät. Darin hat Romulus sie gebeten, ihn mir nicht zu zeigen und mir nichts davon zu erzählen, und sie gehorchte ihm. Als ich ihn dann doch heimlich las, hatte sie dich schon in die Geschichte verwickelt, ohne zu merken, dass sie genau das tat, was er wollte.»

«Romulus der Schöne hatte vor, mich in das Attentat gegen Angela Merkel mit hineinzuziehen?»

Zu meinem maßlosen Staunen trat in Emilias Gesicht Genugtuung an die Stelle der Verärgerung.

«Natürlich. Romulus hatte dich vor einigen Monaten um Mitwirkung bei einem Coup gebeten, am Tag eurer Wiederbegegnung bei einer Veranstaltung an der Universität. Da du den Vorschlag von dir gewiesen hast, hat er mit seinem Plan allein weitergemacht. Als dann aber die Dinge schiefliefen, dachte er wieder an dich. Als sie klein war, hatte er Quesito von deinen Abenteuern erzählt. Als etwas Komisches natürlich, aber in ihrer kindlichen Mentalität hat sie sich ein heroisches Bild von dir gemacht. Und so rechnete Romulus sich aus, wenn er ihr diesen hochdramatischen Brief schriebe, würde dich Quesito aufsuchen.

«Wozu denn?», fragte ich verwirrt. «Wie konnte ich entsprechend den Plänen von Romulus dem Schönen handeln, wenn ich gar nicht wusste, welches meine Rolle in diesem Verwirrspiel sein sollte?»

«Weil gerade dein Nichtwissen mit zur Idee gehörte.»

Eine Weile dachte ich über Emilias Worte nach, und dann sagte ich:

«Jetzt verstehe ich alles. Und kann eine logische Erklärung geben für das, was geschehen ist, außer für zwei, drei Details.»

«Die vielleicht ich erklären kann», sagte eine Stimme hinter mir.

Und aus der winzigen Diele trat zu Emilias und meinem Erschrecken die stattliche Gestalt von Romulus dem Schönen. Von diesem Schrecken erholte ich mich aber sofort, um auf ihn zuzulaufen, ihn zu umarmen und zu rufen:

«Mein Lieber, wie schön, dich wohlbehalten zu sehen! Du hast dich überhaupt nicht verändert!»

Verlegen wehrte er sich gegen meinen Überschwang und bedeutete mir, mich wieder aufs Sofa zu setzen und mich dort nicht zu rühren. Inzwischen hatte auch Emilia die Selbstbeherrschung wiedergewonnen und sagte:

«Ich habe dich nicht kommen hören.»

Im Tonfall dieser scheinbar harmlosen Bemerkung lag eine kaum wahrnehmbare Nervosität.

«Oh, vor mir ist kein Schloss sicher», brüstete er sich. «Und klingeln wollte ich nicht, um euch überrumpeln zu können.»

«Ich bin nur auf Besuch», sagte ich, um möglichen Missverständnissen vorzubeugen.

«Ha, ha, da wird der Rechtsmediziner seine eigenen Schlüsse ziehen», sagte er mit unheilvollem Lachen. «Es wird euch nichts helfen, Widerstand zu leisten oder zu schreien, um Milde zu bitten oder auf eine List zu sinnen. Diesmal habe ich alles perfekt geplant. Ich gebe zu, dass ich andere Male dasselbe gesagt und dann alles vermasselt habe, aber diesmal wird es keinen Fehler geben.»

«Du bist gekommen, um uns umzulegen?», fragte Emilia mit einer Selbstsicherheit, die ich weder der Ungläubigkeit noch dem Fatalismus zuzuschreiben wusste.

Romulus der Schöne zuckte die Achseln.

«Es bleibt mir nichts anderes übrig. Ein guter Verbrecher beseitigt immer die Zeugen seiner Untaten.»

Es beunruhigte mich, in seinem Verhalten mehr Wahnsinn als Wut wahrzunehmen.

«Red keinen Unsinn, Mensch», sagte ich gespielt leichthin, «niemand wird gegen dich aussagen, hier wirst du geliebt.»

Sein Gesicht verdüsterte sich.

«Oh», rief er wieder, diesmal nicht mehr prahlerisch, sondern bitter, «mich liebt keiner mehr. Als ich Tony Curtis noch mehr glich, war es anders. Aber jetzt bin ich nur noch ein Dreck. Besser als der echte Tony Curtis, zugegeben, aber das ist kein Trost. Zudem hat dich die Unterinspektorin Arrozales im Griff und wird dich zum Singen bringen, ob du willst oder nicht. Und der da» – er deutete mit dem Daumen auf Emilia – «kann ich nicht trauen, die ist vollkommen übergeschnappt.»

Eine Frau, die mir vor langer Zeit in die Arme gefallen ist, verdient vielleicht diese Bezeichnung, aber das zu erörtern erschien mir weder angebracht noch taktvoll.

«Und Quesito», sagte ich, um das Thema zu wechseln, «willst du auch sie beseitigen?»

«Genau, bring ihn noch auf solche Gedanken», murmelte Emilia.

«Beruhige dich», sagte Romulus der Schöne und deutete ein einfältiges Lächeln an. «Quesito wird nichts geschehen. Aber ich muss mich beeilen – wenn sie mich in flagranti ertappt, werde ich mich gezwungen sehen, sie in die Liste der Opfer aufzunehmen. Zum Glück hält deine Kriegslist sie noch für eine Weile von uns fern. Und jetzt, wenn ihr mich gefälligst nicht mehr vergeblich von meinem Todesplan abzubringen versucht, werde ich Zweifel ausräumen und Einzelheiten erklären, wie ich es im Moment meines theatralischen, durch die Abschweifungen ein wenig verwässerten Auftritts versprochen habe. Mach mir Platz auf dem Sofa.» Ich rückte beiseite, und er setzte sich, schaute mich fest an und fragte: «Was weißt du?»

«Ich würde lügen, wenn ich sagte, nichts, nur um meine Haut zu retten», antwortete ich. «Was dich betrifft, so weiß ich alles. Das heißt, dass sich eine terroristische Organisation mit dir in Verbindung gesetzt und deine Mitwirkung gekauft hat – oder dafür, dass man dich aus diesem Land hinausschafft und dich in einem anderen unterbringt, wie du es ja gewollt hast. Und du hast eingewilligt …»

«Nicht sofort. Ich war müde und niedergeschlagen, weil der Banküberfall wegen Johnny Pox eine Pleite war. Darum bin ich, als uns der Zufall nach so vielen Jahren wieder zusammengeführt hat, auf die Idee gekommen, dir eine Beteiligung an dem Unternehmen anzubieten. Mit dir wäre es anders gewesen: die alten Kameraden in einem letzten Abenteuer vereint, Schulter an Schulter – oder Seite an Seite, laut Wörterbuch ist beides möglich. Und dir wäre das Geld mehr als gelegen gekommen.»

«Was war deine Aufgabe bei dem terroristischen Komplott?», fragte ich.

«Logistische Unterstützung. In dem Haus, wo ich einige Jahre als Portier gearbeitet und übrigens auch Emilia kennengelernt habe, wohnt ein Industrieller, ein hohes Tier. Ich brauchte bloß in seine Wohnung einzudringen und gewisse Papiere an mich zu nehmen. Ein Kinderspiel für jemand, der so gut mit Schlössern umzugehen weiß.»

«Aber irgendwas ist schiefgelaufen», sagte ich, als ich sah, dass ihn die Erinnerung an die Vorfälle nachdenklich stimmte, was dem Erzählfluss nicht förderlich war.

Er sah mich fest an, breitete die Arme aus und antwortete:

«Ach, mein Freund, auch darin habe ich Pech gehabt. Immer misslingt mir alles, und wenn mir etwas eigentlich hätte misslingen müssen, gelingt es plötzlich. Ich wusste nicht, dass ich für eine terroristische Organisation arbeitete. Ich nahm die Dokumente an mich, um die sie mich gebeten hatten, weil ich dachte, es gehe um einen Finanzschwindel. Ein bisschen argwöhnisch war ich allerdings schon – sie boten mir sehr viel für eine sehr einfache Sache. Und als du mir deine Mitwirkung versagtest, hätte ich um ein Haar ebenfalls verzichtet. Aber diese Durchgeknallte da hat mich überredet.»

«Emilia?» Mein Blick wanderte von einem zur anderen. «Emilia hat dich überredet, den Terroristen zu spielen? In deinem Alter?»

«Ja, ich gebe es zu», antwortete sie. «Es ist mir auf den Keks gegangen, wie er sich so auf dem Sofa breitgemacht und auf einen Gruselfilm im Fernsehen gewartet hat.»

«Na und?», protestierte Romulus der Schöne. «Mir gefällt Freddy Krueger. Ich habe mein Leben lang krumme Dinger gemacht, da hat man doch irgendwann das Recht, sich zurückzulehnen und seinen Launen nachzugeben, oder?» Er sah mich Zustimmung heischend an, und ich machte eine mehrdeutige Handbewegung, um es mir mit keinem der beiden zu verderben. «Aber sie hat einen Sturkopf und hat mich nicht in Ruhe gelassen. Ob du's glaubst oder nicht, sie hat mich zu dem Bankraub angestiftet. Die Geschichte von der fehlenden Überwachung und der nicht vorhandenen Alarmanlage, und die Angestellten seien Hosenscheißer ... Sie hat mir den Floh ins Ohr gesetzt und ist darauf herumgeritten, immer wieder. Dann ist es so gekommen, wie es gekommen ist, und klar, wer dann ins Kittchen wandert, das bin ich. Kunststück! Kurzum, eins ist zum andern gekommen, und ohne dass ich es recht gemerkt habe, war ich auf einmal ein international gesuchter Terrorist.»

«Und wann hast du das kapiert?»

«Im Hotel an der Costa Brava. Wir sind dahin gegangen, um die gestohlenen Dokumente zu übergeben und den ersten Teil der vereinbarten Summe zu kassieren. Diesmal habe ich Emilia gezwungen, mich zu begleiten. Das war noch schlimmer. Im Hotel hat uns Alí Aarón Pilila persönlich erwartet. Ich hatte noch nie etwas von ihm gehört, aber er erwies sich als Aufschneider und Frauenheld – um Emilia zu beeindrucken, erzählte er seine Heldentaten, ein Blutbad hier, eine Bombe dort ... Und während sie offenen Mundes zuhörte, ging mir allmählich auf, dass ich da in ein Riesenschlamassel geraten war und dieser Draufgänger, hatte er von mir erst bekommen, was er wollte, nicht die geringsten Skrupel hätte, mir einen Schuss auf den Pelz zu brennen. Natürlich habe ich zu Emilia kein Wort gesagt. Sie hätte mich mit größtem Vergnügen fallen sehen, in jeder Hand eine Pistole wie James Cagney. In den Filmen natürlich – Cagney ist mit siebenundachtzig auf seinem Gut in Stanfordville gestorben.»

263

«Dann hast du beschlossen, einen Rückzieher zu machen und zu verschwinden», sagte ich.

«Ich hatte keine andere Wahl: Zur Polizei konnte ich nicht gehen, aber zu Hause bleiben und das Ende des Gewitters abwarten ebenso wenig. Ich habe einen Unterschlupf gesucht. Scheint einfach zu sein, aber alle Türen gehen zu, wenn ein ehemaliger Häftling ohne einen Euro in der Tasche anklopft, der auch noch wegen Überfalls verurteilt worden ist.»

«Aber für den König der Schlösser bleiben sie nicht zu», sagte ich, um seiner Eitelkeit zu schmeicheln, denn während seines Berichts war er immer trauriger geworden. «Und auch die Verkleidung war leicht zu basteln: Mit einem Laken, einem Bart aus Rohbaumwolle und einem künstlichen Bräunungsmittel kann jeder zum indischen Guru werden.»

«Und das habe ich getan. Aber ihr habt mich entdeckt. Wie konnte ich wissen, dass man so was nicht mehr trägt? Die Verkleidung hatte ich von einem Foto der Beatles mit dem Maharishi. Natürlich ist seither viel Wasser den Ebro runtergeflossen. Weißt du noch, als man uns in der Strafzelle mit Ravi Shankar beglückt hat?»

Er hatte die schlechte Angewohnheit, vom Hundertsten ins Tausendste zu kommen, und so unterbrach ich ihn erneut.

«Du wusstest um die Beziehung deiner Frau zum Swami», sagte ich.

«Natürlich, ich bin ja nicht blind. Aber zu Lavinia habe ich nichts gesagt. Man kann von einer solchen Frau nicht erwarten, dass sie zu Hause Däumchen dreht, während ihr Mann im Kittchen sitzt. Und dieser Typ scheint ein Einfaltspinsel zu sein, ich könnte schwören, der ist schwul.

Am Anfang habe ich sie verfolgt, um sicher zu sein, dass sie nicht in einen Puff gingen. Danach habe ich sie in Ruhe gelassen. Aber das Yogazentrum kannte ich. Als es so weit war, schien es mir ein geeignetes Versteck, und ich machte mir die Ferien im August zunutze. Alles hätte geklappt, wäre der Swami als guter Katalane nicht ständig in der Wohnung erschienen. Seinetwegen musste ich den Tag draußen verbringen und konnte erst abends wiederkommen. Aber gelangweilt habe ich mich trotzdem nicht – im Bürgerhaus des Viertels gibt es viele Aktivitäten, und die Pensionierten organisieren Kartenspiele. Einmal habe ich vielleicht abgesahnt …»

«Aber du hast einen Fehler gemacht», sagte ich, um ihn zum Reden zu bringen.

«Ja. Wenn es ums Planen geht, bin ich kühl und methodisch, aber im letzten Augenblick ist die Sentimentalität dann doch stärker. Hätten Lavinia und ich Kinder gehabt, würden sie mir bestimmt am Allerwertesten vorbeigehen. Aber Quesito liebe ich mehr als eine Tochter. Und ich weiß, dass sie meine Gefühle erwidert. Wenn ich also für lange verschwinden musste, vielleicht für immer, sollte sie mich in guter Erinnerung behalten. Ebenso dachte ich, sie würde den Brief publik machen, und das würde dann alle davon überzeugen, dass ich tatsächlich verschwunden war. Das Einzige, was mir nicht in den Sinn kam, war, dass sie dich um Hilfe bitten könnte. Wegen Quesitos Übereifer und deiner Einmischung sehe ich mich gezwungen, euch beide umzubringen.»

«Hast du auch Juan Nepomuceno umgelegt?», fragte ich, weiterhin kaltblütig trotz seiner wiederholten Drohung.

Da ergriff Emilia das Wort, die bis dahin geschwiegen hatte.

«Das geht auf meine Kappe. Quesito hat mir die Geschichte mit dem Foto erzählt. Da ich mit drauf war, sollte niemand dieses Bild zu sehen bekommen. Ich rief im Hotel an, und als ich endlich Juan Nepomuceno an den Apparat bekam, machte ich ihn darauf aufmerksam, dass Alí Aarón Pilila das mit dem Foto ebenfalls wusste und in diesem Augenblick unterwegs zum Hotel war, um ihn umzubringen. Der Ärmste legte auf und suchte das Weite. Da er sehr zuverlässig war, hat er vor der Flucht noch die Nummer angerufen, die du ihm gegeben hattest, und Quesito gebeten, ihn bei dir zu entschuldigen, weil er nicht zu dem Treffen komme.»

«Und damit», sagte Romulus der Schöne, «ist nun alles geklärt. Unter dieser verworrenen Geschichte fehlt nur noch der Schlusspunkt mit dem Doppelmord, der mich hierhergeführt hat und dessen Ausführung durch unser angenehmes Geplauder aufgeschoben worden ist. Ich möchte euch nicht umbringen, ohne vorher meine letzten Worte zu sprechen. Die letzten für euch natürlich. Verzeiht mir, wenn ich mir manchmal fehlende Präzision zuschulden kommen lasse oder Amphibolien benutze – ich bin ein Mann der Tat, nicht der Rhetorik. Aber was ich euch zu sagen habe, kommt aus tiefstem Herzen.»

Und dem Wort die Tat folgen lassend, erhob er sich, hielt sich auf der Höhe des Herzens die offene Hand an die Brust und fuhr, die andere Hand zur Decke erhoben, fort:

«Wenn euch vielleicht jemand fragt: Was ist das Wichtigste im Leben?, werdet ihr zweifellos antworten: die Liebe. Und das stimmt. Doch es gibt mehrere Arten von Liebe. Nicht viele, aber einige. Da gibt es die göttliche Liebe, die fleischliche Liebe, die Liebe zur Kunst und noch andere. Nun, ich sage euch, es gibt keine größere, reinere und uneigennützigere Liebe als die, auf der die wahrhafte Freundschaft fußt. Und diese Liebe ist es, die ich euch entgegengebracht habe. Dann gibt es die Eurokrise. Wenn man die nicht bald in den Griff bekommt, wird es uns übel ergehen. Aber das braucht euch ja nicht mehr zu kümmern – Sterben ist die beste Art, der Krise ein Schnippchen zu schlagen. Das wär's auch schon. Wir Bankräuber sind von Natur aus lakonisch. Auf Wiedersehen, meine lieben Freunde. Es tut mir leid, dass ich das tun muss, aber ihr werdet mit mir übereinstimmen, dass es keinen anderen Ausweg für mich gibt. Ich werde euch sehr vermissen.»

«Wart einen Augenblick, Romulus», sagte ich hastig, als ich ihn in die Tasche greifen sah, «die Balkontür ist auf, und es ist Essenszeit. Wenn du schießt, hört es das ganze Viertel, und du wirst zum x-ten Mal in eine schwierige Lage geraten.»

Meine Warnung brachte ihn derart zum Lachen, dass er keinen ganzen Satz mehr herauskriegte.

«Hohoho», sagte er schließlich und hielt sich die Leisten, um sich keinen Bruch zuzuziehen. «Das war ein guter Trick, deiner würdig, aber unnütz. Wie ich schon zu Anfang gesagt habe, ich habe alles vorhergesehen, auch diese Möglichkeit, und eine Pistole mit Schalldämpfer mitgebracht. Hat mich eine schöne Stange Geld gekostet.»

Erneut griff er in die Jackettinnentasche, nestelte und zog die Hand leer wieder heraus. Er griff in eine andere Tasche, dann in eine weitere und so fort, bis er sämtliche Jackett- und Hosentaschen abgeklappert hatte, und dann tastete er immer noch, falls irgendwo eine Naht aufgegangen und die Waffe zwischen Stoff und Futter gerutscht wäre. Schließlich gab er es auf und rief laut, aber wie zu sich selbst:

«Verdammte Scheiße, ich habe die Pistole zu Hause gelassen!»

Ein gespanntes, fast gewalttätiges Schweigen trat ein: Weder Emilia noch mir fiel irgendwas ein, was wir hätten tun oder sagen können, um ihm seine offensichtliche Frustration zu ersparen. Seine schwarzen, von langen Wimpern gesäumten Augen füllten sich mit Tränen. Einige Sekunden lang bewegte er keinen Muskel. Die Tränen kullerten ihm über die Wangen, und salzig blieben die Tropfen am Unterkiefer hängen, bis sie von weiteren Tropfen fortgeschoben wurden, und dann fielen sie auf das Revers, wo sie einen kleinen schwärzlichen Kreis bildeten.

«Das ist das Ende», stammelte er, «oder, noch schlimmer, der Anfang eines langen Weges zum Ende. Man könnte es die Lebensdämmerung nennen.»

Mir schnürte sich das Herz zusammen, als ich ihn so geschlagen sah, aber ich konnte nichts tun, und Emilia musste es genauso gehen, ihrem Ausdruck und dem leichten Zittern im Gesicht nach zu urteilen. Schließlich brachte sie in einem Ton, der freundschaftlich sein sollte, aber mütterlich war, heraus:

«Das muss der Stress der letzten Tage gewesen sein.»

Romulus schaute sie an, schloss halb die Augen, als bemühte er sich, den Menschen zu erkennen, der gerade das Wort an ihn gerichtet hatte, schüttelte den Kopf, trocknete sich mit dem Ärmel das Gesicht, setzte sich steif wie eine schlecht geölte Maschine in Bewegung und verließ die Wohnung, ohne uns auch nur eines Blickes zu würdigen.

17
ES BLEIBT ALLES BEIM ALTEN

Ich weiß nicht, wie lange Emilia und ich in ihrem heruntergekommenen Wohnzimmer sitzenblieben, wortlos und jeder auf seine Weise damit befasst, in seinem Leben die pathetische Szene einzuordnen, deren unfreiwillige Zeugen wir eben geworden waren. Einmal mehr brach sie das Schweigen.

«Glaubst du, er verliert das Gedächtnis?», sagte sie.

Die Frage barg eine implizite Bitte, und ich konnte nicht umhin, auf sie zu antworten.

«Wie alle», sagte ich, um die Sache herunterzuspielen. «Diesmal würde ich den Vorfall nicht neuronaler Insuffizienz zuschreiben, sondern dem, was Psychiater und ihre Patienten eine Freudsche Fehlleistung nennen, dank der ihm, als ihm das Über-Ich die Zeugen des mutmaßlichen Delikts zu beseitigen befahl, das Unterbewusstsein Stolpersteine in den Weg legte, so dass er dir keinen Schaden zufügen konnte.»

Mit einem erleichterten Seufzer billigte sie die wissenschaftliche Erklärung und fügte hinzu:

«Bin ich denn tatsächlich an allem schuld, was geschehen ist?»

«Es steht mir nicht zu, das Verhalten anderer zu beurteilen. Du hast sicher in gutem Glauben gehandelt. Aber in einigem bist du zu weit gegangen, Emilia.»

Sie nickte demütig, aber sogleich machte sie eine Handbewegung, wie um ein Insekt zu verscheuchen, und rief:

«Ich wollte einfach nicht mit ansehen, wie er tollpatschig, schrullig, kahl und dickbäuchig würde. Und schon gar nicht mochte ich ihn mir als Alterchen in Hausmantel und Pantoffeln vorstellen, in jener geschmacklosen Wohnung, in Gesellschaft einer Frau, die mit dem Gehaben einer Sexbombe durch die Welt zieht, wo sie doch bloß ein hundsgewöhnliches Heimchen am Herd ist. Wenn er schon nicht der öffentliche Feind Nummer eins werden konnte, so hätte ich ihm doch wenigstens ein rühmliches Ende gewünscht, als er noch gut aussah.»

In ihren Worten und ihrer Haltung glaubte ich das Parfüm der Eifersucht und in ihrer Entschlossenheit mehr Leidenschaft als aufrichtige Absichten wahrzunehmen, aber wieder verbot ich mir den Mund; wenn das, was sie für Romulus empfand, mehr war als die Komplizenschaft, die beide zur Schau stellten, war es besser, dass sie selbst es nicht wusste, da sie ihn jetzt ein für alle Mal verloren hatte.

Was mich letzten Endes kaltließ, so dass ich anstatt nach tröstlichen Sätzen nach einer Möglichkeit suchte, hier wegzukommen, ohne unhöflich zu wirken.

Das war aber gar nicht nötig – aus der Diele kam ein tiefer Seufzer, der in dieser trotz ihrer Winzigkeit so stark frequentierten Wohnung die Anwesenheit eines trauernden Wesens verriet. Emilia erkannte den Laut sofort und schnellte, wie von einer der Federn des schmutzigen Sofas angetrieben, auf, während gleichzeitig Quesito ins Wohnzimmer trat.

«Wie lange bist du schon da?», fragte die Mutter alarmiert.

«Von Anfang an. Ich habe alles gehört. Nicht von der Diele aus, wo man mich leicht entdeckt hätte, sondern aus der Küche heraus.»

«Und ich dachte, du wärst im Salon», sagte ich.

«Mein lieber Herr, inzwischen kenne ich Ihre ganzen Tricks in- und auswendig. Ich bin aus der Wohnung raus und einmal um den Block gegangen, lautlos wieder hereingekommen und habe mich versteckt. Genau, wie Sie es mir beigebracht haben – um einem Geheimnis auf die Spur zu kommen, muss man dreist und geduldig sein.»

«Das erfüllt mich mit Stolz», sagte ich, «aber du hast allzu schnell gelernt. Im Übrigen war es nicht meine Absicht, dich grundlos zu hintergehen, ich wollte dir vielmehr das schmerzliche Schauspiel ersparen, das du nun mitbekommen hast.»

Quesito schaute mich mit einem Ausdruck an, als hätte sie gerade eine lebende Tarantel in dem Teller Klößchen vor sich entdeckt oder, falls die Metapher nicht klar genug ist, mit einer Mischung aus Abneigung und Staunen.

«Es ist alles deine Schuld», sagte sie mit zusammengebissenen Zähnen und also kaum verständlich. «Du hast ihn niedergemacht, und wir werden ihn nie wiedersehen.» Bei diesen Worten wich ihre Wut plötzlich einem kummervollen Weinen, als hätte sie erst jetzt, indem sie es in Worte fasste, die Folgen aus dem Vorfall in ihrer vollen Bedeutung begriffen. Sie bedeckte sich das Gesicht mit den Händen und suchte in einem anderen Zimmer Zuflucht. Bevor sie die Tür zuschmetterte, hörten wir sie rufen: «Ich hasse euch beide!»

Überrannt von der Geschwindigkeit und Intensität der Ereignisse, verstummten Emilia und ich erneut.

«Das ist das erste Mal, dass sie mich duzt», sagte ich nach einer Weile. «Darf ich das als positives Zeichen auffassen?»

«Ich würde mir keine großen Illusionen machen. Quesito hat Romulus angebetet und wird dir nie verzeihen, dass du ihn zu einem armen Menschen gemacht hast, der einzig in Ruhe gelassen werden und seine Hinfälligkeit ertragen will.»

«Ich habe ihn zu gar nichts gemacht», protestierte ich. «Er hat nach seinen Grundsätzen gehandelt, ohne mich auch nur zu fragen.»

«Zuerst hat er dich um Hilfe gebeten, und du hast ihn abblitzen lassen, und jetzt hast du ihn auch noch vor den einzigen Personen bloßgestellt, die noch an ihn geglaubt haben. Romulus war kein Held, aber er hat alles Denkbare getan, um seinen Ruf zu retten. Hätte ihn Quesito für tot gehalten, so wäre er ihr als phantastische Gestalt in Erinnerung geblieben, und sie hätte den Verlust in zwei Wochen verschmerzt und einen neuen Vaterersatz gesucht; eine zweifelhafte Ehre, für die du der Spitzenanwärter gewesen bist. Jetzt hast du alles verdorben, und weißt du, warum? Aus Neid. Weil Romulus der Schöne immer schön war und darum eine Frau hatte, die einmal blendend ausgesehen hat. Und weil er Quesitos Zuneigung gewonnen hat. Und meine. Und zu allem Überfluss ist er auch noch ein armer Mann, der weniger wert ist als du.»

«Schieb jetzt nicht auch du mir die Schuld an allem in die Schuhe, was geschehen ist», sagte ich, den Rückzug antretend. «Du und Romulus, ihr habt Quesito den Kopf mit Hirngespinsten gefüllt. Ich bin nur ein Damenfriseur mit einem Kredit der Caixa – weniger dionysisch kann man nicht sein.»

«Nichts schafft größere Mythen als die Abwesenheit», erwiderte Emilia. «Wo warst du, als wir beide dich gebraucht hätten?»

«Sag mir nicht so etwas, Emilia! Du weißt ganz genau, dass man mich wieder eingelocht hat!»

«Ja, natürlich: Die einen gehen ins Kittchen, andere werden umgebracht, und dritte kehren zu ihrer Frau zurück. Vielleicht gibt es da einen moralischen Unterschied, in praktischer Hinsicht ist es genau dasselbe. Du hast mich allein gelassen. Wir hätten ihr den Kopf mit Hirngespinsten gefüllt? Na und? Er hat Tony Curtis geglichen, und ich habe nichts anderes getan als Fußböden geschrubbt, seit du gegangen bist. So ist das nun mal. Komm jetzt nicht, um Rechenschaft von uns zu verlangen.»

Ich musste zugeben, dass sie ein wenig recht hatte. Ich stand auf und ging zur Tür. In der Diele blieb ich stehen und kehrte wieder um. Emilia saß noch immer da, starr den nicht laufenden Fernseher im Visier.

«Willst du mich nun einfach im Ungewissen lassen?», fragte ich.

«Ja.» Sie wandte den Blick nicht von der Mattscheibe ab. «Das ist meine kleine Rache, und du wüsstest auch gar nicht, was du mit der Wahrheit anfangen solltest.» Ich stand schon auf dem Treppenabsatz, als sie in etwas freundschaftlicherem Ton hinzufügte: «Die Zeit ist grausam, aber auch heilsam. Wenn das Schuljahr beginnt und Quesito im Unterricht ist, dann komm mich mal besuchen, falls du Lust hast. Schließlich hatten wir's damals gar nicht so übel.»

Auf der Straße hielt ich nach einem Gully Ausschau und warf, nachdem ich mich versichert hatte, dass ich unbeobachtet war, die Pistole hinunter, die ich aus der Jacketttasche von Romulus dem Schönen entwendet hatte, als er plötzlich aufgetaucht und ich zu ihm geeilt war, um ihn willkommen zu heißen. Ich hatte sie für alle Fälle die ganze Zeit in greifbarer Nähe gehabt, aber jetzt brauchte ich sie nicht mehr, und es war besser, sie verschwinden zu lassen, so dass außer mir niemand von ihrer Existenz wusste. Nicht, dass sie mir noch aus der Tasche fiel, wenn ich im Bus nach der ehrwürdigen Seniorenkarte nestelte.

Als ich den Salon betrat, fand ich darin zwei Männer in Anzug und Krawatte, die mit einem Theodoliten und einem Zeichendreieck Maß nahmen. Bei meinem Anblick sagten sie höflich, aber kategorisch, ohne Helm gebe es keinen Zutritt zur Baustelle, und solange sie da seien, auch nicht mit Helm. Das Lokal war ausgeräumt; auf dem Bürgersteig stand ein Metallcontainer, in dem sich der Friseurstuhl, der Spiegel, das Becken und die Armaturen, der Kittel, die Schere, der Kamm, das Shampoo, die Lotion und die übrigen Utensilien in unterschiedlich verrostetem, verschimmeltem und zersetztem Zustand stapelten, und auf dem Randstein machten sich Insekten, Würmer, Nagetiere und Bazillen auf den bitteren Weg ins Exil. Ich ging wieder hinein und fragte, ob sie bei der Entrümpelung einen Zehn-Euro-Schein gefunden hätten, den ich am Vorabend im Salon zurückgelassen hatte. Als hätten sie keine Zeit mit unwichtigen Diskussionen zu verlieren, zog einer der Vermesser einen Fünf-Euro-Schein aus der Hosentasche und reichte ihn mir, ohne die Augen von seinem Arbeitsgerät abzuwenden.

Auf dem Heimweg trat ich in eine Cafeteria mit Klimaanlage und bestellte einen Hamburger und eine koffeinfreie Pepsi light. Man fragte mich, ob ich auch Gazpacho, Salat und den Nachtisch des Tages wolle, und als ich das Angebot höflich ablehnte, wurde die Klimaanlage ausgeschaltet.

* * *

Die typisch sommerliche Mattigkeit, die Unerbittlichkeit des Klimas und ganz allgemein das Gefühl, die Weihnachtsferien stünden unmittelbar vor der Tür – all das verhindert, dass in Barcelona zwischen Ostern und Mitte Februar irgendetwas beginnen, weitergehen oder an ein Ende kommen kann. Bei meinem dahingeschiedenen Friseursalon war das freilich nicht der Fall. Das Umbauprojekt musste schon fertig und abgesegnet gewesen sein, während ich noch Frau Merkel schöntat, denn nach dem flüchtigen Auftritt der technischen Equipe erschien eine Brigade von zwanzig oder dreißig von Señor Lin angeheuerten Arbeitern, die von acht Uhr morgens bis acht Uhr abends wie die Ameisen schuftete, und dann kam nach einer kurzen Pause eine weitere Brigade und arbeitete mit demselben Eifer bis um acht Uhr früh des folgenden Morgens, und so weiter in dauerndem Schichtwechsel. Da mich anfänglich die Nostalgie Tag für Tag im Lokal herumhängen ließ, entdeckte ich schließlich, dass die Arbeiter der ersten und die der zweiten Schicht ein und dieselben waren. Bei solchem Einsatz war das Werk in Rekordzeit beendet, und Anfang September wurde das Restaurant fürs Publikum geöffnet, um die Rückkehr der Barcelonesen in ihr Heim, an ihre Arbeit und zu ihrer üblichen Verrohung zu nutzen.

In dieser Zeit der Zwangsmuße besuchte ich täglich meine Schwester im Krankenhaus. Eher an Prügel als an Verhätschelung gewöhnt, erholte sich Cándida rasch, obwohl es keinen langen Weg zurückzulegen galt, um wieder in den Zustand zu kommen, in dem sie sich vor dem Attentat befunden hatte. Von einer Krankenschwester erfuhr ich auch, dass Mahnelik das Klinikum bald wieder verlassen hatte und mit dem Argument, eines seiner Beine sei auf der Innenseite nun kürzer als das andere, einen Antrag auf dauernde Arbeitsunfähigkeit für einen Job eingereicht hatte, den man ihm bereits gekündigt hatte. Ich bezweifle, dass seinem Ersuchen stattgegeben wurde, denn er hatte nie etwas in die Sozialversicherung eingezahlt, aber ob er nun seine Rente bekam oder nicht, um die Zukunft des jungen Mannes mache ich mir keine Sorgen – solange er kein Motorrad besteigt, hat er mehr als genug Fähigkeiten zum Überleben. Der Juli hatte wie immer weniger Glück: Er wurde auf freien Fuß gesetzt, und obwohl er nicht des Landes verwiesen wurde, erhielt er keine Aufenthalts- und Arbeitserlaubnis, und zu allem Elend hatte während seiner Abwesenheit eine andere lebende Statue seinen Platz eingenommen und mit größerem Publikumserfolg. Wo er sich jetzt herumtreibt, weiß ich nicht. Der Dandy Morgan hingegen ist immer noch Protokollchef der Stadt und soll zur rechten Hand des Bürgermeisters aufgestiegen sein, der doch das Steuer um keinen Preis loslässt und darauf baut, ad nauseam wiedergewählt zu werden, nicht weil er ein guter Bürgermeister oder Manager wäre, sondern weil er die Wähler mit einer so mitreißenden Beredsamkeit eingeseift hatte, dass ihn die Lokalpresse den «neuen Alkibiades» nannte. Die Moski spielte am Meer und in der Stadt wieder in Restaurants, Imbissbuden und Tapaslokalen Akkordeon, bis sie es eines Tages satt hatte, auf den Sankt-Nimmerleins-Tag und die Losung der Partei zu warten, um auf die Straße zu gehen; sie packte das Akkordeon ein und setzte sich nach Nordkorea ab. Dort erging es ihr übel, denn kurz vor ihrem Eintreffen hatte Präsident Kim Jong-un eine CD mit Boleros veröffentlicht, und weil er die Konkurrenz scheute, ließ er sie lebenslänglich hinter Gitter bringen. Das Restaurant *Hund zu verkaufen* ist nach wie vor geöffnet, hat denselben Wirt und denselben Gäs-

tezustrom, trägt aber einen neuen Namen, wie auf einem
Schild mit gotischen Lettern zu lesen ist:

BIERSTUBE DR. SCHWUCHTEL
WÜRSTE, HERINGE, SAUERKRAUT
UND ANDERE BARBARISCHE SPEZIALITÄTEN

Unser Restaurant läuft im Gegensatz dazu prächtig, seit es
unter dem Namen *Die goldene Miesmuschel* eröffnet
wurde. Ich persönlich finde den Namen etwas dümmlich,
und auch die eher nüchterne Innenausstattung sagt mir
nicht zu, aber ich habe diese Meinung nie geäußert, weil
mich niemand darum gebeten hat, denn das Adjektiv
«unser», das diesen Absatz einleitet, hat eine rein orien-
tierende, aber keine juristische Bedeutung. Am Anfang
kochte Señora Lin sowohl mittags wie abends, und da man
für einen vernünftigen Preis sehr gut aß, hatte das Lokal
bald viele Gäste, die es auch dann noch füllten, als Señora
Lin wieder in den Laden zurückging und man Fertiggerichte zu servieren begann, die einmal im Monat von
einem Lastwagen mit Anhänger und rumänischem Nummernschild herangekarrt wurden. Die einstige Küche
wurde zum Kühlraum, und draußen, wo sich die Toiletten
befunden hatten, wurde eine Mikrowelle hingestellt, die
im Dauerbetrieb lief. Diese Veränderung kam mir zustatten. Obwohl man mir einmal zugesagt hatte, mich als
Kellner in dunklem Anzug und mit Fliege zu beschäfti-
gen, wurde ich in der Praxis unter dem Vorwand, ich
müsse doch das Geschäft bis in alle Winkel kennen, als
Kuli gekleidet und zum Spülen von Töpfen, Tiegeln und
Woks abkommandiert. Jetzt, da nicht mehr gekocht wird,
wische ich Staub, reinige die Fensterscheiben, betätige den

Wischmopp, lade Kästen aus und staple sie an ihrem Platz auf.

Wie zu erwarten gewesen war, habe ich weder Romulus den Schönen noch seine Frau wiedergesehen. Sie unternahmen nichts, um sich mit mir in Verbindung zu setzen, und ich hielt es nicht für angezeigt, unangemeldet bei ihnen aufzukreuzen. Hingegen wusste ich sehr genau über ihr Leben und Befinden Bescheid, nachdem ich eines Tages, bereits im Herbst, im Restaurant unerwartet Besuch von Swami Pandit Shvimimshaumbad bekommen hatte. Nach dem unvermeidlichen Austausch von Höflichkeiten, wie er jede Begegnung zwischen Gentlemen begleitet, fragte ich ihn, ob er komme, um Geld zu leihen oder so, und er antwortete mit seiner üblichen, an Idiotie grenzenden Sanftmut, nein, er sei bloß gekommen, um mich zu sehen und sich nach meinem Wohlbefinden und meiner Situation zu erkundigen, und auch, wie er etwas schüchtern beifügte, weil er ungeachtet der Schrecken, die er meinetwegen erlebt hatte, und abgesehen von einigen Ausgaben, sich an das gemeinsam erlebte Abenteuer liebevoll, wenn nicht mit Sehnsucht und sogar dem Wunsch erinnerte, wieder in etwas Ähnliches hineinzugeraten. Ich bedankte mich herzlich für sein Kommen, seinen guten Vorsatz und seine freundlichen Worte und bedauerte, ihn nicht so bewirten zu können, wie ich es gern getan hätte, denn im Restaurant war ich dauernder Überwachung ausgesetzt, seit man mich dabei ertappt hatte, wie ich eine Kiste vom Lastwagen öffnete und mehrere Frühlingsrollen vertilgte. Wir unterhielten uns eine Weile, und schließlich erzählte er mir errötend und stotternd, hinter dem Rücken ihres Mannes habe er die zwar keusche, aber nichtsdestotrotz lohnende Beziehung zu Lavinia wiederaufgenommen. Dank diesem ätherischen Kontakt hatte er erfahren, dass der Name von Romulus dem Schönen nicht in den Polizeiprotokollen zum Attentat aufgetaucht war, sei es, dass die Unterinspektorin Arrozales keine belastenden Beweise für seine Mittäterschaft hatte, sei es, dass ihre Vorgesetzten die Beteiligung eines spanischen Staatsbürgers an so verwerflichen Taten lieber nicht publik machen wollten. Infolgedessen hatte es, da Romulus der Schöne der Gerichtsbarkeit des Sonderkorps für Staatssicherheit unterstand, Kompetenzstreitigkeiten mit der normalen Justiz gegeben, so dass die Verurteilung für den Banküberfall durch das Berufungsgericht vom Obersten Gerichtshof oder einem anderen, ebenso gestrengen Organ annulliert worden war. Und um zu verhindern, dass er wieder straffällig wurde, war ihm eine lebenslange steuerfreie Pension zugesprochen worden. Das war eine gute Nachricht, und sowohl der Swami wie ich gaben lautstark unserer Freude Ausdruck.

Letzterer zog seinen Besuch und sein Getratsche noch etwas in die Länge. Beim Abschied fragte er mich vertraulich, ob ich vorhätte, meine Tage als Küchenjunge in der *Goldenen Miesmuschel* zu beenden, worauf ich antwortete, so wie die Dinge derzeit lägen, dürfe man eine feste, ebenso regelmäßig wie niedrig bezahlte Arbeit nicht verschmähen. Damit sagten wir uns auf Wiedersehen, nicht ohne unserer Absicht Ausdruck gegeben zu haben, bald gemeinsam ins Kino und danach etwas trinken zu gehen. Er ist nicht mehr gekommen. Vielleicht hat ihn meine Antwort auf seine letzte Frage enttäuscht. Vielleicht hatte er mich unbewusst aufgesucht, um sich von mir in neue Schwierigkeiten bringen oder sonst einen Unsinn vorschlagen zu lassen, wie gemeinsam nach Alaska auszuwandern, um Gold zu suchen oder Eisbären zu jagen, und so nicht mehr den ganzen Tag dummes Zeug schwatzen zu müssen. Aber ich hatte beschlossen, mich nicht mehr von der Stelle zu rühren, weder damals noch sonst je, unter keinen Umständen. Denn ich vertraute darauf, dass eines Tages, weder heute noch morgen, weder in einem Jahr noch in zwei, aber eines Tages Quesito über das Vorgefallene nachdenken, die Dinge mit anderen Augen sehen und ihre Wut sich verflüchtigen würde, und wenn sie dann kommen und mir das oder etwas anderes sagen wollte, musste sie unbedingt wissen, wo sie mich finden könnte.

INHALT

1	Ein Star tritt auf	7
2	Was Romulus der Schöne erzählte	13
3	Der Brief	24
4	Die Wache	35
5	Der geheimnisvolle Besitzer eines Peugeot 206	57
6	Wo sich der Kosmos dreht	90
7	Der meistgesuchte Mann	103
8	Abenteuer am Meer	120
9	Die Geschichte der Lavinia Torrada	143
10	Ein Vorschlag und eine Debatte	159
11	Mord	179
12	Vorbereitungen	202
13	Abenteuer in der Luft	220
14	Der Plan scheitert	229
15	Die Wege treffen sich	245
16	Überraschung	251
17	Es bleibt alles beim Alten	269

Eduardo Mendoza
Katzenkrieg
Roman
Aus dem Spanischen von Peter Schwaar
Band 19786

»Kunstgeschmack, Intrigen, Spionage, Action, Erotik.
… Intelligente Unterhaltung erster Güte.«
Neue Zürcher Zeitung

Madrid 1936 am Vorabend des Spanischen Bürgerkriegs.
Anthony Whitelands, britischer Kunstexperte, steht anscheinend vor der Entdeckung seines Lebens. Im Besitz des kon-
servativen Herzogs de la Igualada befindet sich ein Venusbild,
das Velázquez zugeschrieben wird. Der Brite soll dessen
Echtheit zertifizieren und den Verkauf lancieren. Doch bevor
es dazu kommt, steckt er bereits in einem Strudel von Ereignissen, die wenig mit der Kunst, aber viel mit den hand-
festen politischen Interessen der verschiedenen Parteien zu
tun haben: spanische Hochadelige, verführerische Frauen,
Revolutionäre, ausländische Spione und die Polizei. Als in
den Kneipen und Gassen von Madrid eine Verfolgungsjagd
beginnt, muss Anthony Whitelands selbst zum Verfolger
werden, um seine Haut zu retten.

»Meisterhaft zeitlos erzählt, lässt uns ›Katzenkrieg‹
genießerisch und selbstvergessen in die spanische
Geschichte und Kultur eintauchen.«
culturmag.de

Das gesamte Programm gibt es unter
www.fischerverlage.de

fi 19786 / 1

Juan Gabriel Vásquez
Die Informanten
Roman
Aus dem Spanischen von Susanne Lange
Band 19158

Ein junger kolumbianischer Journalist überreicht seinem
Vater, einem berühmten Rhetorikprofessor, sein erstes Buch.
Eine Chronik der deutsch-jüdischen Familie Guterman, die
von den 30er Jahren in Kolumbien bis in die Gegenwart führt.
Als der Vater in einer der größten Zeitungen des Landes das
Buch mit einem Verriss zunichtemacht, ahnt Gabriel Santoro,
dass er einem dunklen Geheimnis auf die Spur gekommen ist.
Juan Gabriel Vásquez' großes Thema ist die Erinnerung. In
einem raffinierten Vexierspiel erzählt er von der Rückkehr
eines persönlichen wie politischen Albtraums. Lüge und
Vergessen, Schuld und Erinnerung sind die großen Themen
dieses faszinierenden Romans.

»Seine sanfte, raffiniert komplexe Aufklärungsarbeit
ist wirkungsvoll – und radikal«
Verena Auffermann in ›Die Zeit‹

»Verrat und Lüge sind ein zentrales Thema
dieses glänzenden Romans, der die präzise Spannung eines
Politthrillers mit dem für die moderne lateinamerikanische
Literatur typischen Verwirrspiel von Fiktion und
Wirklichkeit verbindet.«
Berliner Zeitung

Fischer Taschenbuch Verlag

fi 19158 / 1